沈黙の女神

もり

illustration 紫 真依

ICHIJINSHA IRIS NEO

CONTENTS

この作品はフィクションです。
実際の人物・団体・事件などには関係ありません。

沈黙の女神

序章

「――姫様……レイチェル様」

王宮の片隅にある厩舎《きゅうしゃ》の中で、レイチェルがお気に入りの雌馬――シンディの美しい葦毛《あしげ》にブラシをかけている時。

王宮騎士で幼馴染《おさななじみ》のクライブが馬達を驚かせないように静かに声をかけながら入ってきた。

レイチェルが馬と――動物達と過ごす時には、極力邪魔をしないというのが周囲の者達の暗黙の了解であり、厩舎には他《ほか》に誰《だれ》もいない。

「レイチェル様、先ほど使いの者が陛下からの言伝《ことづて》を持ってきたそうです。本日のモンテルオ王国国王の歓迎晩餐《ばんさん》会後に行われる舞踏会には必ず出席なさるようにと」

驚いたレイチェルはクライブの顔をまじまじと見つめた。いつもは温かな光を宿している彼の茶色の瞳《ひとみ》は困惑に揺れている。

舞踏会に出席するようにと、レイチェルの父――ブライトン王国国王が急に言いだした理由がどうやらクライブにもわからないらしい。

ただ逆らうことは許されないのは確かで、大きくため息を吐《つ》いたレイチェルは雌馬を軽く叩《たた》いてこれで終わりだと伝えた。

王女として舞踏会に出るには、準備にかなり時間がかかる。

憂鬱《ゆううつ》な気分で馬房から出ると、片づけをクライブが手伝ってくれた。

「いいえ、どういたしまして」

手ぶりで『ありがとう』と伝えると、クライブが優しく微笑《ほほえ》んで答えた。

レイチェルもにっこり微笑み返す。

誰も見ていないからこそできるやり取りだ。

そして厩舎を出た二人は王女とただの騎士に戻り、長い時間がかかる舞踏会の支度のためにレイチェルの自室へと向かった。


「エドワルトⅡ世陛下、並びにレイチェル王女殿下のお出ましでございます」

侍従の高らかな宣告の後に舞踏会場となった王宮大広間に足を踏み入れ、二人は一歩一歩ともったいぶった足取りで膝《ひざ》を折る招待客達の間を進んでいった。

威厳を湛《たた》えた父のたくましい腕に手を添えたレイチェルの美しい顔はにこりともしない。

腰まで真っ直《す》ぐに流れる月の光を織り込んだような髪は人々の視線を集め、澄み渡る晴空を映したような青い瞳は皆の心を掴《つか》む。

しかし、熟《な》れた果実のような赤い唇はいつも固く結ばれたまま、人々の前で開かれることは今まで一度もなかった。

——沈黙の女神。

レイチェルの崇高《すうこう》なまでの美しさを讃《たた》えたその名は、本当のところ彼女の高慢な態度を揶揄《やゆ》した誰かが呼び始めたものだ。

　滅多に人前には姿を見せず、現れても挨拶《あいさつ》さえ口にせず、一言も話さない。常につんと澄ました表情で、冷やかな視線を送るだけ。

　そんな王女が数カ月ぶりに人前に現れたのだ。しかもそれが舞踏会なのだから、人々は驚き会場はざわめいた。

（お父様はいったいどういうつもりなのかしら……？）

　レイチェルはエスコートしてくれる父をちらりと見た。

　だが、その厳《いか》めしい顔からは何も窺《うかが》い知ることはできない。

　思わずこぼれそうになるため息を飲み込んで、レイチェルは冷ややかな態度を装い続ける。

　その時ふと視線を感じ、頭を下げる人々から前方へと目を向けた。

（……誰？）

　兄であるルバート王太子の隣に立つ人物を見て、レイチェルは誰にも気付かれないほど小さく首を傾《かし》げた。

　少し長めの黒髪に、意志の強そうな凛々《りり》しい眉《まゆ》の下で光る鋭い双眸《そうぼう》。その青灰色の瞳を見れば、彼が並みの男性ではないとわかる。

　そこで彼がこの舞踏会の主賓《しゅひん》であるモンテルオ国王だと気付いた。

　予想以上に若いことに驚く。

　今年二十四歳になる兄と同じか、それより一つ二つ上だろうか。

　息苦しくなりそうなほど彼にじっと見つめられ、レイチェルはたまらず視線を逸《そ》らした。

容姿のせいか、昔から熱を込めた視線を向けられることはよくあったし、彼よりも美男子や精悍《せいかん》な男性に熱烈な求愛をされたこともある。

それなのに、なぜか胸がどきどきして、顔が熱くなる。

「レイチェル」

いつもの冷ややかな表情が崩れてしまいそうでうろたえていたところへ、父に静かに声をかけられた。

途端にレイチェルの心は凍りついたように硬くなる。

そしてまた、沈黙の女神となったレイチェルは、挨拶を受けるために足を止めた父と一緒に、モンテルオ国王の前に立った。

「エドワルトⅡ世陛下、先ほどの晩餐会に続き、このように盛大な舞踏会を私のために開いてくださり、ありがとうございます」

「うむ。今宵《こよい》はブライトン流のもてなしを存分に楽しんでほしい」

エドワルト国王は尊大に答えた後、モンテルオ国王がちらりと隣に視線を向けたことに気付き、思い出したようにレイチェルの紹介をした。

「おお、そうそう。この者は余の末の姫でレイチェルと申す。レイチェル、こちらはモンテルオ王国のフェリクス国王だ」

「お目にかかれて光栄です、レイチェル王女殿下」

フェリクスが軽く頭を下げる。

その様子を皆が固唾《かたず》をのんで見守る中、レイチェルは小さく頷《うなず》いただけ。

いくらモンテルオ王国よりもブライトン王国が圧倒的国力を誇っているとは言っても、レイチェルの態度はあまりに無礼なものだった。

一瞬にして静まり返った会場内に、エドワルト国王の豪快な笑い声が響く。

「申し訳ないな、フェリクス国王。これは十九にもなって、未《いま》だ子供のように人見知りが激しいのだ。今宵も無理を言って連れ出したため、少々拗《す》ねておる。これも余が甘やかしたせいであろうな。あとでよく言っておくから、どうか許してくれないか」

ちっとも申し訳なさそうには見えない態度で、エドワルト国王が謝罪した。

フェリクスも笑って応《こた》え、気にしてないことを伝える。

「このように美しい姫君の我が儘《まま》は許されて当然でしょうね」

フェリクスの言葉にルバート王太子も一緒になって笑い、その場の緊張がやっとほどけていく。


やがて舞踏会が始まり、皆が微笑み合い、楽しげに踊る中で一人、レイチェルは冷ややかに会場内を見ていた。

（これで私の評判は地に落ちたわよね……）

先ほどフェリクスにダンスを誘われたが、レイチェルは首を振って断った。

本当は踊りたかったのに。その差し出された手を取れたらと、どれだけ思ったか。

しかし、フェリクスはすぐに引き下がってしまった。

がっかりしながらも、レイチェルは無表情を装って見上げたフェリクスの青灰色の瞳に、ちらりと怒りが浮かんだことに気付いてしまった。

当たり前だ。国力は劣るとはいえ、一国の王なのだから。

フェリクスは今、兄のルバート王太子と難しい顔をして話し込んでいる。

レイチェルはいつも兄の側《そば》にいるはずの宰相のベーメルがいないことに気付いて視線を動かした。

すると、ベーメルはフェリクスの供の一人である初老の男性と談笑していた。

しかし、その男性の目は笑っていないように見える。

先ほどレイチェルに挨拶に来た時には、その菫《すみれ》色の瞳が優しげに輝いていて、とても好意的に思えたので意外だった。

(でも、ベーメルと話しているのなら、仕方ないのかも……)

レイチェルは幼い頃《ころ》から宰相のベーメルが苦手だった。

なぜかはわからないが、子供心に気味が悪く、王妃であった母に訴えたこともある。

あの時の母の困惑した表情を思い出して、レイチェルはたまらず目を閉じた。罪悪感が心に重くのしかかる。

結局、レイチェルは気分が悪いという理由で父王の許しを得て、皆からの落胆と冷笑を背中に受けながら早々に舞踏会を退出したのだった。

二日後——。
ブライトン王国国王エドワルトⅡ世の口から、モンテルオ王国国王フェリクスと王女レイチェルの婚約が発表された。

第一章

1

——まさか私が結婚することになるなんて。

血相を変えた乳母《うば》のドナから、フェリクス国王との婚約の話を知らされた時には本当に驚いた。

レイチェルにとって結婚は、恋とともに諦《あきら》めたものの一つだったからだ。

一生独《ひと》りで年老いていくことを思えば寂しかったけれど、年の離れた二人の姉達のように遠くの見知らぬ人の許《もと》へ嫁いでいく怖さに比べれば恵まれていると、ずっと自分に言い聞かせていた。

(あれほど私を人前に出すことを嫌っていたお父様が、急に舞踏会に出席するように命じられたのは、これが理由だったのかしら？　フェリクス国王とお会いするため？)

レイチェルは編みかけのレースを膝《ひざ》の上に置いてぼんやり考えた。

ドナが未《いま》だに心配して様子を窺《うかが》っていることには気付いていたが、まだ何と言えばいいのかわからない。

フェリクスのことは舞踏会のあともずっと気になっていた。

ダンスに誘われた時のことを思い出してドキドキし、その後の冷ややかな瞳《ひとみ》を思い出して落ち込んでしまう。

だから、この縁談を喜ぶべきなのか、悲しむべきなのかわからなかった。

ふらりと立ち上がったレイチェルは窓辺へと歩み寄り、窓を開けた。

途端に小鳥達が嬉《うれ》しそうに飛んでくる。

小鳥達の楽しそうなおしゃべりにも耳を傾けることができない。

レイチェルの運命が大きく変わった母の死からずっと、全《すべ》てを諦めていたのだから。


今からちょうど十二年前、七歳になったばかりのレイチェルは流行病《はやりやまい》に罹《かか》り、何日も生死の境をさまよっていた。

ブライトンの女神と呼ばれ敬われていた美しく愛情深い母は、そんなレイチェルを心配し、周囲の制止も聞かず、付きっきりで看病を続けた。

その甲斐《かい》あってか、レイチェルは回復の兆《きざ》しを見せ始めた。

しかし、あろうことか今度は王妃が同じ病に倒れたのだ。

回復していくレイチェルとは逆に王妃の容体は悪化していき、皆の祈りも神には届かず、ついには天に召されてしまった。

レイチェルは嘆き悲しんだ。

自分のせいで母は亡くなってしまったのだと。

幼いながらに自分を責め、周囲の慰めにも応じられず涙を流し続けていたレイチェルは、ある日ふと気付いた。

――私……どうして自分の声が聞こえないのかしら。

耳が聞こえないわけではない。世話係達の声や、窓の外から聞こえる鳥達の鳴き声、風の音などは聞こえるのだから。

その異変には乳母や世話係も気付き、医師がすぐさま呼ばれた。

しかし、はっきりとした原因はわからず、病と王妃の死が原因ではないかと診断された。

しばらくすれば治るだろうと医師は楽観していたが、その予想を裏切り、十日経《た》っても二十日経っても声は戻らない。

そしてひと月後、父である国王は無慈悲な決断を下した。

病が癒《い》えぬうちは部屋から出てはならぬと。そして、世話をする者達も制限したのだ。

声は出せずとも体は元気になったレイチェルはその後、七年もの間自由を奪われていた。

七年間――その間、レイチェルは孤独だったわけではない。

乳母のドナや古参の侍女二人もずっと側《そば》にいてくれたし、ドナの息子で二歳年上の幼馴染《おさななじみ》のクライブもよく遊びに来てくれた。また、母の妹である侯爵夫人が月に数度は訪れてくれたのだ。夫人の子供達である四歳年上のエリオットと二歳年下のマリベルの兄妹を連れて。

あまりに理不尽な王の命令に異を唱えることはできなかったが、夫人なりにレイチェルを可愛《かわい》がってくれていた。

そして、動物達もレイチェルの心を慰めてくれた。

ごく近しい者達しか知らないが、レイチェルは動物達と心を通わせることができる。

以前から動物達には懐かれていた。それが不思議なことに、声を失《な》くしてから意思疎通が図れるようになったのだ。

侯爵夫人が言うには、母と夫人の祖母が同じような力を持っていたらしい。

しかし、人と違う力を持っていると忌《い》み嫌われるかもしれないと、王や兄達にさえも秘密にしていた。ただでさえ声を失くしたレイチェルを忌避《きひ》しているのだから。


一生このまま幽閉されたように暮らしていかなければいけないのかもしれない。

レイチェルがそう思い始めていたある日、何の前触れもなく父がレイチェルの部屋に訪れた。

王族用の中庭を散策する姿をこっそり窓から覗《のぞ》き見ていたこともあるが、間近に対面したのは七年ぶりで、レイチェルは緊張のあまりきちんと挨拶《あいさつ》することもできなかった。

膝を折って頭を下げるどころか、椅子《いす》から立ち上がることもできない。

そんなレイチェルを厳しい眼差《まなざ》しで見下ろし、国王は冷ややかに告げた。

「十日後、そなたの成人を祝う舞踏会を催す。その時までにきちんと礼儀を弁《わきま》え、余に恥をかかせぬよう振る舞うのだ」

一瞬何を言われたかわからなかった。しかし、すぐに部屋から出ることを許されたのだと気付いた。それが舞踏会の間だけなのか、これからもずっとなのかはわからないが。

レイチェルは慌てて立ち上がり、深く深く頭を下げた。

嬉しくて伏せたままの顔がほころぶ。ダンスについてはクライブ相手に何度も練習した。まさか人前で披露できるとは思ってもいなかったが、ダンス自体が楽しくて好きだったのだ。

背後でドナや侍女達の嬉しそうな気配も伝わる。

レイチェルの心も喜びに浮かれたが、続いた国王の言葉に一気に下降した。

「これから先、そなたが人前で笑うことは許さぬ。何か話しかけられても耳を傾けずともよい、ただ澄ました顔をしておれ」

先の言葉とのあまりの矛盾《むじゅん》にレイチェルは思わず顔を上げた。

「そなたは話せぬのではない、話さぬのだ。そなたの病が未だに癒えぬことは一部の者達を除いて誰《だれ》も知らぬ。声を失くした王女など、王家の恥。誰かにダンスを誘われても首を振って断るのだ。よいな、決して笑うでないぞ」


あの時の衝撃を思い出したレイチェルの指先は震えていた。

緊張をほぐすように両手をきゅっと握りしめ、開く。

その時ふと視線を感じ、そちらへ目を向けたレイチェルははっと息をのんだ。

王族しか立ち入れぬはずの庭にフェリクスがいるのだ。

(まさか、私に会いに……？)

途端に、レイチェルの胸は激しく打ち始めた。

ひょっとして滅多に人前に出ることのない自分の顔を見に来たのだろうかと考え、すぐに打ち消す。

婚約したのだから、会いたければ直接部屋に訪ねてくるはずだ。レイチェルが了承するかどうかは

別にしても。

自然とほころびかけていた顔を慌てていつもの無表情に戻した。

それでも胸は未だにドキドキと高鳴っている。

庭の入口辺りに立つフェリクスは少し遠いが、陽光にきらめく黒髪と背が高くたくましい体つきはとても魅力的に見えた。

数か月前まで続いていたサクリネ国との戦《いくさ》では国王自らが出陣し、率先して剣をふるい勝利を得たという話だが、それも納得してしまう。

（手……振ってみようかな……）

笑うことは許されなくても、それぐらいなら。

フェリクスとの婚約を知らされたことで、レイチェルは知らず浮かれていたのだろう。

だが、そっと持ち上げた手は振られることはなかった。

フェリクスが背を向けて立ち去ってしまったからだ。

（あ……）

もちろん呼び止めることなどできない。

がっかりして部屋へと向き直った時、いきなり入口の扉が開かれた。そして厳《いか》めしい顔をした国王が入ってきた。

何の前触れもなく国王がレイチェルの部屋に訪れるのは、あの日以来だ。

それでも五年経った今は、驚きを上手《うま》く隠して膝を折り、頭を下げる。

「婚約の話は聞いたな？　式は十日後にモンテルオ王城にある礼拝堂で行われる。フェリクス国王は明日には国へと発《た》ち、そなたを受け入れる準備をするそうだ。そなたも準備を進めよ」

挨拶も前置きもないいきなりの命令。あまりにも性急な日程にレイチェルだけでなく、ドナ達も驚きに息をのんだ。

国王に対しては今まで言葉など必要なかった。ただ命令に従うだけなのだから。

しかし、今回ばかりは必要だった。

この婚約がなぜ決まったのか、フェリクス国王がレイチェルを望んでくれたのか、レイチェルが声を失くしたことはご存知なのか。

知りたいことがたくさんある。

ここで筆談するべきか、あとで正式な手紙で質問するべきかと逡巡《しゅんじゅん》するレイチェルにはかまわず、王は続けた。

「この度のフェリクス国王訪問は、表向きは遅くなった国王即位の挨拶とのことであったが、本当のところは我が国へ援助を乞《こ》いに来たのだ。サクリネ国との戦に勝利はしたものの、まだ色々と懸念すべきことはあるのでな。そなたとの婚姻を条件に、援助を約束した。しかしな、そなたの病のことは伝えておらぬ。よって、契《ちぎ》りを結ぶまでは決して知られてはならぬぞ。不足の姫を押しつけられたと苦情を申し立てられても困るからの」

レイチェルの口から声にならない息が洩《も》れる。

めまいが激しく今にも倒れてしまいそうだった。

「契りを結べば、そなたはもうブライトンの姫ではない。モンテルオ王国の王妃だ。離縁も簡単には済まぬゆえ、フェリクスも諦めるだろう。よいな、決して笑うでないぞ」

王が立ち去った後も、レイチェルは顔を上げることができなかった。

知りたかったことは全て王が教えてくれた。

この婚姻に愛はもちろんのこと、好意も興味もない。あるのは同盟と欺瞞《ぎまん》だけ。

フェリクスは援助を受けることを条件に、不足の姫を押しつけられたのだ。

そのことが知られた時に自分はどうなるのだろう。

これから先の人生を思って、レイチェルは小さく身震いした。

2

「レイチェル姫、ようこそ我が国、我が城へ」

慌ただしい輿入《こしい》れ準備に続いた長旅を終えたレイチェルに、出迎えに現れたフェリクスの言葉は、簡潔だが疲れた心に沁《し》みるものだった。

久しぶりに会うフェリクスに嬉しくなり、思わず微笑《ほほえ》みそうになったものの、冷ややかな青灰色の瞳に気付いて持ち上がりかけた唇の端が下がる。

よく見れば、フェリクスの後ろに控えるモンテルオ王城の者達の顔には警戒の色が浮かんでいた。

覚悟はしていたが、あまり歓迎はされてないらしい。

レイチェルがただ小さく頷《うなず》くと、一瞬その場に沈黙が落ちた。

「……では、長旅でお疲れでしょうから、さっそくお部屋にご案内いたします」

フェリクスの後ろに控えていた身なりのいい若者が進み出て頭を下げる。

それにまた頷いて応《こた》えると、フェリクスはそれ以上何も言わず踵《きびす》を返して去っていってしまった。

その背を幾人もが追う。

「王女殿下、どうぞこちらへ」

対応を間違えたことはわかっていたが、正解がわからない。

呆然《ぼうぜん》とフェリクスの背を見送っていたレイチェルに、少し焦《じ》れた声で若者が促した。


「こちらでございます。王妃様用のお部屋ではございますが、お式まではあの扉——陛下のお部屋と繋《つな》がる扉は鍵《かぎ》がかったままでございますので、ご安心ください」

明らかに王妃用とわかる部屋に案内されて戸惑いを見せたレイチェルに、案内の若者——フェリクスの側近の一人であるロバートは嫌みっぽく告げた。

その後は侍女頭に任せて立ち去る。

ロバートや侍女頭の態度から、レイチェルは悪印象を与えてしまったことに気付いていた。

だが、どうしようもない。

(やっぱり、お父様の言いつけを破って……)

もう何度目かわからないその考えを実行に移せないのは、出発間際の父王の言葉だった。

——そなたのせいで我が妃《きさき》は亡くなったというに、なぜそなたは生きているのか。しかもその姿……まるで妃の命を吸い取ったかのようではないか。そなたはわしと母を亡くしたルバートのために償わねばならぬ。よいか、そのことをよく肝に銘じておくのだ。

周囲の者達は親子の別れに気を使ったのか、離れていたためにこの言葉は兄のルバート以外の誰にも聞かれていなかった。

思わずレイチェルが視線を向けると、ルバートはついと目を逸《そ》らしただけ。

兄への謝罪も別れも伝えることができず、レイチェルは馬車に乗り込んだ。

幼い頃《ころ》は仲良く遊んだ兄とも、あの病以来一度もまともに顔を合わせたことがなかったのに、最後まで変わらなかった。

あの別れの時を思い出すと苦しみと悲しみがよみがえってくる。

それを忘れるために、レイチェルは室内へ意識を向けた。

この部屋に来るまでに見た城内もそうだったが、この部屋も今まで暮らしていたブライトン王宮とさほど変わらないようだ。

装飾品が違う程度で、造りはよく似ている。

これならすぐに慣れそうだとほっと息を吐いて、ここまで付いてきてくれたドナとクライブに目を向けた。

他《ほか》の馴染《なじ》みの侍女達は高齢のため、この輿入れを機会に王宮を辞したので、ここでレイチェルの秘密を知るのはドナとクライブしかいない。

ドナはレイチェル付きの侍女として、クライブは護衛兼側近として従ってくれている。

『ドナもクライブも疲れていない？　もう下がって休んでもいいのよ？』

レイチェルは荷ほどきやお茶を用意する侍女達に見られないようにこっそり手ぶりで二人に訊《き》いた。

二人は「とんでもない！」といった表情を一瞬して見せ、小さく首を振った。

声が戻らないと悟った時、レイチェルはドナやクライブと一緒に特別な言葉を考えたのだ。

手や指を使ったレイチェルの言葉を理解できるのは、二人と古参の侍女、そして従兄のエリオット。

かなりゆっくり手ぶりで表すと、従妹のマリベルもどうにか読み取ることができる。

侯爵夫人とは筆談だったが、マリベルはレイチェルとクライブのやり取りを見て、自分も覚えたいと言い張り、付き合わされたエリオットの方が早々に覚えたのだ。


「姫様、本当にこのままでよいのでしょうか……？」

荷ほどきが終わり、他の侍女達を下がらせた後、軽食をとるための小さなテーブルを囲んだドナがためらいがちに口を開いた。

「確かに、このまま黙ってご結婚されるよりも、正直に打ち明けられたほうがよろしいかと思います。せめてフェリクス国王にだけでも」

『私も何度もそれは考えたわ。だけど、もし破談になったら？　ブライトンに返されてしまったら、お父様に恥をかかせてしまうわ。それに私が不足の姫だって知れ渡ってしまうでしょう？』

「姫様に不足などありませんよ。ですから、その心配は無用です。そもそも援助を乞うてきたのはモンテルオ王国ですからね。特にフェリクス国王は援軍を必要としていました。西のサクリネ国との国境付近では未だに火花が散っているそうですし、それに乗じて反対側のエスクーム国がモンテルオ東部のバイレモ地方を狙《ねら》って兵を集めているとの不穏な噂《うわさ》もありますから。ブライトンからの救援の兵はこの国のために戦うんじゃない、ブライトンの女神である姫様のために戦うのですよ」

「ええ、ええ、そうですとも。姫様はブライトン中の男性の憧《あこが》れですからね」

胸を張って自分のことのように言うドナに、レイチェルは信じていないのか苦笑しただけだった。

しかし、レイチェルのことを高慢で冷たい姫だと噂するのは主に宮廷内の女性達である。

希有《けう》な美しさを持つレイチェルに嫉妬《しっと》し、冷やかな態度でなお男性達の心を掴《つか》んでしまうことに腹を立てているのだ。

男性達はいつか自分だけに微笑みを向けてほしい、あの美しい唇で愛の言葉を囁《ささや》いてもらいたいと思うらしい。

そして直接レイチェルと接したことのない者達——兵達は一人歩きした〝沈黙の女神〟の話に憧れ、崇敬《すうけい》している。

「姫様……あなたがこれ以上苦しむ必要はないのです。もしフェリクス国王が姫様の本当の美しさに気付かない愚鈍で狭量な男なら、さっさと国へ戻りましょう。いっそのこと別の国に向かってもいい。私と母で一生お世話をいたしますから……」

『ダメ！　それは絶対ダメよ！』

レイチェルは珍しく大きな手ぶりで反対した。

今まで散々苦労をかけてきた二人に、これ以上の苦労はさせられない。

クライブの言葉を聞いたレイチェルは、やはり何が何でもこの婚姻は成立させようと決心した。そうすれば自分の心はともかく、二人の立場は守れる。

『大丈夫よ。とりあえず結婚してしまえば、こっちのものだもの。嫌われてもかまわないわ。顔も見たくないって言われたら、頂いた領地に引っ込んで自由に過ごせばいいんだから』

この婚姻に際し、フェリクスからの贈り物としてモンテルオ王国内の王領から土地と城を分け与えられていた。その中の一部をクライブにも与えたので、クライブは念願の土地持ちの騎士となれたのだ。

二人には幸せになってほしい。

その願いだけを胸に抱いて、レイチェルは未来への不安に気付かないふりをした。

3

「国王陛下、王妃陛下、ご成婚おめでとうございます！」

緊張のあまり震える手を必死に抑えながら署名した結婚神誓書が、礼拝堂に集まった参列席に向かって掲げられると、列席者達から祝福の声が上がった。

ここで初々《ういうい》しい花嫁ならば恥じらいに頬《ほお》を染めながら微笑むべきだろう。

しかし、演技でも何でもなく、レイチェルの顔はこわばったままピクリとも動かない。

「……さあ」

同じようにこわばった表情のまま、フェリクスがレイチェルの腕を掴んで歩き始めた。

力強い大きな手からは、彼の熱と苛立《いらだ》ちが伝わってくる。

列席者達からは祝福の言葉と拍手を受けるが、その表情を見ればそれが偽りであることは明らかだった。

王城に着いた初日、歓迎晩餐《ばんさん》会の席で城の者達を完全に敵に回してしまったのだ。

ブライトン王宮での公式行事の時には常に父である国王が側にいたせいか、話しかけられることは滅多になかった。

それが歓迎晩餐会では当然のことながら次々と貴族達が挨拶に訪れ、興味津々《きょうみしんしん》で質問をしてくる。

レイチェルは澄ました顔で小さく頷くだけ。言葉が必要な時は扇子《せんす》を広げて口元を隠し、後ろに控えていたクライブに何事か囁くふりをした。

するとクライブがレイチェルの言葉であるかのように、適当に答えてくれるのだ。

この態度がやはり噂通りの高慢な姫だと反感を買った。

「陛下もお気の毒に。あのような高慢な王女をお妃にされなければならないとは……」

「目を見張るほどの美しさでも、あれほどに性格に難があってはなあ。沈黙の女神とは上手く言ったものだよ」

「なんて、おいたわしい。ブライトン国王も散々甘やかした姫に手を焼いて、我が王に押し付けなさったのよ。サクリネ国との戦がなければ、陛下がこのような犠牲《ぎせい》を払われることもなかったのに」

礼拝堂の中央通路をフェリクスと共に歩むレイチェルの耳に入ってくる言葉は彼女を傷つけた。

だが反論することはできない。声を持たないだけでなく、レイチェル自身がそのように印象付けているのだから。

同じように聞こえているはずのフェリクスをちらりと窺うが、その顔は無表情のまま。

(そういえば、この方の笑顔も見たことないわ……)

初対面の舞踏会でも、中庭でも、帰国の途につく時の見送りの際も、固く唇を結んだままだった。

そして、レイチェルを迎えた時も、歓迎晩餐会の時でさえも。

笑える状況でないのだから仕方ないかもしれないが。

(それもこれも、私のせい……?)

モンテルオ国内が戦で荒れれば、ブライトン王国も打撃を受ける。実際、サクリネ国との戦の時には流通が滞り、ブライトン国内の物価も上がってしまった。

それだけでなく、バイレモ地方を狙うエスクーム国とはブライトン王国も時折小競《こぜ》り合いを繰り返している。

この国への支援は、ブライトン王国を守るためにも不可欠なのだ。

それ故、数々の条件とともに同盟の強化と銘打って押し付けられたこの度の婚姻は、フェリクスにとっては不本意なのだろう。しかも相手が高慢な王女だとくればなおさらだ。

「――レイチェル」

礼拝堂を出て、城までの短い距離を移動するために馬車に乗った時、フェリクスからそう呼びかけられてレイチェルは驚いた。

「もう、あなたは私の妃だ。レイチェルと呼んでもいいだろう?」

問われて、レイチェルは頷いた。

レイチェルと呼びかけられただけなのに、胸がドキドキして頬が熱い。

「レイチェル、この後は――」

恥ずかしくて顔を伏せたレイチェルに、フェリクスが何か言いかけたところで馬車が止まった。

城の入口には大勢の使用人が集まっている。

「国王陛下、王妃陛下、この度は誠におめでとうございます」

使用人を代表した侍従長の祝辞とともに、皆が頭を下げた。その中にはドナの姿もある。

フェリクスが「ありがとう」と応えると、ちらりとレイチェルを見た。

大勢の人に注目されて動揺したレイチェルは、唇を引き結んだまま、また小さく頷いただけ。

すぐ隣で低いため息が聞こえ、その場に落胆の気配が広がった。

「王妃陛下はお疲れのようでございます。あまりお顔の色も優れませんので、披露宴までお部屋で少しお休みして頂くほうがよろしいのではないでしょうか？」

うろたえるレイチェルの内心を読み取り、ドナがケープを持って前へと進み出て、むき出しの肩にかけてくれた。

馬車の後ろに従っていたクライブもすぐ側に控えてくれる。

親しい二人の出現でほっとしたレイチェルは、休んでもいいのだろうかとフェリクスへと目を向けた。

しかし、フェリクスはふっと顔を逸らし、そのまま背を向けて去っていく。

「では、参りましょう」

クライブに促され、幾人かの侍女を引き連れて、レイチェルはがっかりしながらも自室に向かうしかなかった。

「レイチェル、踊ろう」

フェリクスから手を差し出されて、レイチェルは目を丸くした。

会場へエスコートしてくれる時も、披露宴の間もずっと、フェリクスはレイチェルに話しかけるどころか目も向けなかったからだ。

以前、誘われた時には断った。だが、今回は断るわけにはいかないだろう。

そもそも断りたくない。

胸が高鳴り、緊張に足が震える。

(でも、今まで一度も人前で踊ったことはないのに……失敗して陛下に恥をかかせてしまったら……)

「私たちが最初に踊らなければ、皆が踊れない。さあ」

ためらうレイチェルを誤解したのか、フェリクスが苛立ちを抑えた低い声で言う。

義務で誘っているのだと暗に言われて、レイチェルの期待は不安に変わった。

思わず側に控えていたクライブに目をやれば、大丈夫だと言うように小さく頷いてくれる。

今まで何度も部屋で踊ったクライブに後押しされて、レイチェルはフェリクスの大きな手に手を重ねた。

(どうしよう……怖い)

皆の視線が突き刺さり、体がかちこちにこわばる。しかも悪意ある視線だ。

自分の態度が招いた結果とはいえ、公式の場での初めてのダンスにはつらすぎる状況だった。

「別に、誰も取って食いやしない」

音楽が始まり、ぎこちなくステップを踏み出したレイチェルの頭上から、ため息混じりの声が聞こえる。

レイチェルは応えることも、顔を上げることもできず、ただ間違えないようにステップを踏み続けた。

フェリクスはリードがとても上手く、次第にレイチェルの体から余計な力が抜けていく。

気がつけばダンスは二曲目が始まっており、周囲には何組ものカップルが踊っていた。

そうなると皆の視線も気にならなくなり、ずっと憧れていた舞踏会の一幕のようで、レイチェルは素直に楽しんだ。しかも相手は夫となったフェリクスなのだ。

「あなたは……いつまで我を通すつもりなんだ？」

浮かれた心に水を差されたような、冷たい声で突然問いかけられ、レイチェルははっと顔を上げた。

見返すのは無機質な青灰色の瞳。

「この結婚がどんなに気に入らなくても、私達は義務を果たさなければならない。別に、立派な王妃になってほしいなどとは、今まで散々甘やかされて過ごしていたあなたには誰も期待していないんだ。だがこの城にいる限り、最低限の礼儀は守ってほしい。せめて『ありがとう』の一言くらいは言えるようになってくれ」

フェリクスの言葉は何一つ間違っていない。

それなのに涙が込み上げてきて、レイチェルは慌てて俯《うつむ》いた。

「――もう十分だ」

いきなり体を突き放されて驚いたが、どうやら曲が終わったところだったらしい。

表面上は礼儀正しく、フェリクスはレイチェルを連れて席へと戻った。

「花嫁としての義務は十分果たした。あとはあなたの騎士に部屋まで連れて帰ってもらえばいい」

そう囁いて、クライブへとレイチェルを押し出す。

「王妃はどうやら疲れたようだ。部屋まで付き添ってやってくれ」

怒りを少しも感じさせないどころか、まるで気遣っているような声で、フェリクスはクライブに命じた。

「……大丈夫ですか？」

先に立って歩くレイチェルに、クライブが会場を出てから心配そうに尋ねた。

幼い頃からずっと側にいてくれた彼に顔を見られてしまえば、大丈夫でないことがすぐにわかってしまう。

だからレイチェルは振り向くことなく、大きく頷いた。

部屋に戻れば悲しみよりもまた不安が胸を占めていく。

フェリクスは、花嫁の義務は十分に果たしたと言った。

しかし、ドナからはもう一つ花嫁には大切な義務があると教えられている。

今夜どうなるのかわからないまま、レイチェルは一人になるまで何事もなかったかのように気丈《きじょう》に振舞っていた。

ぱたんと扉が閉まる音がどこかで聞こえ、レイチェルはビクリと肩を揺らした。

部屋で一人になったものの、このまま眠るわけにはいかず、先ほどから室内をうろうろと歩き回っている。

披露宴を退席してからどれくらい時間が経ったのだろう。

レイチェルの神経は張り詰め、わずかな物音にも反応してしまっていた。

（本当に陛下はこの部屋にいらっしゃるのかしら？　でももうずいぶん遅いし……）

窓から夜空を見上げれば、月はすでに山向こうに隠れてしまっている。

あれほどフェリクスは怒っていたのだから、やはり今夜は来ないかもしれない。

そう思うと、なぜかほっとするより落ち込んでしまった。

ドナが言うには、花嫁の義務とはとても幸せなことらしい。初めはビックリするかもしれないが、陛下にお任せしておけば大丈夫とも。

しかし、ドナは早くに夫を亡くしてしまったが、とても仲の良い夫婦だった。全てにおいて信頼し合い、愛し合っていたのだ。私達とはまったく違う。

（やっぱり……お怒りを覚悟で打ち明けるべきかしら……）

今夜はもうフェリクスは来ないだろう。

朝までにはまだ時間がある。だからそれまでにきちんと考えよう。

レイチェルは深くため息を吐《つ》くと、カーテンを閉めて窓辺から離れた。

「――まだ起きていたのか」

いきなり声をかけられて、レイチェルははっと振り向いた。

考え事に夢中になっていたせいか、フェリクスが扉を開けたことに全く気付かなかったのだ。どうやら先ほどの扉が閉まる音は、彼が隣の自室に戻ったものだったらしい。

まだ結論が出ていないのに、フェリクスはレイチェルの寝室へと入ってくる。

「まあ、起きていたのなら……」

仕方ない――と続きそうなほど気乗りしない様子で呟《つぶや》くと、レイチェルの目の前に立ったフェリクスはすっと手を伸ばしてきた。

大きな手が頬に触れる。

何が何だかわからないまま、うろたえたレイチェルはぎゅっと目をつぶった。

そんな彼女の真っ赤に染まった頬からすべり下りた手が顎《あご》をとらえ、何か柔らかなものが唇をふさぐ。

驚いたレイチェルはパッと目を開け、またすぐに閉じた。

鼻と鼻が触れそうなほど、フェリクスの顔が近くにあったのだ。――いや、実際に唇は触れている。

（私……キスされてる！）

これがキスなのだ。ずっと密《ひそ》かに憧れていた、諦めていた、キス。

しかし、夢に見ていた初めてのキスとは違う、彼女の意思を無視した行為に、レイチェルは怯《おび》えた。

（ドナは、陛下にお任せしていればいいって……でも……）

レイチェルはフェリクスの口づけから逃《のが》れるように顔を逸らし、きゅっと唇を強く引き結んだ。まるでキスを拒むように、フェリクスを拒むように。

「それほどに……私を拒むんだな」

独り言のような静かな言葉は、怒鳴られるよりもつらかった。

だがそうではない、ただ怖かったのだ。

昔——声を失ったばかりの頃、どうにか声を出そうと色々努力した。そして無理に息を吐き出した時、喉《のど》の奥から酷《ひど》くしわがれた耳障りな音が鳴ったのだ。

それは何度繰り返しても同じで、醜《みにく》い獣の鳴き声のようだった。

このままキスを続けられたら、あの醜い音が喉の奥から吐き出されてしまうかもしれない。

そのことが強引なキスよりも、そのあとに続くであろう義務よりも怖かったのだ。

レイチェルは慌てて首を横に振ったが、フェリクスは更なる拒絶だと思ったようだった。

一歩、二歩と下がり、踵を返す。

立ち去るフェリクスを呼び止めることができない。

もう何度、彼の背中をこうして見送っただろう。

誤解なのに、それを正せない。声が出せない、勇気が出せない。

音もなく閉じられた扉を、レイチェルは立ちすくんだまま見ていた。

第二章

1

初めての夜から五日後、フェリクスとすれ違いの日々を過ごしていたレイチェルは決心した。

このまま会えない日々が続くなら、自分から会いに行こうと。

結婚式の翌日、一人で眠れぬ朝を迎えたレイチェルは手紙を書いたのだ。父王との約束を破ることになろうとも、妻として何もできなくてもせめて誠実でありたいと、全《すべ》てを打ち明け謝罪した手紙を。できるだけ簡潔に、丁寧にと、何度も書き直した。

それが渡す機会もないまま。

この五日間、城内を案内してもらっている時以外はほとんど部屋に籠《こも》っていたせいもある。

礼儀を守るようにとフェリクスに言われたレイチェルは、話すことはできなくても少しくらい微笑《ほほえ》めばいいのではないかと、笑おうとしたのだ。

だが笑えなかった。

ドナやクライブの前では自然に笑えるのに、人前ではどうしても緊張して顔がこわばってしまう。

それで人前に出ることが怖くなってしまった。

(……でも、このままじゃダメ)

決心が鈍らないうちにと、レイチェルは部屋を出た。

ドナがいるとつい頼ってしまいそうで付き添いは断り、鍛練中のクライブに代わって別の護衛騎士を供にして。

補足説明ができるようにと、携帯用の石板とろう石も持っている。

朝食の後のこの時間帯、フェリクスは比較的ゆっくり過ごしていると側近のロバートが言っていた。

それでももし忙しそうなら手紙だけ預ければいい。

そう思ったものの、一歩一歩前へと進みながら、もう後悔していた。

(やっぱり、きちんと先触れを出したほうがよかったかも……)

今日は特別の用事が入って留守だったら、それどころか手紙の受け取りを拒否されたら。

悪い考えばかりが頭の中に浮かんでくる。

手紙と石板を両腕でぎゅっと胸に抱え直した時、朗らかな笑い声が聞こえてレイチェルは足を止めた。

レイチェルがずっと憧《あこが》れていたような、女性の綺麗《きれい》な声。

いったいどんな人だろうと、主棟へと繋《つな》がる回廊の先をそっと窺《うかが》う。

そしてはっと息をのんだレイチェルは、慌てて柱の陰に隠れた。

自分の見たものが信じられない。だが、かすかに聞こえてくる低い声が事実だと伝えている。

フェリクスが笑っていたのだ。とても嬉《うれ》しそうに。

金色の巻き毛の可愛《かわい》らしい女性に向けて。

陽《ひ》の光を浴びた二人は、まるで一枚の絵のようだった。

美しい鈴の音のような笑い声がまた聞こえてくる。

胸が苦しくなって、ぎゅっと目を閉じ、すぐに開いたレイチェルは、少し離れた位置で控えている騎士の怪訝《けげん》そうな表情に気付いた。

とりあえずここから離れなければと、今通ってきたばかりの廊下を再び歩き始める。

「……お忘れ物ですか？」

遠慮がちに問いかけてくる騎士に頷《うなず》いて答えたものの、レイチェルは真っ直《す》ぐ部屋に戻ることをためらった。

おそらく今、ドナに顔を見られれば心配をかけてしまう。

結局レイチェルは、先ほどとは違う廊下を進んだ。

(確かこちらにはバラ園があったはず……)

数日前にこの辺りを案内してもらった時、美しいバラが咲き誇っている小さな庭園があった。

そちらに足を向けたレイチェルに、騎士はもう何も言わず黙って従う。

バラ園はとても芳《かぐわ》しい香りに満ちていた。

レイチェルはほっと息を吐《つ》き、しばらく美しいバラとその香りを楽しんだ。

そして、そろそろ部屋へ戻ろうと考えた時――。

「……がお兄様のバイヨル伯爵と戻られたそうね」

「ええ、さっそく今日から登城されてるみたい」

「おばあさまのお加減が思わしくなくて、領地に戻られていたんでしょう？　その間に陛下がご結婚されるなんて思ってもみなかったでしょうねえ」

「本当にねえ。婚約者だったクロディーヌ様がお亡くなりになってからずっと、気落ちしていらした陛下のお側《そば》でお慰めし、支えていらっしゃったんですもの」

レイチェルの頭上、城の二階にある開かれた窓から聞こえてきたのは、若い女性数人の噂話《うわさ》。

聞きたくない、聞いてはダメだと思うのに、レイチェルの足はその場から動けなかった。

「――でも実のところ、あの方はクロディーヌ様の後釜《あとがま》を狙《ねら》っていらっしゃったんだと思うわ」

「あら、そんなことみんな気付いていたわよ」

「それが結局、ぽっと出の王女様に奪われてしまったわけよね」

「まあ、あの沈黙の女神様からなら、奪い返すのも簡単じゃない？」

「そうよねえ。王妃陛下は輝く月の光のように美しいなんて言われているけれど、冷たくて温かみがないってことよねえ……」

「しかも、月の女神様はすぐに拗《す》ねて雲隠れするのよね？」

くすくすと笑う女性達の声は楽しげに弾んでいる。

美しいバラに癒《いや》され少しだけ元気を取り戻した心が、先ほど以上に重く沈んでいく。

どこにもレイチェルの居場所がない。

レイチェルはまるで逃げるように、唯一の避難場所――自室へと足早に戻っていった。

2

その日の昼下がり、窓際に立ったレイチェルは侍女達と一緒になって、昼食で残したパンを小鳥達にあげていた。

小さなくちばしが手のひらを突くのがくすぐったいのか、侍女達はくすくす笑っている。

ブライトンからついてきてくれた二人の侍女のハンナとベティはとても穏やかな性格で、レイチェルも徐々に心を許し始めていた。

そろそろ二人にも本当のことを打ち明けるべきだろう。

ドナ達に一度相談してみようと決心して振り返ると、クライブはもう一人の護衛騎士と何事かを話していた。

かすかに波打つ彼の黒髪に、ついフェリクスを思い出してしまい、じっと見つめているレイチェルの視線に気付いてクライブが顔を上げる。

表情だけでどうしたのかと問う彼に何でもないと応《こた》えようとした時、ドナの案内で先触れの使者が訪れた。

夕刻前に、宰相補佐であるバイヨル伯爵が挨拶《あいさつ》に来るらしい。

今朝の話はドナにも言っておらず、レイチェルは一人憂鬱《ゆううつ》な気分で午後を過ごした。


そして時間になり、訪れたバイヨル伯爵は一人ではなかった。

「王妃陛下、お初にお目にかかります。宰相補佐を務めております、バイヨル伯アンセルム・ベルモンドでございます。遅くなりましたが、この度は誠におめでとうございます。王妃陛下におかれましては、モンテルオとブライトンの明るい未来のため、すばらしい架《か》け橋となってくださることでしょう」

涼やかな声音で挨拶と祝辞を述べた伯爵は深々と頭を下げると、少し後ろで膝《ひざ》を折って顔を伏せる小柄な女性に目をやった。

「こちらは私の妹でアリシアと申します。王妃陛下とは年も近いので、何かお手伝いさせて頂けることもあるのではと連れて参りました」

やはりという気持ちでレイチェルは伯爵の妹に視線を向けた。

アリシアは今朝フェリクスと一緒にいた女性であり、あの噂の女性でもあるのだ。

金色の巻き毛に縁取られたアリシアの愛らしい顔には柔らかな笑みが浮かんでいる。だが、菫《すみれ》色の瞳《ひとみ》には挑戦的な光がきらめいていた。

「アリシア・ベルモンドと申します。どうぞアリシアとお呼びくださいませ」

美しい声に親しみが込められた挨拶。

だがレイチェルは小さく頷いただけ。

その態度にアリシア付きの侍女は顔をしかめたが、ドナ達はさらに顔をしかめていた。

結婚への祝辞も何もない挨拶に、女の勘ですぐにアリシアを敵認定したらしい。

「では私はこれで失礼いたしますが、アリシアはまだ時間がありますので、よろしければこの国のことや城内のことなど、何でもお尋ねになってください。この城で育ったようなものですからね、詳しいですよ」

アリシアと同じ菫色の瞳を冷たくきらめかせて、伯爵は去っていった。愛らしい微笑みを浮かべた妹を残して。

仕方なく、レイチェルは応接用に据えられたソファを勧めるしかなかった。

アリシアは当然のように座る。上座に着かないのが不思議なくらいだ。

穏やかなはずの侍女の一人が憤然とした様子でお茶の用意に向かう。

そして、扇子《せんす》を持ったレイチェルがゆっくり腰を下ろすと、待ってましたとばかりにアリシアは口を開いた。

「ご挨拶が遅くなって申し訳ありませんでした。祖母の体調が思わしくなくて、領地に母と兄とで戻っておりましたの。幸い、順調に回復しておりますので、ご心配には及びませんが、陛下からはとても温かなお気遣いを頂いて……。父のシャルロにはもうお会いになっていらっしゃるでしょう？父は引退しても陛下の相談役としてお側におりますので、ブライトン王へのご挨拶にも同行しておりましたから」

一気に捲《まく》し立てるアリシアの言葉を静かに聞きながら、レイチェルは彼女の言うシャルロを思い出していた。

フェリクスと初めて顔を合わせたブライトンでの歓迎舞踏会で、宰相のベーメルと談笑していたあの初老の男性のことだろう。確か、シャルロ・ベルモンドと名乗っていたはずだ。

(淡い金色の髪といい、菫色の瞳といい、兄妹とも父親似のようね……)

ぼんやりと考えているレイチェルにはかまわず、アリシアはなおも続ける。

王妃があまり話さないことを聞いているのだろう。相槌《あいづち》がないことを気にした様子はない。

「私は父の立場上、兄が申しましたようにこの城で育ったも同然ですの。ですから、クロディーヌ様ともとても親しくさせて頂いていたのですが……。クロディーヌ様のこともご存じでしょう？」

優越に微笑むアリシアを真っ直ぐ見つめながら、レイチェルは当然だという顔で頷いた。今朝、噂で知ったばかりだが。

アリシアは少しむっとした様子で目を細める。

「クロディーヌ様には本当の妹のように可愛がって頂いていたのです。きっと陛下とご結婚されたあとも、それは変わらなかったでしょうね。ですから私、クロディーヌ様の思い出をこれからも大切にしていこうと思っておりますの。……ところで、陛下の弟君のリュシアン殿下とパトリス殿下にはお会いになりました？　お二人は西のサクリネ国との国境付近と東のバイレモ地方に駐屯《ちゅうとん》する軍をそれぞれ率いていらっしゃるのですけど……？」

フェリクスの婚約者だったというクロディーヌのことはかなり気になる。だが今はひとまず目の前のアリシアを相手にしなければ。

次々とフェリクスの近親者をあげていく彼女の子供っぽさに呆《あき》れながらも、レイチェルは扇を開いて口元を隠した。

ドナへの合図だ。

このくらいならドナの判断で答えてくれるはずと、耳を近づけてきたドナに対して手ぶりでは何も伝えなかった。

ドナはさも了解したという仕草で頷き、体を起こす。

「お二人には結婚式に先立って、丁寧なお手紙と素晴らしい贈り物を頂いたので、王妃様はとても喜んでいらっしゃいます。ご興味がおありでしたら贈り物をお見せして差し上げると、王妃様はおっしゃっていますが？」

「いいえ、結構です」

何を言っても動じない、微笑みもしない、ただ冷やかに自分を見つめるレイチェルに、アリシアは苛立《いらだ》っている。

しばらく続いた重たい沈黙の中、二人でお茶を飲んでいると、アリシアが唐突にカップを置いた。やっと帰るか、とレイチェルは期待したが甘かったようだ。アリシアの顔には意地悪い笑みが浮かんでいた。

「リュシアン殿下とパトリス殿下は、陛下とはそれぞれお母君は違いますけど、ご兄弟の仲は本当によろしいのですのよ。きっと、お母君の皆様がとても仲がよろしかったからでしょうねえ。陛下のお母君でいらっしゃる王妃様はお優しくて寛大な方でしたから……」

フェリクスの弟二人は、要《かなめ》の軍をそれぞれ任せられるほどに信頼されているらしいとは、クライブから聞いていた。

しかし、皆の母親が違うと知らなかったレイチェルは内心で動揺していた。

国王が愛妾《あいしょう》を持つなどよくあることなのに、なぜ自分がこれほどうろたえてしまうのかがわからない。

レイチェルの父母であるブライトン国王夫妻は、覚えているだけでもとても仲が良かった。だからこそ、母が亡くなった時、父はレイチェルに対し心を閉ざしてしまったのだ。そして出発間際のあの冷徹な言葉。

目に見えない傷がまた広がっていく。

冷静な態度の下で苦しむレイチェルに、アリシアはとどめの言葉を放った。

「国王が愛妾を持つことは、どこの国でも常識。そのことも当然ご存じですわよね？　私、今朝陛下にお会いしてお願いいたしましたの。陛下はずっと私をお側に置いてくださっていたのですもの。もちろんこの先も変わらないとお約束してくださいましたわ。ですので、これからどうぞよろしくお願いいたします」

軽く頭を下げると、アリシアは呆然《ぼうぜん》とするレイチェル達を残して出ていってしまった。

まだ退室の許可も出していないというのに。

「なんと無礼な！」

「思い上がりも甚《はなは》だしいですわ！」

ドナや侍女達が憤然として声を上げる。

だがレイチェルはぼんやりと、カップに残ったお茶を見つめていた。

その実、頭の中には今朝目にした光景――アリシアに向けられたフェリクスの笑顔が浮かんで離れなかった。

3

正餐《せいさん》の間は、とてもひっそりとしていた。

その中でレイチェルはゆうに三十人は座れる長いテーブルの端に座り、反対側にある空席を見つめていた。

食器は用意されているが、肝心の主《あるじ》がいない。

きらきらと銀器が光にきらめく中、今夜もレイチェルは一人で食事をするのだろう。もういっそのこと、朝食や昼食のように自室で夜も食事をとりたい。

しかし、その願いを言うこともできないレイチェルの口から小さなため息が洩《も》れる。

結婚式の翌日、晩餐《ばんさん》はフェリクスと一緒だと聞かされた時には、かなり狼狽《ろうばい》した。

それが正餐の間へ案内され、用意された席を見て困惑に変わった。

広い室内に並んだ長く大きなテーブルの端と端にそれぞれ食器が用意されていたのだ。

これでは声を出せたとしてもまともに会話もできない。筆談も当然できない。

手紙をいつ渡すべきかと悩んだものの、余計な心配はいらなかった。フェリクスは現れなかったのだから。

二日目も、三日目も、四日目も。そして五日目――。


「遅くなって、すまない」

再び洩れそうになるため息を堪《こら》えて唇を噛《か》みしめた時、入口の扉が開いて足早にフェリクスが入ってきた。

まさか、という思いでレイチェルはフェリクスを見つめたが、どうやら現実らしい。途端に室内が慌ただしくなり、活気を帯びる。

五日目にしてやっと、フェリクスが晩餐の席に現れたのだ。

これが二日目だったのならレイチェルも嬉しかっただろう。あるいは三日目だったら。もしくは昨日でも。

だが今夜は、フェリクスの顔を見るのもつらかった。

どうしてもあの笑顔を思い出してしまうから。たった今、こうして無感動な表情で見つめられていても。

「……食べようか」

その一言であっという間に温かいスープが運ばれてくる。

それから次々に料理が運ばれ、二人は黙々と食事を続けた。しかし、せっかくの温かく美味《おい》しい料理もレイチェルの喉《のど》を通らない。

(私……また間違えたんだわ……)

先ほどのわずかな沈黙、あれはレイチェルの反応を待っていたのだ。

それなのにレイチェルは目を逸《そ》らしてしまった。ほんの少しでも微笑めていれば、違ったのかもしれないのに。

(でも、手紙は部屋に置いてきてしまったし、ドナに説明してもらうわけにもいかないもの)

まさか晩餐にフェリクスが現れるとは思っていなかった。もう諦《あきら》めていた。

だから手紙は机の抽斗《ひきだし》に仕舞ってしまったのだ。

「――今日、アンセルムとアリシアに会ったらしいな」

ほとんど手が付けられることのなかったお皿が下げられ、デザートが運ばれてきた時、フェリクスがようやく口を開いた。

驚いたレイチェルが顔を上げると、真っ直ぐな視線とぶつかる。

「……アンセルムは真面目《まじめ》すぎるきらいがあるが、悪い奴《やつ》じゃない。頭も切れるし、父親のシャルロ共々よく働いてくれる。幼い時からずっと側にいたから、私にとっては家族同然の大切な存在でもある」

レイチェルはどこか窺うような表情のフェリクスを見つめ返し、小さく頷いた。

新鮮なフルーツが添えられたアイスクリームは美味しそうで、これならもう少し食べられるかもと思っていたのに。

すっかり食欲が失《う》せてしまったレイチェルは、そっとスプーンを置いた。

この話がどこへ向かうのかわからない。

じっとフェリクスの端正な顔から目を逸らさないまま、レイチェルは膝の上のナプキンをぎゅっと握りしめた。

「先ほどアリシアは……泣いていた。王妃にとても冷たくされ、邪険に追い払われてしまったと……」

冷たいのはいつものことだが、邪険に追い払ってはない。

意味がわからず眉《まゆ》を寄せたレイチェルを見て、フェリクスは顔をしかめた。

こんなに距離があっては、言葉を持っていたとしても伝わりそうにない。

「アリシアは少々生意気だし、我が儘《まま》なところもある。だが、根は素直だし、明るく一緒にいて楽しい相手だと思う。だから――」

続くフェリクスの言葉を遮って、レイチェルは乱暴にナプキンをテーブルの上に叩《たた》きつけた。

その音に驚いて給仕の者達が動きを止める。背後ではドナが息をのんだ。

しかし、レイチェル自身が一番驚いていた。

こんなに感情をあらわにしたのは生まれて初めてだった。胸がドキドキして頭の中がガンガンしている。

その中でフェリクスだけが冷静に、呆れたように大きくため息を吐いた。

「礼儀だけは守ってくれと言っただろう？」

言葉なんていらない。弁解なんてしない。

レイチェルはいきなり立ち上がると、フェリクスに背を向け出口へと歩き始めた。

急いだりなんてしない。堂々と立ち去ってみせる。

後ろから追ってくるフェリクスの視線を痛いほど感じたが、レイチェルが振り向くことはなかった。

ドナも何も言わず、ただ黙って従う。


レイチェルは怒っていた。

伯爵の冷たさに、アリシアの嘘《うそ》に、そしてフェリクスの無神経さに。

だが何よりも腹が立つのは、自分の意気地《いくじ》のなさだ。

ずっと、母が亡くなったのは自分のせいだと思っていた。

だから声が出なくなったのも、父や家族から冷たくされるのも、罰なのだと受け入れていた。だけどそれは現実から逃げていただけ。

レイチェルの胸の中は不安でいっぱいだったが、とにかくこれからは前向きに生きようと決意した。もっと自分の思うように行動しようと。

(とはいっても、明日には処刑台に立っているかもしれないわね……)

あれだけ大勢の前で、国王に無礼を働いたのだ。このまま牢《ろう》に繋がれても文句は言えない。

今のところ、兵を差し向けられている気配はないが。

そもそも二人だけの食事の席に、なぜあんなに人がいるのだろう。しかも、その前でレイチェルは注意されたのだ。せめて二人だけの時なら全てを打ち明け、謝罪できたのに。

そう思うとまた腹が立ってきて、レイチェルは部屋に戻ると手ぶりでドナを制し、そのまま寝室に飛び込んだ。

（酷《ひど》い！　酷すぎる！　何あれ⁉　あり得ない！）

今まで一度も晩餐の席を一緒にしなかったのに、アリシアに泣きつかれたからと、ようやくフェリクスはレイチェルの前に姿を現したのだ。

さっきのレイチェルの態度より、よっぽど侮辱《ぶじょく》している。

枕《まくら》に突っ伏して涙を流し、怒りを発散させていたレイチェルはふと気付いた。

（ひょっとして、陛下が怒っていらっしゃるかもしれない……）

離縁するとか、最悪の場合、この婚姻自体を無効にするとか宣告しに、フェリクスはこの部屋に来るかもしれない。

とすれば、涙に濡《ぬ》れた顔を見せるのは悔しい。

レイチェルは勢いよく起き上がると、急いでドナのもとに戻った。

何事もなかったように、先ほどのことなど全く気にしていないと見せかけるために。

そしてドナや侍女達に手伝ってもらい、寝支度を美しく整えたレイチェルは、ゆったりと寝台に横たわった。

だが結局、その夜もフェリクスがレイチェルの寝室を訪れることはなかった。

レイチェルが怒りに任せて正餐の間から飛び出して三日。

その噂はあっという間に城内に広まり、レイチェルはますます部屋に閉じこもるようになってしまっていた。

あの翌日、また眠れない夜を過ごして冷静になったレイチェルは、きっと何かお咎《とが》めがあるはずだと、ビクビクしながら自室で通達を待っていた。

しかし、何もない。

夜になって体調不良を理由に晩餐の席に着くことは断った。

次の日には気分転換にと勇気を出して中庭へ散歩に出かけようとしたものの、城内の人達からの冷たい視線が怖かった。そして、あちらこちらで交わされるひそひそとした話し声。

あの時の決意もむなしく、レイチェルは部屋へと逃げ帰ってしまったのだ。

それ以来、部屋からは出ていない。

(このまま私は……また部屋に閉じこもって暮らしていくのかしら……)

無心になるには刺繍《ししゅう》が一番。

だからブライトンの王宮でも、いつも部屋で刺繍をしていた。それなのに、モンテルオに来てから、――いや、フェリクスとの結婚が決まってから、ハンカチ一枚の刺繍も仕上がらない。気がつけば手が止まり、ぼんやりしている。

今もレイチェルの膝の上には従妹のマリベルの婚約祝いに贈ろうとしていたハンカチが広がったま

ま。

自分があの晩餐の時に、なぜあれほど怒ったのか今ならわかる気がする。

皆の前で注意されたからではなく、きっと、たぶん、嫉妬《しっと》してしまったのだ。

（これが……嫉妬？　こんなにモヤモヤムカムカする気持ちが？　だけど私は陛下にも腹を立てているのよ？）

フェリクスのことを想えば、ドキドキするのにイライラしてしまう。

結局よくわからなくて、レイチェルは大きくため息を吐いた。

そこへ、王からの言伝《ことづて》を携えた使者が部屋へと訪れた。フェリクスの側近、ロバートだ。

レイチェルは背筋を伸ばして立ち、ロバートを迎えた。

いよいよ処分が下されるのだろうと緊張しながらも、平静を装って待つ。

しかし――。

「明日の正午すぎ、ブライトン王国からの援軍が城に到着予定です。王妃陛下におかれましては、正面広場にて、国王陛下とご一緒にブライトンの将軍並びに使者の方々をお出迎えして頂きます。陛下からは、そのおつもりでご準備していらっしゃるように、とのこと。以上でございます」

レイチェルは無意識に頷いて了承を伝え、ロバートを帰した。

それから倒れるように椅子《いす》に座り込む。きっと声が出せていたのなら大声で笑っていただろう。実際、レイチェルの顔には笑みが浮かんでいた。あまりの馬鹿《ばか》馬鹿しさに。

（処罰なんてされるわけがなかったんだわ……）

レイチェルはブライトンから援軍を得るための花嫁なのだ。だがそれだけ。

モンテルオがこの危機を乗り越えれば、きっとレイチェルは完全に忘れ去られてしまうのだろう。

大きく息を吐き出したレイチェルは、心配そうなドナ達ににっこり笑ってみせた。

『明日は、とびきり綺麗にしてね』

「ええ、もちろんでございますとも！　いったいどの将軍がいらっしゃるのでしょうね？」

ドナがほっとして、いつもより明るい声で答える。

侍女達もどのドレスにするか、髪型はどうするかなど相談を始めた。ブライトンの将軍達だけでなく、モンテルオの者達に改めてレイチェルの美しさを見せつける機会だと思ったらしい。

侍女達には昨日、真実を打ち明けている。

やはりずっと側にいたので、薄々は気付いていたようだ。普段のレイチェルと噂の高慢な王女との違いに戸惑っていたこともあり、すぐに納得してくれ、今まで以上の忠誠を誓ってくれた。

（私はとても恵まれているわ……）

声が出せなくても、周囲が冷たくても、レイチェルのことを心から大切に思い、慕ってくれる人達がいる。

信頼できる者を得難い地位にあって、それはとても幸せなことだろう。

侍女達の楽しそうなおしゃべりを背に、レイチェルが窓際へと歩み寄ると、小鳥達が気付いて飛んでくる。

窓を開けたレイチェルは満面の笑みを浮かべた。

『レイチェル様、とても楽しそう』

『何かいいことがあったの？　何があったの？』

おしゃべりな小鳥達に答えようとした時、まるでレイチェルの気持ちを表したかのような笑い声が聞こえてきた。

そちらに思わず目をやれば、フェリクスとアリシアが腕を組んで中庭を歩いている。

フェリクスが何事かを言うと、大げさなほどにアリシアがまた笑い声を上げた。

小鳥達にも劣らぬその美しい声はレイチェルの心に突き刺さる。

『王妃様、どうしたの？』

『大丈夫？』

急に変わったレイチェルの様子に小鳥達が心配する。

レイチェルは笑顔を作ると首を振った。

『大丈夫よ。心配してくれて、ありがとう。ちょっと用事を思い出してしまって……。だから、またね』

どうにか言い繕い、笑顔のまま窓を閉めようとした時、視線を感じて手を止めた。

フェリクスに見られている。

途端にレイチェルの笑顔が凍りつく。

アリシアがフェリクスの視線を追おうと振り向きかけ、レイチェルは慌てて窓を閉め部屋へと下がった。

第三章

1

翌日の昼下がり、物見の塔に詰めていた兵が、ブライトン王国軍の旗を街道の先に見つけ、にわかに城内は騒がしくなった。

城下に入ってくるのは使者と将軍以下数名、物資を積んだ荷馬車、それに伴う人員だけで、ほとんどのブライトン兵は街の外で野営をすることになっているらしい。

それが常識なのかどうなのか、その辺りのことはレイチェルにはよくわからないが、とにかくモンテルオの王妃として、ブライトン軍を歓待しなければならない。

レイチェルは正面広場に出ると、フェリクスの隣に並んで緊張しながら待った。もちろん、会話はない。

しばらくして見えてきたブライトン軍旗、そして馬に乗って堂々と入ってきた先頭の人物に、レイチェルは驚いた。

(まさか、来てくれるなんて……)

背後に控えたクライブも驚いているようだ。

陽《ひ》の光に照らされて、燃えるように赤い髪を揺らす彼は、レイチェルの秘密を知っている数少ない人物だった。

サイクス侯エリオット・マクミラン——レイチェルの従兄であり、クライブの親友だ。

嬉《うれ》しさに頬《ほお》を紅潮させたレイチェルは、エリオットから目を離せなかった。

どうやら彼の甘い顔立ちは、モンテルオの貴婦人達の心も掴《つか》んだようで、女性達の視線も集中している。

その中で馬を降りたエリオットと将軍達は毅《き》然《ぜん》とした姿で広場を歩み、フェリクスとレイチェルの数歩前まで来ると膝《ひざ》をつき頭を下げた。

そこからは長々とした儀礼的なやり取りが続く。

そして――。

「レイチェル王妃陛下、お久しぶりでございます。こうして再びレイチェル様にお会いしたいがために、使者に立つことをずうずうしくも願い出てしまいました」

すらりと背の高いエリオットはレイチェルの前で改めて膝をつき、右手の甲に恭《うやうや》しくキスをした。

芝居がかったその仕草にクライブは呆《あき》れ、周囲の者達ははっと息をのんだ。幾人かは思わず声を上げている。

レイチェルが、笑ったのだ。

声こそ出さなかったが、嬉しそうに満面の笑みで。

まるで春の女神が地上に現れたかのように、その笑みは温かく美しい。

「こうしてまた、美しく微笑《ほほえ》むレイチェル様にまみえることができて、これほど幸せなことがありましょうか。本当に……良かった」

エリオットもにこやかに微笑み返して言葉を継ぐと、立ち上がって一歩後ろに下がった。

「王妃陛下には、国王陛下からのお手紙を預かっております。また私の母や妹など個人的にもいくつかの預かり物がございますので、のちほどお届けに参ります」

そう言い終えて、エリオットはちらりとクライブに目をやり、すぐにレイチェルを見つめてまた微笑んだ。

そして深々と頭を下げる。

レイチェルはその後もブライトンの将軍達から挨拶《あいさつ》を受けたが、微笑みを消すことはなかった。


「こちらが国王陛下からのお手紙でございます。そして、これらが……母とマリベルから」

国王からの手紙を恭しく差し出した後、エリオットは軽い調子に変えて叔母と従妹からの手紙をレイチェルへと渡した。

二人からは他《ほか》にも手編みのストールやレイチェルのお気に入りのお菓子など、色々な贈り物もあるようだ。

『ありがとう、エリオット……。でも私、二人に何も用意できていないわ……』

受け取った物をドナ達へと預け、レイチェルが申し訳なさそうに手ぶりで気持ちを伝えると、エリオットは碧《あお》色の瞳《ひとみ》を細めて優しく微笑んだ。

「別に、そんなものはいらないよ。レイチェル様がお元気でお幸せならば、二人には十分だからね」

その温かな言葉に涙が込み上げてきたレイチェルは、慌てて視線を逸《そ》らした。

しかし、エリオットに誤魔化しは通用しなかったらしい。

じっとレイチェルを見つめ、嘆息する。

「……どうやら僕の勘違いだったらしい」

呟《つぶや》いたエリオットはレイチェルの後ろに控えるクライブに鋭い視線を向け、くいっと顎《あご》で扉を示した。

そして、ドナや侍女達に小さく頷《うなず》いてレイチェルと二人きりにしてくれと頼む。

クライブやドナ達が静かに控えの間へ姿を消すと、エリオットは立ち上がり、そっとレイチェルに近づいた。

膝の上でぎゅっと握った手に温かな手が重ねられる。

「レイ、僕を見て？」

幼い頃《ころ》の懐かしい呼びかけ。

レイチェルは長いまつげを震わせ、足元に跪《ひざまず》いて見上げるエリオットへと恐る恐る視線を合わせた。

「僕は母とマリベルに約束したんだ。もし、レイが幸せでないなら、つらい思いをしているなら、攫《さら》って帰ると」

穏やかに大胆な発言をするエリオットに驚いて、レイチェルは目を丸くした。

その顔を見て、エリオットがくすりと笑う。

「お空が落ちてしまいそうだよ」

レイチェルの空色の大きな瞳を、エリオットは昔からよくそう言ってからかった。

思わず笑みがこぼれる。それなのに、なぜか涙も一粒こぼれ落ちた。

「レイ、もう我慢しなくていいんだ」

そう囁《ささや》いて、エリオットはこぼれた涙をぬぐう。

何度も何度も、丁寧に。


やがてレイチェルが落ち着くと、エリオットはまた穏やかに微笑んだ。

「大丈夫かい？」

『ええ。ありがとう、エリオット。私ね、ここに来てからたくさんの失敗をしたの。そのせいで……自業自得《じごうじとく》なのよ』

「レイ――」

言いかけたエリオットを遮るように、レイチェルは立ち上がって窓際へ向かった。

しかし、窓外を見ることなく、室内へと振り返る。

『私、もっと頑張ってみるつもり。ずっと花嫁になることは諦《あきら》めていたのになれたんだから、次は幸せな結婚生活を目指してみるわ。だから……ありがとう』

「……そうか。まあ、レイがそう決めたなら仕方ないな。僕の胸は心配で張り裂けそうだけど」

大げさにため息を吐《つ》いて立ち上がると、レイチェルへと歩み寄り軽く抱きしめた。

「明日はその笑顔でブライトン軍を激励してやってくれ。有り難い女神様の微笑みに、きっと兵達の士気も上がるよ」

そう言うとエリオットは少し離れ、レイチェルの形の良い鼻を指先できゅっと持ち上げ……ぷっと吹き出した。

そして、呆気《あっけ》に取られたレイチェルが文句を言う間もなく控えの間に向かう。

「じゃあ、また」

ひらひらと手だけを振る大きな背に向けて、レイチェルは手近にあったクッションを投げつけた。

だが、残念ながら壁にぶつかって落ちる。

今度は高らかな笑い声を上げて、エリオットは去っていった。


ドナ達が入れ違いにレイチェルのもとへ戻ると、エリオットは顔から笑みを消し、クライブに詰め寄った。

「何をやってたんだ、お前は」

「すまない」

燃えるような怒りをはらんだ静かな批難。

しかし、弁解もなく沈痛な面持ちで謝罪したクライブに、エリオットは顔をしかめた。

これはただの八つ当たりでしかない。一介の騎士であるクライブにできることなどほとんどないのだから。

エリオットは後ろめたさにクライブから目を逸らし、気を静めるように何度も深呼吸を繰り返した。

「――レイチェル様とフェリクスの仲はどうなっているんだ？」

「思わしくないな。フェリクス国王はレイチェル様を誤解したままだ。それにおそらく一度も……」

言い淀《よど》むクライブの言わんとすることを察して、エリオットが片眉《まゆ》を上げる。

「馬鹿な奴《やつ》だな」

エリオットは小さく呟いて、ガラス越しの眼下に広がる中庭を見下ろし、ふっと軽く笑った。

隣の部屋からは侍女達の楽しげな笑い声が聞こえる。

鮮やかな朱色の光に照らされ、振り向いたエリオットは黒い影のまま表情が見えない。

「クライブ、お前とレイチェル様の仲はどうなっている？」

「何を馬鹿なことを！」

「そう、馬鹿なことだな。だが男女の仲など、どうなるかわからないだろう？　単純なようで、すぐに複雑に絡み合ってしまうのだから」

「エリオット、頼むからお前が、レイチェル様を貶《おとし》めないでくれ。それに俺《おれ》だって、マリベルを裏切るつもりはない」

「……そうだな。もちろん、俺はレイチェル様のこともお前のことも、よくわかっている。だからこそ、大切な妹のマリベルとの結婚を認めたんだ。しかしな、クライブ……」

拳《こぶし》を握りしめて殴りかからないよう必死に堪《こら》えているクライブへ、エリオットはゆっくりと近付く。

そして、声をひそめて続けた。

「なぜお前が、レイチェル様の護衛騎士に任命されたと思う？　実力ゆえか？　昔馴染《なじ》みだからか？　あの方達がそんなにお優しいと思うか？」

畳みかけるように次々と質問を投げるエリオットに、クライブは顔をしかめて黙り込んだ。

「この国で、城で、レイチェル様が孤立する中、自分をわかってくれる優しいお前がいれば、つい縋《すが》ってしまいたくなるのも仕方ないだろう？」

「おい！」

「国王夫妻の部屋は扉一枚で繋《つな》がっている。実際の仲は二人にしかわからない。知っているのはせいぜい王妃の忠実な侍女だけだ」

「……何が言いたい？」

「この先、王妃が懐妊し、黒髪の赤子を産んだとしたら？」

レイチェルのことを急に別人のように話すエリオットの顔からは感情が消えている。

クライブは一度大きく息を吸って、忌々《いまいま》しげに吐き出した。

「国王が否定するに決まっている。認めるわけがない。それどころか……」

「だが、その国王がすでに亡くなっていれば誰《だれ》も異を唱えられない」

「まさか……」

「エスクーム国は本気だ。戦争は避けられない。文字通りバイレモ地方は宝の山だからな。だがそれはブライトンにとってもだ。さて、では武勇の誉《ほま》れ高いモンテルオ国王が戦場に赴き、運悪く命を落としたらどうなる？　王妃が懐妊していれば、男児だろうが女児だろうがその子が王となる。そして当然、ブライトン国王が後見につくだろうな」

「そんなこと……上手《うま》くいくわけがない。そもそもレイチェル様がそのような――」

「この話にレイチェル様の名を出すな。この馬鹿げた話は誰かの勝手な妄想に過ぎない。だが……王妃が懐妊していなくても、王弟のどちらかと再婚すれば、立場の弱い妾腹《しょうふく》の王子はブライトンの後ろ盾を得て王となれる。そして王妃が子を産めば……あとはどうなるかな」

そこまで口にして、エリオットは一度息を吐いた。

部屋には重苦しい空気が漂っている。

「陛下は非情なお方だ。それも年々酷《ひど》くなっていらっしゃる。もしかして陛下は……いや、とにかくお前は必ずレイチェル様をお守りしろ。必ずだ」

「もちろんだ」

力強く頷いたクライブを見て、エリオットは廊下に繋がる扉へと向かった。——が、足を止めて振り返る。

「クライブ、俺は大切なものをそう簡単には手放すつもりはない。特に腑《ふ》抜《ぬ》け相手にはな」

「ああ、わかっている」

エリオットの言う〝腑抜け〟が誰のことなのか、気付いていないながらクライブは再び力強く頷いた。

そんな彼に今度は満足そうな笑みを返し、エリオットは出ていったのだった。

2

翌日の午前中、レイチェルはドナを供にエリオットと馬車に乗って、ブライトン軍の野営地である街外れの草原に向かった。

ブライトンの将軍はもちろん、フェリクスやモンテルオの者達は騎乗して向かっている。

その中にアンセルムの姿はあったが、アリシアは同行していなかったことにレイチェルはほっとした。

普通に考えてみれば、当然なのだが。

レイチェル達が草原に到着した時、すでにブライトン軍は出立《しゅったつ》の準備を整えていた。

ここから二手に分かれ、東のバイレモ地方と西のサクリネ国との国境付近へ向かうのだ。

名目上は同盟国を守るためだが、それも王妃であるレイチェルの存在があってこそ。

その責任の重さに心臓が鷲掴《わしづか》みにされたように苦しく、足が震えた。

「レイチェル様」

先に馬車から降りたエリオットが手を差し出してくれている。

そのいつもと変わらぬ温かな笑みに励まされ、レイチェルは体からほっと力を抜いた。

しかし、それも馬車を降りるまで。

目の前に厳《いか》めしい武将達が並び、先に着いていたフェリクス達にじっと見られていることに気付くと足がすくんだ。

「ほらほら、そんなに怯《おび》えないで。綺麗《きれい》な顔が台無しだよ。それともその鼻をちょっと持ち上げれば、愛嬌《あいきょう》があって可愛《かわい》い顔になるかも」

誰にも聞かれないよう耳元で囁く優しい声とは逆に、エリオットの顔は意地悪い笑みに変わっている。

しかも長い指が真っ直《す》ぐにレイチェルの鼻へと向かってきていた。

慌ててその手を掴んで阻止し、エリオットを睨《にら》みつける。

それがいつの間にか、掴んだ手はエスコートするために引かれ、フェリクスの隣へと連れていかれていた。

無様に転ばないですんだのは喜ぶべきだろう。だが、フェリクスから冷ややかな目で見下ろされると、緊張に固まった心が重く沈んでいく。

それから、拷問《ごうもん》のような時間が過ぎていった。

どうして笑うことなどできるだろう。

これから戦いになるかもしれない地に向かう兵達を前にして、どういった態度をとればいいのかわからず、レイチェルはただ立っているだけしかできなかったのだ。

「――もし時間があるなら、明日の午後にでも馬に乗らないか？」

帰りの馬車の中で、緊張から解放されてようやく笑みを見せるようになったレイチェルに、エリオットが提案した。

もうずっと馬には乗っていない。

思わず顔を輝かせたレイチェルだったが、すぐにその空色の瞳が曇《くも》る。

『陛下がお許しくださるかわからないわ……』

しょんぼりと手ぶりで伝えて窓の外を眺めると、エリオットのため息が聞こえた。

「レイチェル様はこの先、ブライトン王宮よりもさらに狭い世界で生きていくつもりかな？　それではまるで、王妃様ではなく囚人《しゅうじん》だね」

「エリオット様！」

容赦ないエリオットの言葉にたまらずドナが声を上げる。

レイチェルはきゅっと唇を噛《か》んで、馬車と並走するクライブの乗った馬を見つめていた。

ブライトン王宮でレイチェルが唯一許されていた娯楽が乗馬だった。

つんと澄ました態度でいても、馬達はレイチェルのことをわかってくれる。

十四歳になって外に出ることを許された時、一番に行きたかったのが厩舎《きゅうしゃ》だった。

七歳の頃に乗っていたポニーが死んでしまっていたのは悲しかったが、馬達は昔と変わらず優しかった。

あまり頻繁に通って父王の機嫌を損ねることになってはいけないので、十日に一度ほどで我慢していたが。

(私……これからは前向きに生きるって決めたのに……)

先日の晩餐《ばんさん》の席での自分の振る舞いを思い出し、恥ずかしくなるとともに勇気が湧《わ》いてきた。

あんなに無礼な行動をするつもりはもうないが、引きこもり続ける必要もない。

『……シンディもこの国に一緒に来てくれたのよね？　明日、乗れるかしら？』

愛馬の名を出すレイチェルの空色の瞳は決意に満ちている。

エリオットは嬉しそうに、ドナはわずかに不安を滲《にじ》ませて頷いた。


「やはり、こちらでしたか」

見るともなしに花を見ていたフェリクスの背後から、アンセルムが声をかけた。

フェリクスはうんざりした気持ちを隠して振り返る。

城に戻ってから溜《た》まった執務をこなし、わずかな休息の時間を得たところだったのだ。

アンセルムはその心情を読み取ったらしい。呆れた、とでも言いたげに軽く首を振った。

「ここのところ、午後になると気分転換にと中庭を散策されるそうですね。ロバートが言っていましたよ。花になど今までご興味なかったのに、と。それとも、別の花にご興味を持たれたのですか？」

アンセルムがちらりと視線を向けた先には、王妃の居室に面した窓があった。

もともとこの中庭は、王や王妃、王族達の私室から季節の花々を楽しめるようにと設けられたものだ。

しかし、今までフェリクスが草花に興味を示すこともなければ、気分転換と称して散策することなどなかった。

せいぜい、これまでの気分転換であった騎士達との手合わせに鍛練場へと向かう近道に通っていたくらいだ。

「アンセルム、ひょっとしてだが、王妃は……」

言いかけて、ためらうフェリクスを目にして、アンセルムは大きくため息を吐いた。

「美しい花には刺《とげ》があるものです。そればかりか、毒を含むものまである。その美しさでもって多くのものを惑わせ、苦しめ、浸食する。そんなものはいくら美しくとも、害でしかありません」

「――アンセルム」

フェリクスの感情を押し殺した低い声で名を呼ばれれば、普通の者なら震え上がってしまうだろう。

だがアンセルムは意に介した様子もなく頭を下げた。

「先ほど、王妃様より使いの者が参りました。明日の午後、王妃様が乗馬をなさりたいので陛下のお許しを頂きたいと」

「乗馬？　王妃が？」

この国に来てから部屋に閉じこもってばかりいたレイチェルが、乗馬をしたいと言い出すなど予想外だった。

フェリクスも乗馬は大好きで、毎朝できる限り時間を作って馬に乗っている。

もしレイチェルが乗馬を好んでいるならば、一緒に楽しむことができるかもしれない。

そう考えたフェリクスの耳に、続けてアンセルムの声が入ってきた。

「サイクス侯爵がご一緒されるそうですので、案内と護衛に騎士を数名貸してほしいとも」

「……好きにすればいい」

エリオットの名を聞いたフェリクスは一瞬沈黙し、吐き出すように答えて踵《きびす》を返した。

3

ブライトン軍の出発の日から三日後、エリオット達使者も帰国の途につくことになった。

「――あの言葉は本気だよ。僕はいつでもレイを攫うつもりだからね」

別れの挨拶時、大胆にもエリオットはフェリクスの前で、レイチェルの耳元に囁いた。

応《こた》えて、レイチェルは微笑み首を振るだけ。

そうしてブライトンの一団が去ると、また冷ややかな日常が戻った。

しかし、それまでと違うことがひとつ。

レイチェルは毎日のように午後になると乗馬に出かけるようになったのだ。

葦毛《あしげ》のシンディはモンテルオの厩舎でも大切に手入れされていて、上機嫌でレイチェルを乗せてくれた。

『シンディ、今日もとっても素敵ね』

『ええ、当たり前よ。ここのご飯は美味《おい》しいし、毎日朝晩ブラシをかけてくれるんだから』

ぶるると満足げに鼻を鳴らしてシンディが応えた。

この城の厩舎では、本当に馬達は大切に扱われている。

馬達の意見を聞くまでもなく、どの馬も一目でそれとわかるほどに毛艶《つや》もよく目も活き活きとしているのだ。

『ふふふ。それにね、今朝はなんと、王様にブラシをかけてもらったのよ』

『え……』

シンディがのんびりと進みながらご機嫌で教えてくれたことに、レイチェルは驚いた。

フェリクスが毎朝乗馬に出かけていることも、馬達をとても大切にしていることも、馬達自身から聞いている。だが自分が乗った馬だけでなく、他の馬の世話までしているとは思ってもいなかった。

『ブラシを優しく撫《な》でるようにかけながらね、とっても楽しい話を色々してくれたのよ。あの方がレイチェルの旦那《だんな》様なんでしょう？　いいわねえ。羨《うらや》ましいわあ』

うっとり呟くシンディのほうがよっぽど羨ましい。

レイチェルには楽しい話をしてくれたこともなければ、優しく撫でてくれたこともない。それどころか、あの初夜から一度も触れもしないのだ。

馬鹿馬鹿しい思いにレイチェルは自嘲《じちょう》した。シンディに——馬に嫉妬《しっと》するなんて間違っている。

だが、自分の状況があまりにも情けなく、それからレイチェルは惨めな気持ちで部屋へと戻った。


二日後の朝。

いつも以上に早く目覚めたレイチェルは落ち着かず、寝台の中で何度も寝返りを打った。

あまり早く起き出すと、侍女達に迷惑をかけるからだ。

しかし、ついに寝台から抜け出すと、そっと居間へ向かった。

曙光《しょこう》に満ちた室内はカーテンを引いた寝室より数段明るい。その中をまるで泥棒のように忍び足で歩き、書物机の抽斗《ひきだし》を開ける。

そして目的の物を取り出すと、また寝室へ戻った。

泥棒の真似《まね》事をした自分がおかしくて、思わず笑みがこぼれる。

胸がドキドキしているのは、その高揚感からか、それとも——。

レイチェルはもう一つの寝室へと繋がる扉をじっと見つめた。

あの向こうにフェリクスがいる。ひょっとすると、すでに起きているかもしれないが。

フェリクスはとにかく忙しいらしい。当然と言えば、当然だろう。

今はサクリネ国との戦後処理もあれば、バイレモ地方の問題もあるのだから。

それでも、アリシアと過ごす時間はあるのだ。

レイチェルは大きくため息を吐いて、長椅子《いす》へ腰かけた。

（馬鹿ね、私……）

幸せな結婚生活を望むなら、嫉妬などしていてはダメだ。

それなのに愛馬にさえしてしまうのだから情けない。昨日はどうしても乗馬する気分になれず一日中部屋に籠《こも》っていた。

ところが、夜になって一人で食事をしていた時、フェリクスの側近ロバートが伝言を持って訪れたのだ。

あの夜から晩餐の席には着いていないので、フェリクスがどうしているのかは知らない。

何を言われるのだろうと恐れていたレイチェルは、しばらくして信じられない思いでぼんやり椅子に座っていた。

明日の午後――要するに今日の午後、一緒に馬での遠乗りに誘われたのだ。

もちろんすぐに承諾した。

嬉しさのあまり、ドナに何を伝えて返事をしてもらったのか、覚えていないほどだ。

（今度こそ、今度こそ、ちゃんと謝って、ちゃんと打ち明けよう）

新たな決意に胸が高鳴る。

嬉しくて、楽しみで、そして大きな不安。

ふうっと深く息を吐いて、夜のうちに新しく書いた手紙を見直す。

（………は、恥ずかしいっ！）

ずいぶん感情的な内容に、いったい自分は何を血迷っていたのだと焦る。

今度は別の意味で胸がドキドキし、嫌な汗が背を伝う。

(良かった……本当に、見直して良かった！)

証拠《しょうこ》隠滅に細かく細かく破って屑《くず》かごに捨ててほっとする。

こんなに興奮して、支離滅裂《しりめつれつ》な自分は今までになかった。

これでやっとフェリクスに歩み寄れる。きっとその期待のせいだろう。

それから午前中は何度も何度も手紙を書き直すことに時間を費やし、昼食が終わってからはそわそわと部屋の中を歩き回って過ごした。

そしていよいよ、約束の時刻。

レイチェルは期待と不安で紅潮する頬を澄ました顔で誤魔化し、厩舎へと向かった。


少し早めに着いたレイチェルはクライブとともに厩舎の中へ入り、馬房の並ぶ通路を通ってシンディのところへ進んだ。

シンディの美しい鼻面を撫でてやると、嬉しそうにぶるると応えてくれる。

『おはよう、シンディ。今日もよろしくね』

『おはよう、レイチェル。もちろん任せてね。昨日は寂しかったわ』

シンディの言葉に苦笑いを浮かべた時、馬丁《ばてい》達が馬具を持って現れた。

ブライトンの厩舎では鞍《くら》も自分で準備していたが、ここでは遠慮して邪魔にならないようにと外に向かう。

少し離れた位置で静かに待っていたクライブが後ろに続き、出口に差しかかった時、レイチェルははっと足を止めた。

城の方からフェリクスがやって来る。乗馬用のドレスに身を包んだアリシアと並んで。

アンセルムやロバートも一緒だ。

フェリクスが何事か言うと、アリシアが答え、どっと皆が笑う。

その中でも鈴の音のようなアリシアの声が、耳障りなほどによく響いていた。

(馬鹿だわ、私。本当に馬鹿だわ……)

フェリクスが一人のはずがないのに。

もちろん従者がいるだろうことはわかっていた。

しかし――。

「レイチェル様……」

心配そうなクライブに応えることもできず、レイチェルは痛む胸をぎゅっと押さえた。

懐に忍ばせた手紙がくしゃりと音を立てる。

明るい陽光に照らされたフェリクス達を、レイチェルは薄暗い厩舎の中から立ちすくんだまま見ていた。

4

厩舎の入口に立つレイチェルに、初めに気付いたのはフェリクスだった。

ふっと表情を硬くして、一瞬足を止める。

それだけで皆の視線が向けられ、レイチェルは怯《ひる》んだ。

今までの気安い雰囲気があっという間に緊張に変わる。

「待たせたようで、すまない」

硬い声での謝罪が酷く他人行儀に思えて、レイチェルの目が熱くなった。

結婚してひと月近くになるのに、交わした言葉は両手で足りる。

独《ひと》りよがりの期待が粉々に打ち砕かれて思わず泣き出しそうになったレイチェルは、フェリクスの後ろで満足そうに微笑んでいるアリシアを見てぐっと堪えた。

向こうからは陰になったこちらの顔はよく見えないはずだ。

レイチェルは唇を硬く引き結び、顎をつんと上げて数歩前へと進み出た。

温かな日射《ひざ》しの中で、重たい沈黙が辺りを覆う。

フェリクスの――国王の謝罪にレイチェルが何か返すのを皆が待っているのだ。

だが、何も返せない。返せるわけがない。

パニックに陥ったレイチェルを救ったのは、当然のことながらクライブだった。

「――レイチェル様、シンディの準備が整いました」

この状況にまったく気付いていないといった様子で、クライブはシンディを連れてにこやかに厩舎から出てきた。

レイチェルの動揺を感じ取ってか、シンディは慰めるように――傍から見れば嬉しそうに、彼女の肩に鼻先を押しつける。

応えてレイチェルが撫でてやると、シンディはご機嫌で尾をぶらぶら揺らした。

「……その馬は……本当にあなたが好きなんだな」

フェリクスはそう言うと、馬丁に連れられて次に出てきた馬に注意を向けた。

邪魔にならないように、レイチェルはシンディとクライブと場所を空けるために少し歩く。安堵《あんど》したレイチェルは一気に疲れを感じたが、クライブに向けて小さく微笑んだ。

『ありがとう、クライブ』

クライブは軽く首を横に振る。

立ち止ったレイチェルは腹帯などの最終点検を手際よくして、シンディを優しく叩《たた》いた。

『ありがとう、シンディ』

『いいのよ〜。夫婦喧嘩《げんか》？　ダメよ、隙《すき》を見せちゃ。ああいう女はね、性質《たち》が悪いから。いるのよねぇ、馬にも。あたしがちょっと美しいからって、僻《ひが》んじゃって。気立てが良いとかなんとかって、馬鹿な男は騙《だま》されるのよ。馬も人間も、男ってホント馬鹿』

ふんっと鼻を鳴らすシンディの言い様がおかしくて、レイチェルは思わず笑う。

その様子をさりげなく見ていたフェリクスは、やがて目を逸らして自分の愛馬の点検に集中した。

『あら、あの子、ルルに乗るのね。大丈夫かしら？』

レイチェルがシンディの言葉を聞いてアリシアへ目を向ければ、彼女に用意された馬は栗毛《くりげ》の雌馬、ルルだった。

ちょっと気が強いシンディと違って、ルルはとても気立てが良くおとなしい。しかし、少し神経質で臆病《おくびょう》なところがある。

手綱を誰かが引いて、馬場をゆっくり歩いたりする初心者の練習には最適の馬だが、遠乗りには向いていない気がする。

「ルルは遠乗りには向いていないんじゃないか？　他の馬に変えた方がいい」

まるでその気持ちが通じたかのようなフェリクスの言葉。

レイチェルが驚きながらも知らないふりをして聞き耳を立てていると、アリシアの拗《す》ねた声が聞こえた。

「いつもこの馬に乗っているんですもの。他の馬なんて慣れていないし、無理ですわ」

「だから、また――」

「陛下、少しよろしいでしょうか？」

呼ばれてフェリクスの言葉は途切れる。

城から政務官がやって来て、何かを伝えているようだ。

皆の注意がそちらに向いた時、シンディが訝《いぶか》しげに鳴いた。

『どうしたのかしら？　ルルったら、ずいぶん怯えてるわ』

レイチェルはフェリクス達の方へと向けていた視線をルルへと移した。

そこで、ルルが落ち着かなげに首を振り、尾を振っていることに気付く。

手綱はアリシアが引いており、馬丁の姿は近くに見えない。

そのアリシアもフェリクス達に気を取られ、ルルの様子には気付いていなかった。

よくよく見れば、ルルの鼻先に小さな虫が飛んでいる。どうやら蜂《はち》のようだ。

自分の馬を引いてきたクライブに知らせる間もなく、レイチェルはシンディの手綱を預け、ルルのもとへ向かった。

『ルル、大丈夫よ。落ち着いて』

近付きながら優しくなだめても、すっかり怯えたルルにレイチェルの心は届かない。

ルルが荒々しく鼻を鳴らしてようやくアリシアが馬の様子に気付き、苛立《いらだ》たしげに手綱を強く引いた。――瞬間、ルルが激しくいなないて後ろ足で立ち上がった。

手綱に引っ張られたアリシアが地面に投げ出される。

レイチェルが身の危険も顧みずアリシアの前に立ち塞《ふさ》がると、ルルはどうにか別の場所へと前足を下ろした。

その時、幸いにも手綱を掴むことができたレイチェルは、必死にルルをなだめにかかった。

『ルル、落ち着いて。もう蜂はどこかに飛んでいったわ』

『酷い！　あの子、酷いの！　急に手綱を引くなんて！　蜂に刺されたらどうするの!?』

蜂はすでにいなくなっていたが、興奮するルルには伝わらない。

暴れるルルを駆けつけた馬丁と押さえた時、尻《しり》もちをついたままのアリシアがわっと泣き出した。

「お、王妃様が急に！　この馬を驚かせたから！」

レイチェルは唖然《あぜん》としてアリシアを見下ろした。

馬丁がまだ落ち着かないルルをその場からどうにか引き離していく。

「アリシア、大丈夫か!?　どこが痛むんだ!?」

アンセルムが泣き喚《わめ》くアリシアの側に屈《かが》み、心配そうに体のあちこちを調べ始めた。

辺りは他の馬達も興奮して騒然としている。

何かできることはないかとレイチェルが顔を上げると、皆から冷たい視線を向けられていた。

思わず一歩後ずさったレイチェルに、フェリクスが何か言おうとして近づく。

その時、レイチェルの肩にクライブがそっと触れた。

「レイチェル様、戻りましょう。お怪我《けが》の手当てをなさらなければ」

意味がわからず振り向いたレイチェルの足元にクライブは跪き、懐から取り出した布を彼女の右手に巻き付けた。

見下ろせば、白い布がじわりと赤く染まっていく。

「手綱を引かれた時に、お怪我なされたのでしょう。さあ」

促され、呆然《ぼうぜん》としたままのレイチェルは、その場から――フェリクスからゆっくり離れていった。

背後からはアリシアの泣き声とアンセルムのなだめる声、騒然とする場を収めるフェリクスのきびきびとした声が聞こえる。

まるでその声から守るようにクライブが背後に従ってくれていた。

怪我の痛みはまったく感じない。

ただ胸が酷く痛み、レイチェルは上手く息ができなかった。

第四章

1

結局、中止になってしまった遠乗り。

あれからレイチェルはまた部屋に閉じこもる生活に戻っていた。

別に、それはブライトンの王宮と変わらない。ただ今のレイチェルには夫がいる。

その夫――フェリクスからは何度か面会の申し込みがあったが、体調不良を理由に断っていた。

どうしても会いたければ、あの扉を開ければいいのだ。たったそれだけなのに。

あの時、フェリクスは何か言いかけていた。

それが何だったのか気にはなるが、もしまた責められたらと思うと怖いのだ。

窓際に座ったレイチェルは小さなため息を吐《つ》いた。

側《そば》では賑《にぎ》やかに小鳥達がおしゃべりをしている。

『――それでね、腹が立ったから、その子達にフンを落としてやったの』

『ええっ！　それでどうなったの？』

『それはもう大騒ぎよ。キャーキャー悲鳴を上げちゃって、いい気味だったわ』

『あたしたちのレイチェル様を悪く言うなんて、許せないもんね？　次に誰《だれ》かがまた悪口言ってたら、あたしもフン攻撃をやってやるわ！　任せてね、レイチェル様！』

『え？　……ごめんなさい、聞いてなかったわ』

『ううん。いいの、別に。大したことじゃないから！』

『そうそう、気にしないで！』

申し訳なさそうにレイチェルが謝罪すると、小鳥達が小さく羽ばたいた。

そして、レイチェルの手元を覗《のぞ》き込む。

『素敵！　その青い鳥はわたしね？』

『黄色い鳥はあたしだわ！　そうそう、翼の先だけ少し茶色なのよねえ』

レイチェルはここ数日の間に、マリベルに贈るハンカチを完成させ、次に叔母のために薄手のショールを編んだ。

今はマリベルの新居で使えるようなクッションカバーを作っている。

可愛らしい小鳥達が戯《たわむ》れていたり、美しい花々を刺繍《ししゅう》すれば、きっと喜ぶだろう。

手綱で怪我《けが》をした右手は出血の割に大したことはなく、日常生活にも支障はない。

ドナ達もずいぶん心配をしていたが、刺繍に集中するレイチェルを見て、大丈夫そうだと安堵《あんど》したようだった。

だが本当は必死になって針を刺していた。

気がつけば、ついあの時のことを考えてしまっている。

アリシアはショックで一日寝込んだらしいが、幸い大きな怪我もなく、翌日の午後にはサロンに顔を出して皆を喜ばせたらしい。

（あの時、私の近付き方がまずかったのかしら……）

それでルルをますます怯《おび》えさせ、アリシアを誤解させてしまったのかもしれない。

怯えて暴れていたルルは、あとで確認に行ってくれたクライブから、怪我も見当たらず元気だったと聞いた。

ほっと胸を撫《な》で下ろしたレイチェルは、次に大きな後悔に襲われた。

自分が出しゃばらず、余計なことをしなければ、何事もなかったのかもしれないのだ。

そのため、レイチェルはアリシアに謝罪の手紙を書こうとした。だが、書けなかった。

心がどうしても拒絶してしまう。そんな狭量な自分に呆《あき》れながらも諦《あきら》めた。

(もういいわ。もう、どうでもいい……)

レイチェルは現実に意識を戻し、また小さくため息を吐いた。

シンディにはとても会いたいが、上手《うま》く笑える自信がない。きっと心配をかけてしまう。

もう少し時間を置こうと考えて針先に集中しながら、聞くともなしに小鳥達のおしゃべりを聞く。

『……でね、……なんだって』

『ええ⁉ それが本当なら大変じゃない。じゃあ、ひょっとして……』

『かもしれないわね。ホント困るわぁ……』

いつしかレイチェルは手を止め、小鳥達のおしゃべりに意識を向けていた。東のバイレモ地方の話らしい。

最近、よく小鳥達からその噂《うわさ》を耳にするレイチェルは、エスクーム国と何か関連があるのかもと気になっているのだ。

その時、新たに三羽の小鳥が飛んできて騒ぎ始める。

『来たよ、来たよ！　帰ってきたよ！』

た。

『ビックリしたね！　でも嬉《うれ》しいね！』

『王子様が帰ってきたの！』

レイチェルは何のことかわからず首を傾《かし》げたが、他《ほか》の小鳥達は一緒になって騒ぎ、飛びはね、鳴いた。

『どっち!?　どっちの王子様が帰ってきたの!?』

『リュシアン様よ！　みんなを驚かせようって、こっそり帰ってきたのよ！』

『もうお城は大騒ぎよ！　王様は怒って喜んでたわ！』

『そうそう！　立場を考えろって！　でも、よく帰ってきたなって！』

『これからお城はパーティーよ！』

『パーティー！　パーティー！』

小鳥達の大合唱にドナや侍女達も何事かと駆けつけた。

レイチェルはどう説明したものかと考えながら、とりあえずわかったことだけを伝える。

『どうやら、リュシアン殿下がお戻りになったみたいなの』

「まあ！　そのような重要なことをお知らせくださらないなんて！」

『違うのよ。陛下もご存じなかったそうなの。急に殿下がお戻りになったらしいわ』

憤《いきどお》るドナに慌ててレイチェルは付け加えた。

侍女達は困惑して顔を見合わせている。

ドナは納得していないのか、渋々といった様子で侍女達に向き直った。

「陛下の弟君でいらっしゃるリュシアン殿下がお戻りになったそうよ。この後、陛下からの使者が部屋に来るかもしれないわ」

「それで先ほどから城内が少し騒がしいのですね」

「では、レイチェル様にお支度なさって頂くほうがよろしいのでは……」

ドナから話を聞いた侍女達は明らかにほっとしたようだった。

レイチェルの立場が悪いと、侍女達にも迷惑をかけてしまう。

そのことが申し訳なくて、次にドナに問いかけられた時には、レイチェルは力強く頷《うなず》いた。

「それでは、もしリュシアン殿下がいらっしゃったら、お会いになるのですね？　陛下からの使者とも？」

驚いて念を押すドナの言葉にまた頷いて応《こた》えると、侍女達が準備に動き出した。

そこへクライブが部屋へと入ってくる。

「レイチェル様、どうやらリュシアン殿下が駐屯《ちゅうとん》していた国境付近から戻ってきたようです」

「遅い、遅いわ、クライブ。レイチェル様はとっくにご存じよ」

「は？」

使えない息子ね、と言わんばかりにドナは残念そうに首を振っている。

きょとんとした顔のクライブがおかしくて、レイチェルは笑った。

『さっき、小鳥達が教えてくれたの。リュシアン殿下が戻られたって。かなり人気がある方みたいね？』

「あ、ああ、ええ。そのようですね。なんでも明るく気さくな方だとかで、殿下のご帰還に、城中の者達が喜んでいるようです」

『そうなのね。じゃあ、殿下が戻られたってことは、サクリネ国との問題は解決したのかしら。だとしたら、本当に喜ばしいことね？』

「――はい。……そうですね」

一瞬のためらいの後のクライブの返答にレイチェルは気付かなかった。

侍女達にお早くご支度をと、急《せ》かされる。

だが急ぐ必要などなかった。

その日、レイチェルのもとにリュシアンが訪れることもなければ、使者が言伝《ことづて》を携えてやって来ることもなかったのだから。

2

(雨が……降りそうね……)

鈍《にび》色の雲が広がる空は、まるでレイチェルの心のように暗い。

昨日の夜、部屋で一人食事をとっている時ほど孤独を感じたことはなかった。

ドナ達に余計な気遣いをさせてしまったことが申し訳なく、居たたまれなかったのだ。

(やっぱり、間違ってばかりだわ……)

諦めようと思うのに、諦められない。もうどうでもいいと思うのに、気になってしまう。

頑張ると、エリオットには強がってみせたが、結局は何もできていない。

曇天《どんてん》の下を巣へと急ぐ鳥達の姿を見つめていたレイチェルは、ふと視線を下げて目をとめた。

（あら？　……あれは、ひょっとして……？）

雨になる前に時折吹く強い風にあおられて、中庭の大木の根元でちらちらと鮮やかな色が揺れている。

思わず身を乗り出したレイチェルだったが、閉じられた窓ガラスにゴンッと派手な音を立てておでこをぶつけた。

その音に驚いて、ドナが駆け寄る。

「レイチェル様⁉　お怪我はございませんか⁉」

『大丈夫よ。ちょっとうっかりしていただけ』

自分の間抜け加減が恥ずかしくて顔を赤くしたレイチェルとは逆に、ドナは青ざめている。

ドナは昔から過保護だ。

しかし、必要以上に心配をかけている今の状況では、ちょっとしたことでもドナが大騒ぎをするのを止められない。

白いものがちらほら混じり始めた黒髪を見ているうちに切なくなって、レイチェルはぎゅっとドナを抱きしめた。

「……あらあら、レイチェル様。本当は痛かったのですね？」

笑いを含んだ優しい声に、背中を撫でる温かな手。

その手に慰められて、レイチェルは少し離れると、弱音を吐き出した。

『ドナ……私、わからないの。どうしてこんなに苦しいのか……。今までだって、こうして窓から外を眺めてばかりいたわ。もちろん、寂しい時はあったけど、こんなに苦しい思いはしなかったのに……』

「そうですね……。それはきっとレイチェル様が、新しい世界で、新しい感情を知ってしまわれたからではないでしょうか？」

『新しい感情？』

ドナはレイチェルを励ますように微笑《ほほえ》んでいる。

「その苦しみを感じられる時に、思い浮かぶ方がいらっしゃるのでしょう？」

『それは……』

「私にお答えくださらなくてもいいんですよ。ただ、今までが急すぎましたから、レイチェル様の感情が追いつかれていないのでしょう。ですから、少しだけ落ち着いて、ご自分の感情と真っ直《す》ぐに向き合ってみられてはどうですか？　きっとこれからどうするべきかの答えが見つかるはずですから」

『どうするべきか……』

独《ひと》り言のように唇だけ動かして、レイチェルは考え込んでしまった。

しかし、ドナは急かすことなく、静かに待っている。

『……そうね。ええ、何となくわかったわ。ありがとう、ドナ』

「いいえ、大したことは申しておりませんよ。それで、おでこを赤くされてまで何をご覧になっていらっしゃったのですか？」

なんでもないとばかりに明るく答えて、ドナはレイチェルのおでこを見ながら問いかけた。

レイチェルは思わずおでこを片手で隠し、それから窓の外を指さした。

『あそこにカトレアが咲いているの』

「まあ、本当に。やはりブライトンより暖かいからか、屋外でも花を咲かせるのでしょうかねえ？」

カトレアはレイチェルの母が好きだった花だ。

母を亡くし、声を失《な》くし、嘆いていた時に、侯爵夫人が固い蕾《つぼみ》のついた鉢を持ってきて優しく言った。「この蕾が綺麗《きれい》に咲いたらまた見にきますわね」と。

どうしても夫人に早く来てほしかったレイチェルは、せっせと蕾の世話をした。

水をあげすぎてドナに注意され、真剣に植物の本を読み、侍女にお願いして庭師から栄養剤を分けてきてもらったり。

ようやく華麗な花が咲いた時、夫人はエリオットとマリベルを連れてまた来てくれたのだ。

それ以来、レイチェルの部屋は美しい花と緑で溢《あふ》れるようになった。

輿《こし》入れの際には、環境の変化を考えて全《すべ》てを王宮の庭師に預けたのだが、また植物の手入れを始めるのもいいかもしれない。

『今日はお天気が悪いから無理だけれど、明日にでも見に行きたいわ』

「さようでございますね」

レイチェルが元気を取り戻したことを喜んで、ドナがにこやかに答えた。

その時、侍女の一人が慌てた様子でやって来た。

先触れの使者もなく、突然リュシアン殿下が訪れたというのだ。

追い返すわけにもいかず、前室に待たせたまま、あたふたと身支度を始める。

どうにか体裁を整えたところで、入室の許可を出した。

「突然の訪問、申し訳ありません。ですが、私はどうも堅苦しいことは苦手で……」

朗らかに笑って言い訳めいたことを口にするリュシアンに、レイチェルは目を奪われた。

フェリクスとよく似た面立ちが笑み崩れ、温かな視線が自分に向けられている。

レイチェルは高鳴る胸を無視して、平静を装い冷ややかな視線を返した。

「王妃陛下、お初にお目にかかります。ルースロ公リュシアン・カルサティと申します。噂以上にお美しい王妃陛下にこうしてお目にかかれるなど、ひょっとして私の一生分の幸運を使い切ってしまったかもしれません」

仰々しくレイチェルの足元に跪《ひざまず》いて挨拶《あいさつ》するリュシアンを、皆が呆気《あっけ》に取られて見ている。

動揺する心を押し隠して見下ろすと、顔を上げたリュシアンの青色の瞳《ひとみ》がきらきらと輝く。

「これほどにお美しい方を娶《めと》ることができた兄が本当に羨《うらや》ましい。間違いなく、兄は一生分の幸運を使い切ったでしょうね」

お世辞とはわかっているが、どう反応していいのかわからず、レイチェルは目を泳がせた。

扉近くに立つクライブは警戒の色を滲《にじ》ませ、リュシアンを見ている。

心配性の彼らしい態度がおかしくて心が軽くなったレイチェルは、そこで今さらながらリュシアンが側近も連れず一人だと気付いた。

「先ほども申しましたが、私は堅苦しいことが苦手なのです。その上、人を驚かせるのが大好きで、さらに厚かましい性格をしておりますので、今は王妃陛下にお茶を淹れて頂けたら嬉しいなと思っております」

まるでレイチェルの心中に答えたようなリュシアンの言葉。

だがその後に続いた内容に、思わずレイチェルは笑みを浮かべた。

その明るく美しい微笑みを見て、リュシアンが目を見開く。

結局、お茶を一緒にすることになったレイチェルは、ドナを従えてソファに座ったが扇子《せんす》の出番はなかった。

よく喋《しゃべ》るリュシアンのお陰で、レイチェルは首を縦か横に振ればいいだけだったのだ。そして、予想外に楽しい時間を過ごすことができた。

翌日は朝からよく晴れ、レイチェルは中庭を散策する決心をした。

久しぶりに部屋から出るのは怖かったが、やはり外の空気は気持ちがいい。

暖かな昼下がりの日射《ひざ》しの中で、草花は美しく輝き、時折前日の雨の滴《しずく》を落とす。

ゆっくりと歩みながら色とりどりの花や緑を楽しみ、レイチェルは大木の下へとやって来た。

『やっぱりカトレアだわ。ブライトンで世話していたものより、少し小ぶりだけど、とても鮮やかな色ね』

「さようでございますねえ。日当たりが悪いわけではないようですので、品種が違うのでしょうか？」

『この木の根が張る土が違うからかもしれないわね。それともやっぱり屋外だからかしら？　室内より温度変化が激しいのですもの。クライブはどう思う？』

「レイチェル様、無茶ぶりはやめてください」

花には全く興味のないクライブに意地悪い質問をして、レイチェルは笑った。

もう笑顔を隠すつもりはない。

偽りの世界で十二年間生きてきたレイチェルには、まだ全てをさらけ出す勇気は持てなかった。だが、少しずつ新しい自分の世界で生きればいい。

ドナとクライブの笑顔を見ていると、そう思えた。

しかし、ふっとクライブの顔に警戒の色が浮かぶ。

レイチェルも澄ました顔を取り繕い、彼の視線を追って振り返った。

「ずいぶん楽しそうですね。何かおもしろいものでもありましたか？」

爽《さわ》やかな笑みを浮かべたリュシアンが近付いてくる。

明るい日射しに照らされた艶《つや》やかな黒髪は軍人らしく短めに整えられているが、リュシアンはやはりフェリクスによく似ていた。

人々に無視されるのは慣れている。軽蔑《けいべつ》を隠した偽りの笑みを向けられるのも。

だが、心から親しみを込めた笑みを向けられると、どうしていいのかわからない。

レイチェルはぷいっと顔をそむけ、カトレアをじっと見つめた。

「ああ、カトレアが咲いているのですね。この花はどれも美しいですが、私は特に純白のものが好きですね。あなたにぴったりだ」

リュシアンはレイチェルの側近くまで来ると跪き、薄紅色の花びらをそっと撫でた。

そして見上げて微笑む。

「でも今は、この花のようですね」

リュシアンは頬《ほお》を赤く染めたレイチェルの右手を取って、敬愛を示す口づけをした。

ドナははっと息をのみ、クライブはぐっと歯を食いしばって拳《こぶし》を握る。

つんと澄ました表情を装うことも忘れたレイチェルが呆然《ぼうぜん》としてリュシアンを見下ろしていると、回廊から明るい笑い声が聞こえた。

それからすぐにフェリクスとアリシアが現れる。

「あら、まあ」

レイチェルとリュシアンが一緒にいることに驚いて、アリシアが声を洩《も》らす。

フェリクスは何も言わず、ちらりとレイチェルの右手を見た。

立ち上がったリュシアンに未《いま》だ右手を取られたままだったことに気付いたレイチェルは、慌てて手を引く。

リュシアンは気にした様子もなく、フェリクスの腕を縋《すが》るように掴《つか》むアリシアの手をちらりと見た。

「おや、まあ」

わざとらしく声を上げて、リュシアンが楽しげに笑い始める。

すると、フェリクスまで声を出して笑い、アリシアが拗《す》ねたように頬を膨らませた。

さっぱりわけがわからない。


レイチェルはフェリクスに向けて小さく膝《ひざ》を折ると、逃げるようにその場から離れた。

――兄弟間のくだらない冗談に巻きこんでしまったことを、どうかお許しください。酷《ひど》く馬鹿《ばか》にされた気分で部屋に戻り、しばらくしてから届いたのは短い謝罪の手紙とカトレアの鉢植え。

追伸に〝美しい花を切ってしまうことはできなかったので、鉢植えのままで失礼いたします〟とあり、レイチェルは嬉しくなった。

もし、切り花が届いていたら悲しかっただろう。

だが、返事は出さなかった。もう彼に関わるのは十分だと思ったのだ。

それなのに――。

「レイチェル様、また届きましたが……」

『……』

あれから三日、午前午後と一日二回届けられるカトレアの鉢はこれで六鉢目になる。

そのどれもが違う色の花を咲かせ、今回は黄色だった。

中庭で見たものとは違う大ぶりの花は、恐らく温室かどこか、室内で育てられたものなのだろうが、このままでは色々な意味で迷惑だ。

はあっとため息を吐くと、侍女のハンナはほうっとため息を洩らした。

「なんて情熱的なのでしょう……」

「ええ？　物は言いようね」

普段は口数も少なく、おとなしいハンナの言葉に、もう一人の侍女ベティが驚いて返す。

そのやり取りがおかしくて、レイチェルは笑った。

そして石板に簡単な文章を書いて見せる。

〝殿下にお礼の手紙を書くわ〟

言葉通り机に向かい、レイチェルはリュシアンに宛《あ》てて、鉢のお礼と三日前のことは気にしていない旨を書いた。

これでもう彼も気が済むだろうと。


（なのに、どうしてまた……）

午後になって、またカトレアの鉢が届いた。

しかもリュシアン本人が持って。

「ようやくお返事を頂けたことが嬉しくて、直接参りました。これは、お許し頂いたお礼の品です」

レイチェルは差し出された純白のカトレアの鉢とリュシアンのにこにこ笑う顔を何度か見比べ……堪《こら》え切れずに噴き出した。

許すと手紙に書いた覚えはないが、もう細かいことはどうでもいい。

確かリュシアンはレイチェルより四歳年上のはずなのに、少年のような無邪気さは心を和ませてくれる。

背を向け肩を揺らすレイチェルを見て、リュシアンは残念そうに呟《つぶや》いた。

「あなたはあまり笑わないと聞いていましたが、もっと笑えばいいのに。それほど美しい笑顔を隠してしまうなんて、意地悪ですよ。それに幸せも逃がしてしまう。でもまあ、あなたの思うようになさるのが一番ですけどね」

レイチェルはふっと笑いを収めて振り返ると、リュシアンの青い瞳を真っ直ぐに見つめ、今度は悲しそうに微笑んだ。

それから差し出されたままの鉢を受け取り、小さく頭を下げてから私室へと入る。

失礼なことは承知だったが、後の対応をドナへと任せて、レイチェルは長い間カトレアをぼんやり見ていた。

頭の中には、リュシアンの言葉が何度も繰り返されている。そして、あの雨の日のドナの言葉も。

この〝新しい感情〟が何なのか。本当はもう答えが出ているのに、ただ認めたくなかっただけ。

やがて立ち上がったレイチェルは、寝室のチェストから小さな鍵《かぎ》を取り出し、私室にある書物机の鍵付きの抽斗《ひきだし》を開けた。

いくつかの書類や私信の封書をどけ、隠すように入れていた薄い封書――父からの手紙を取り出す。

もう二度と目にしたくないと思っていたけれど、恐る恐る開いて再び読み直すと、レイチェルは封に戻して居間へと向かった。

『ドナ、火が欲しいの』

「……火、でございますか？」

『ええ、危ないことはしないわ。これに火を点《つ》けたらすぐに暖炉に捨てるから』

「……かしこまりました」

レイチェルは室内を見回して侍女達がいないことにほっとした。

この場にいれば、きっと何事かと心配しただろう。

ドナがすぐに着火棒を持って戻り、火を点ける。

上質な紙でできた封書はあっという間に燃え上がり、暖炉の灰となっていく。

ドナは誰からの手紙か気付いただろうに何も言わず、二人は季節外れの暖炉の火をただ静かに見ていた。

3

「サイクス候、無事に戻って何よりだ。ご苦労であった」

「もったいないお言葉を頂き、恐縮でございます」

重々しい口調で国王が労《ねぎら》いの言葉をかけると、エリオットは深く頭を下げた。

ブライトン王宮に戻ったエリオットは、その足で帰還の報告に国王のもとへと訪れていた。

部屋には王太子のルバートや宰相のベーメル、他に主だった大臣や貴族達数人が同席している。

「それで、バイレモ地方に向かった将軍達はどうであった？」

「彼らは自分の任務を十分に理解しております。ご心配には及びません」

「そうか。……で、レイチェルはどうだ？　フェリクスと上手くいっているのか？　ここまで芳《かんば》しくない噂が流れてきておるが……」

「……残念ながら、良好とは申し上げられません。フェリクス国王は少し気難しい方のようですので、レイチェル様も苦心しておられるようです」

「はは、逆ではないのか。あの娘の扱いにフェリクスが苦心する姿が見えるようだがな」

冗談めいた国王の言葉に皆が笑う。

エリオットはかすかな笑みを湛《たた》えたまま何も返さなかった。

場が収まったところで、エリオットがまた口を開く。

「レイチェル様からは、陛下へお手紙をお預かりしております」

エリオットから恭《うやうや》しく差し出された手紙を、国王は無造作に受け取ると、その場で開封してざっと目を通した。

そして、馬鹿にしたように鼻を鳴らし、そのまま側近へと渡す。

「ほんに、困った娘だ。余の気持ちを少しも汲《く》み取ろうとせぬ」

ぼやく国王に、再び皆が笑う。

だが、その言葉の真意を知る者達の顔にはかすかな嘲《あざけ》りが浮かんでいた。

その一人であるルバートがエリオットに軽い調子で声をかける。

「そういえば、そなたもそろそろ妻を娶るべきだろう？　エリオット、良い縁談があるのだが、どうだ？」

「いえ、私はまだ……」

「まあ、そう言うな。疲れているだろうが、屋敷に戻る前に私の執務室に来てくれ。そなたはいつものらりくらりと逃げてしまうからな、わかったな？」

「……かしこまりました」

強引に話を進めるルバートに皆の前で逆らうこともできず、エリオットはついに了承した。

それを見ていた貴族達が楽しげにからかいの言葉を口にする。

そうして、国王の前を辞したエリオットは仕方なくルバートの後に従った。

「無理やり引き止めて、すまなかったな」

「いえ……」

執務室に入るなり、ルバートは謝罪した。

しかし、その顔には少しも悪びれた様子は見られない。

ルバートは従僕に酒を注《つ》がせて下がらせた後、グラスを持って応接用のソファに腰を下ろした。

「叔母上とマリベルはお元気か？」

「はい、お陰さまで。お気遣い頂き、ありがとうございます」

「それで、マリベルは結婚が決まったのに、お前は何をしているんだ。このまま侯爵家を潰《つぶ》す気か？」

「殿下こそ、どうなさるのです？　王家を潰すおつもりですか？」

「私のことはいい。妃《きさき》との間に子を作るつもりはないからな。それより、お前だ」

「いいえ、私は――」

苦い顔で否定しかけたエリオットを、ルバートは手を上げて制した。

そのままゆっくりと酒を飲み、じっとエリオットを見る。

「なあ、エリオット。我が国王陛下の望みは何だ？」

「それは……」

エリオットが答えを言い淀《よど》むと、ルバートはふっと笑ってグラスをテーブルに置いた。

「口にすることさえためらうほど愚かなことを、あの強欲じじいどもはなおも求めている。それも全て己のせいだというのに。本当に、頭の痛いことだな」

「殿下は……」

「ああ。私はモンテルオに興味はない。同盟国として協力するのは仕方ないだろう。もちろん見返りは必要だ。だが、そこまででいい。バイレモ地方を掠《かす》め取ろうとまでは思わないな」

「それでは、レイチェル様はどうなさるおつもりですか？」

「つらい思いをしているなら戻せばいい。本人が望むのならばな。別に……従兄妹同士の結婚は禁忌ではない。確かに我々の血は近すぎるとは思うが、反対するつもりもない」

そこまで言って、ルバートはグラスを持って立ち上がり、自分で二杯目を注いだ。

「此度《こたび》の婚姻による同盟は反対したんだがな……。今の私では意見一つも通らない。エリオット、すまなかった」

「……謝罪なさる意味がわかりません」

「馬鹿だな、お前は」

エリオットの言葉にルバートは呆れたように笑い、それから一気に酒を飲み干して、大きく息を吐き出した。

「十二年前……私はあまりに無力だった。守るべきものを守ることもできず、ただ見ていることしかできなかった」

「それは私も同じです。父にはあれほど気をつけるようにと言われていたのに……」

今までにないルバートの言葉に内心でかなり驚きながらも、エリオットは答えた。

ルバートはずっと宰相にいいように操られているふりをしていたはずなのに、どういった心境の変化なのかと訝《いぶか》る。

しかし、エリオットは続いたルバートの言葉で、その覚悟を知った。

「過去を変えることはできなくても、今は違う。私は十分待ったんだ。だがこれ以上は無理だ。このままでは、この国は腐り果ててしまう。エリオット、協力してくれないか？」

「殿下……」

吐き出すように告げたルバートは、悲しげな笑みを浮かべてエリオットに切り出した。

そのレイチェルによく似た笑顔の中で、深い藍《あい》色の瞳だけが強い決意を表している。

詳しく聞くことはなくても、ルバートが何を求めているのか、エリオットは理解した。

「かしこまりました、殿下。私は全力で以《もっ》て、殿下に従わせて頂きます」

4

モンテルオ城内では今、王妃陛下と王弟殿下はただならぬ仲であるらしい、との噂が密《ひそ》かに、広く囁《ささや》かれている。

王妃陛下は夫である国王陛下にさえ会うことを拒んでいるのに、王弟殿下とは毎日午後のひと時を一緒に過ごしている、と。

実際のところは、午後になると先触れもなくふらりとやって来たリュシアンが、沈黙したままのレイチェルを前にひとしきりおしゃべりをして帰っていくだけなのだが。

「レイチェル様、本当にこのままでよろしいのでしょうか……」

レイチェルが窓際で小鳥達のおしゃべりを聞きながら刺繍をしていると、ドナが遠慮がちに問いかけた。

表情だけで『何が？』と返せば、ドナは心なしか声をひそめて続ける。

「リュシアン殿下です。このままでは……国王陛下に誤解されてしまいます」

『……大丈夫よ。陛下は誤解などなさらないわ』

「ですが、城内はお二人の噂でもちきりです。否《いや》が応《おう》でも陛下のお耳には入っているでしょう」

部屋にいたクライブが心配に顔を曇《くも》らせて口を挟む。

レイチェルは刺繍道具を置いて、二人にきちんと向き直った。

そして一度大きく息を吸うと、手ぶりで今の気持ちを打ち明ける。

『私ね、ずっと幸せになることを夢見ていたの。でも、それじゃダメだって気付いたわ』

「レイチェル様、それは――」

『違うの。諦めたわけじゃないのよ。ただ、夢見てるだけじゃダメだって。自分から幸せになるために動かなきゃって気付いたの』

ドナからクライブへ、ゆっくりと視線を動かして、レイチェルはにっこり笑った。

『いつか王子様が……って、物語みたいに王子様のような誰かが迎えに来てくれることを願っていたから、勝手に陛下を王子様に当てはめて私を幸せにしてくれると思い込んだの。ちゃんとした覚悟もないのに、幸せにしてもらうために努力するなんて……間違っていたわ』

「レイチェル様……」

ドナはレイチェルの決意を悟って、言葉を詰まらせた。

『私がしなければならないのは、幸せになるための努力よ。陛下が何かしてくださるのを待っていてはダメ。自分から動かないと』

レイチェルは窓際に置かれた鉢植えを見つめた。

純白のカトレアは、一番上の姉が遠くの国へと嫁いでいく日、髪に飾っていた花だ。

あの時、母は姉を抱きしめて言った。――幸せは自分で掴むものよ。だから努力なさい。そして、幸せになりなさい、と。

幼い頃《ころ》のことを思い出せば、自然と顔がほころぶ。

優しかった母のことを同じように思い出したのか、ドナは涙ぐんでいる。

しかし、まだ心配げなクライブは、ためらいがちに口を開いた。

「では、その……リュシアン殿下とは……」

『殿下とは、たぶん……目的が同じなのよ。だから――』

言いかけたレイチェルは、侍女のベティが戻ってきたので手ぶりをやめた。

どうやら、またリュシアンが訪れたらしい。

「厨房《ちゅうぼう》から美味《おい》しそうな匂《にお》いがしたので、もらってきましたよ」

にこにこしながら現れたリュシアンは、手にバスケットを持っている。

お菓子の美味しそうな匂いには確かに惹《ひ》かれるが、受け取ってもいいものかと躊躇《ちゅうちょ》するレイチェルの心を察してか、リュシアンはかぶせていた布巾《ふきん》を上げ、一つ摘まんで食べた。

「うん。やっぱり美味しいですよ」

ひょっとして毒見のつもりなのかもしれない。

別に疑っていたわけではないが、ここまでされて断るのもまずいかと、レイチェルは手を差し出した。

リュシアンはさらに笑みを深くする。

直接レイチェルが受け取ったことが嬉しいようだ。

「今日は、残念ながらお別れの挨拶に来たのです」

わずかに驚いたレイチェルが眉《まゆ》を上げると、リュシアンは白々しく悲しそうな顔をした。

「なんてことだ。もっと悲しんでくださると思ったのに。……とはいえ、またお会いできる日も来るでしょう。駐屯地までは馬を飛ばせば二日の距離ですし、サクリネ国との問題はもうすぐ解決しますからね」

そう言って、リュシアンの顔に笑みが戻った時、血相を変えた侍女のハンナが部屋に飛び込んできた。

「あ、あの――」

「別に、知らせずともよいだろう？　王妃とは、先触れのない方が会えるのだから」

ハンナの後ろからいきなり現れたフェリクスに、部屋にいた者達は固まった。

その中で一人、リュシアンが陽気な声を上げる。

「やあ、兄上。お久しぶりです。お元気そうですね」

「お前とは今朝会ったばかりだ。それよりも、久しぶりなのは王妃、あなただ」

青灰色の瞳で見据えられ、我に返ったレイチェルは慌てて膝を折った。

皆も急ぎ従う。

フェリクスはスカートを摘まんだレイチェルの右手をちらりと見て、窓際のテーブルの上を見ると、緊張に青ざめる彼女の顔に視線を戻した。

「……怪我が治ったようで何よりだ」

呟いて、フェリクスはにやにや顔のリュシアンを睨《にら》みつける。

「午後は出立《しゅったつ》前の会議だと申しただろう？」

「はっ！　そうでした！　甘い匂いに釣られて、すっかり忘れておりました！」

「リュシアン、いい加減にしろ」

「おやおや、男の嫉妬《しっと》は見苦しいですよ。私だけが王妃様とお会いできることが、そんなにお気に召さなかったのですか？」

軽口を叩《たた》く弟を無視して、フェリクスはレイチェルに向かって頷いてみせると、踵《きびす》を返した。

リュシアンも「では、また」と簡単な挨拶を残して去っていく。

顔を赤くしたレイチェルは呆然として、二人を見送るしかなかった。


リュシアンが出立する前日の出来事は、あっという間に噂になった。

そして、次第に尾ひれがついて広がり、今では王妃様と殿下の密会中に陛下が踏み込み、怒った陛下が殿下を駐屯地に追い返した、ということになっているらしい。

「これで満足か？」

「さて、何のことでしょうか？」

「リュシアンをわざわざ呼び戻したのは、お前だろう？」

「はい。それが何か問題でも？」

「……」

不機嫌な声での問いに、アンセルムは薄い笑みを浮かべたまま。

フェリクスは何も言わず立ち上がると、壁に貼《は》られた地図の前まで歩み、静かに眺めた。

二人だけの執務室には重たい沈黙が広がる。

「――おかしいと思わないか？」

「何がでしょう？」

「王妃の行動だ。あれではまるで……」

「評判通りの姫君ではありますけどねえ」

言葉を濁したフェリクスに答えたアンセルムは、書類を置いて立ち上がった。

そして、フェリクスの隣に並ぶ。

「このモンテルオとエスクーム国を東西に隔てるカントス山脈も、南側のこちらは比較的勾配《こうばい》が緩やかです。エスクーム軍がバイレモ地方への侵攻を企《くわだ》てているのは間違いなくここからでしょう。ただ問題は、今までエスクーム王家が放置していた……と言うより、反目していた山岳部に住む部族――山賊まがいの好戦的な部族と手を組んだという噂が事実だったことです。彼らはかなり厄介《やっかい》な相手になるでしょうね。だからこそ、ブライトン王国に救援を頼んだわけですが、さて……」

地図を指さしながら、ここ最近仕入れた情報を確認するように言うアンセルムの話を、フェリクスは黙って聞いていた。

祖母の見舞いを口実に側から離れ、アンセルムは自らエスクーム国に潜入していたのだ。

フェリクスにとっては、幼い頃からかなり世話になっていた彼らの祖母の病を利用したことは心苦しくもあった。そのため、アリシアが吉報を持って戻ってきたあの朝には、かなり安堵したのものだが——。

「ブライトン側が王妃様の領地として所望したのが、バイレモ地方の北に位置するこのアクロス領。ここは東側をカントス山脈の一番険しい山々によってエスクーム国からは守られていますので、余程のことがなければ安全でしょう。そして北側はブライトンと接しています。要するに、この地を通ればブライトン軍は簡単にバイレモ地方へと向かえる。ちなみに、この度の輿入れで王妃様がお連れになった私兵の多くが、元はサイクス侯の配下だったそうです」

「……王妃が裏切り、エスクーム国と手を組めば、簡単にバイレモの地は陥落するな。だが、その兆《きざ》しもない」

「ええ、ブライトン王国とエスクーム国が密約を結んでいる事実はありませんね。……今のところは」

「ここ数年は落ち着いているとはいえ、長年両国は争っていたんだ。そう簡単に手を結ぶとは思えないな。ただ気になるのは……ブライトン側の真意が読めない。王女を送り込み、アクロス領を求めてくるなどと、やり方があからさますぎるかと思えば、レイチェルの——王妃の態度には矛盾《むじゅん》ばかりだ。だが、彼女は……」

言いかけて思い直したのか、フェリクスは口をつぐんだ。

その様子を見て、アンセルムがため息を吐く。

「私ごときが陛下のお心に関知するべきではありませんが、王としてのご判断を鈍らせてしまうのでしたら、話は別です。陛下、ブライトンは油断ならない相手です。そのことをお忘れなきようお願い申し上げます」

「……」

フェリクスは深々と頭を下げるアンセルムに目を向けることなく、地図を睨むように見ていた。

しかし、その心中は国同士の諍《いさか》いについてではない。

どうしても、気がつけばレイチェルのことを考えてしまうのだ。

初めは、アンセルムに告げた通り、ブライトン国王に命じられ、アクロス領を含むバイレモ地方を、ひいてはこのモンテルオ王国さえも掠め取るつもりなのだと思っていた。

それがブライトンにいた頃と変わらず、冷ややかな態度を崩さない。その矛盾した態度を疑問に思い、それを理由についい目で追ってしまっていた。

だから気付いたのだ。彼女が必死に隠そうとしている秘密に。

確かめたい気持ちはある。

だがフェリクスは、レイチェル自身から打ち明けてほしかった。

そして、レイチェルのあの笑顔を、フェリクスは自分に向けてほしかった。

第五章

1

『素敵な場所……』

『ほんとにねえ。美味《おい》しそうな下草もたくさん生えているし、危険な獣もいないみたいだし』

耳をぴくぴくさせながら、シンディがゆっくりと山あいの湖畔《こはん》に続く道を進む。

城から半刻ほど速足で走ったので、休ませるためにもレイチェルは鞍《くら》から降り、一緒に並んで歩いていた。

後ろにはクライブの他《ほか》に二人の護衛騎士が付き従っている。

穏やかな日射《ひざ》しが降り注ぎ、温かな風に揺れる草花を窓から見ているうちに、レイチェルはついに我慢できなくなったのだが、やはり出てきて正解だった。

美しい自然に囲まれていると、心が軽くなっていく。

湖上を渡る風が、レイチェルの銀色の髪を優しくなびかせ、シンディのたてがみを揺らして通りすぎる。

『でも、あたしはレイチェルとなら、どこへでも行くわよ』

『え？』

『ここでのんびりしていられないなら、レイチェルの望む場所に乗せていってあげるわ』

『あ……』

シンディが何を言っているのかを理解したレイチェルは言葉を失った。

ずっと悩んでいた、それでいて怖くて気付かないふりをしていたこと。

『知って……いるの？』

『そうねえ～。やっぱり、鳥達の噂《うわさ》は耳にするもの。バイレモ地方の山の中で、何かが起こっているみたいね』

シンディの口調は軽いものだったが、その顔は心配に曇《くも》っている。

しばらく考え込んでいたレイチェルは、やがてニッコリ笑った。

『決めたわ。私、アクロス領へ行く。行って、鳥達に直接訊《き》いてみる。そして、何が起こっているのか、調べてみるわ。それがもし、見過ごせないような大事なことなら、陛下に報告するべきだと思うから』

『それでこそ、レイチェルね』

『ありがとう、シンディ』

『あら、当然のことよ。だって、あたしはレイチェルが大好きですもの』

『私も大好きよ』

足を止めて、しなやかな首筋にぎゅっと抱きつくと、シンディがご機嫌に鼻を鳴らす。

それから背中で一つに纏《まと》めた銀色の髪を悪戯《いたずら》に軽く食《は》んだ。

レイチェルは更に笑みを深め、強くシンディを抱きしめた。

「王妃が？」

「はい。陛下のお許しを頂ければ、明日にでも出立《しゅったつ》したいと」

「明日……」

レイチェルからの伝言をロバートが述べると、フェリクスは呟《つぶや》いて考え込むように口を閉ざした。

わずかに落ちた沈黙を破って、アンセルムが小さくため息を吐く。

「ずいぶん急ですねえ。しかもこの時期に、ご領地のアクロスをご覧になりたいとは……」

「王妃様はご自分の兵をお連れになるので心配には及ばないとおっしゃっていたのですが、やはり危険なのでしょうか？」

不安になったのか、ロバートの声はやや硬い。

それを聞いたアンセルムが苦笑を洩《も》らす。

「心配しなくても、王妃様は大丈夫ですよ。ただ――」

「今から王妃の部屋に向かう。会って、その真意を直接問いただそう」

「ええ？　陛下、ですが先触れは……」

アンセルムの言葉を遮り立ち上がったフェリクスは、そのまま出口へと向かった。

その後ろをロバートが慌てて追う。

今度は大きくため息を吐くアンセルムを置いて部屋を出ると、ロバートを従えて足早に廊下を進み、王妃の部屋への扉を開けた。

だがそこで、しばらく待つようにと護衛騎士達に懇願される。

そんな彼らを軽くかわして前室を抜け、フェリクスは居間へと足を踏み入れた。が、レイチェルの姿はない。

私室で書物机に向かっていたレイチェルは外の騒ぎに気付き何事かと立ち上がった。

そこへ、居間へと繋《つな》がる扉が開かれ、驚きに目を見張る。

フェリクスが先触れもなく、再び部屋に来るなど思ってもいなかった。しかもここはレイチェルの私室だ。

フェリクスは初めて目にするレイチェルの私室を興味深そうに眺めていたが、机上《きじょう》の書きかけの手紙を見つけると目を細めた。

手紙は領地へと向かうことへの説明をフェリクスに宛《あ》てて書いていたものだ。もちろん言い訳にしかすぎないが。

しかし、間違った印象を与えてしまったのかもしれないと、レイチェルは手紙を見せようと急いで手を伸ばした。

そこへ、侍女のハンナの震える声が割って入る。

「あ、あの！　……その、お、お茶を、淹《い》れましたので……こちらで、ご、ゆっくり……」

人一倍内気で物静かなハンナが精いっぱい勇気を出して、主《あるじ》であるレイチェルを守ろうとしている。

レイチェルは手をぎゅっと握りしめて気持ちを奮《ふる》い立たせると、フェリクスの先に立って居間へと戻った。

「……ロバートから聞いたが、あなたは明日にでも領地へ向かいたいそうだな？」

どうにかソファへと落ち着いたところで、フェリクスが切り出した。

レイチェルはドキドキしながらも頷《うなず》いて、ハンナの淹れてくれたお茶を飲む。

フェリクスもひと口飲んでから一瞬顔をしかめ、手に持ったままのカップを小さく揺らした。

そのままフェリクスはかすかに波立つお茶をじっと見つめ、重たい沈黙が部屋を支配する。

「これが……あなたの答えか？」

やがて口を開いたフェリクスの声は重く厳しい。

その問いの意味がわからずうろたえるレイチェルを見て、フェリクスは険しく目を細めた。

そして、ぐっとお茶を一気に飲み干し、立ち上がる。

「――見送りはできない」

フェリクスは突き放すように言い捨て、背を向け去っていった。

どうやら、また間違えてしまったらしい。

この時期に領地に向かうことがどういう意味に捉《とら》えられるかはわかっていた。

だが、今のやり取りにどんな意味があったのかがわからない。

「レイチェル様……」

立ったまま、しばらく閉じられた扉を見つめていると、ドナが心配そうに声をかけた。

レイチェルはどうにか笑みを浮かべてドナへと振り向いた。

『私、やっと認めることができたの。この新しい感情が、恋なんだって。私、陛下が好き。だから、お父様に逆らってでも、陛下のために、この国のために少しでも力になりたいの。でもまた失敗したみたいだわ』

レイチェルの笑みは次第に悲しげなものに変わっていく。

ドナは何もできない自分を腹立たしく思いながらも、励ますように明るい声を上げた。

「では、明日の予定で出発準備を進めてよろしいですね？」

『ええ、お願い。……ごめんなさいね、急に』

「いいえ、私はレイチェル様がお決めになったのなら、それでかまいません」

きっぱり言い切ったドナは、控えていた侍女達に向き直った。

「さあ、さあ、あなた達、これからちょっとばかり忙しくなりますよ」

不安げな二人を鼓舞するように手を叩《たた》いて急《せ》き立てる。

そこへ戻ってきたクライブに、レイチェルはまた明るく見える笑みを浮かべて手を動かした。

『先ほど、陛下にお許しを頂いたの。だから、明日出発するわ。……大丈夫かしら？』

かすかに肩を上下させて、クライブは何か言いかけ口を開いた。

しかし、一瞬の間をおいて深く息を吐き出す。

「かしこまりました。我々はいつでも発《た》てますから問題はありません。ところで……レイチェル様に一つお願いがあります」

力強く答えたクライブは、控えの間に入っていくドナと侍女達をちらりと見たあと、遠慮がちに切り出した。

その珍しさにレイチェルは驚く。

『どうしたの？』

「実は、ブライトンまでしっかり飛べる鳥に頼み事をしたいのです。それで、レイチェル様のお力をお貸し頂けないかと……」

『ああ……ええ、もちろんよ。手紙を送るの？　今の季節なら夏鳥達がブライトンに向かうはずだから、頼んでみるわ。でも、あまり厚いものはダメよ？』

「はい。ありがとうございます」

納得したレイチェルは悪戯っぽく微笑《ほほえ》んで了承した。

クライブは感謝を述べて頭を下げると、急ぎ部屋を出ていった。

2

「何をなさっているのですか、レイチェル様」

『……ちょ、ちょっと……話を聞いていたの』

十数頭のヤギに囲まれたレイチェルの頭上では、ちゅんちゅん、ちーちーと何羽もの鳥が賑《にぎ》やかに鳴きながら飛び回っている。

笑いと呆《あき》れを滲《にじ》ませてため息を吐いたクライブは、レイチェルを救出すべく、ヤギの群れに分け入った。

そして、いきなりレイチェルを抱き上げると、草を食むシンディへと向かってすたすたと進む。

『だ、大丈夫よ、クライブ』

「大丈夫そうには見えませんよ。ですから――ぃてっ」

『どうしたの？　大丈夫？』

「いててて、っ、噛《か》んでます、こいつら――って、ケツを噛むな！」

レイチェルが攫《さら》われると勘違いしたのか、ヤギ達がクライブに攻撃している。

笑い事ではないのだが、らしからぬクライブの慌てぶりがおかしくて、レイチェルはつい噴き出してしまった。

「レイチェル様、笑っていないで――こらっ！　服を食うな！　こいつらを止めてください！」

クライブの抗議を受けて、レイチェルは笑いを抑えながらヤギ達に大丈夫だと伝えた。

すると、ようやくヤギ達が引き下がる。

「ありがとうございます、レイチェル様。それで、お知りになりたかったことは、お聞きできたのですか？」

『……ええ』

ほっとしたクライブからの問いかけに、レイチェルは笑顔を消して答えた。

事態は予想以上に深刻だった。

強い決意とともにここまで来たのに、何をどうすればいいのかわからない。

結局、今のレイチェルには何もできないのだ。

深く沈んでいく心が苦しくて俯《うつむ》くレイチェルの耳に、シンディの明るい声が聞こえた。

『あら～。いい男がだいなしねえ。ヨレヨレじゃない』

近づいてきたクライブを見て、シンディが笑う。

それから、レイチェルを鞍に乗せようとしたクライブの左肩をカプリと噛んだ。

「いてっ！　こら、シンディ！　お前まで何するんだ！」

シンディの意地悪に、クライブはいつもの騎士然とした態度がすっかり崩れている。

昔、エリオットとよく悪戯をしていた頃《ころ》のような気安い態度だ。

あの当時は、レイチェルもよく泣かされた。主に、エリオットにだが。

二人は意地悪で、優しくて、そして頼りになった。それは今も変わらない。

こうしていつも助けてくれるクライブや、遠くからでも駆けつけてくれるエリオット。

二人がいるのに、どうして弱気になったのだろう。

顔を上げたレイチェルは、謝罪と感謝の気持ちを込めて、クライブをぎゅっと抱きしめた。

「どど、どうしたのですか⁉　レイチェル様？」

すぐに解放したのに、クライブは顔を赤らめ狼狽《ろうばい》している。

その姿がおかしくて、だが、また笑っては失礼だと我慢するレイチェルを見て、からかわれていると誤解したらしい。

「もう、勘弁してくださいよ」

クライブはぶつぶつ文句を言いながら自分の馬へと戻っていく。

レイチェルには話を聞いてくれるシンディに、どんな時だって味方をしてくれるドナだっているのだ。

（大丈夫。きっと、大丈夫よ）

レイチェルは自分に強く言い聞かせ、シンディに合図して領館へと戻っていった。

「エスクーム軍が、山を越えてくる？」

領館に戻り、相談があるからと二人きりにしてもらった室内に、クライブのかすれた声が響く。あまりの驚きのためか、クライブの顔はかすかに青ざめていた。

レイチェルは重々しく頷いて、話を続ける。

『バイレモ地方の北側、このアクロス領と接している辺りのカントス山脈の山々は険しいけれど、山《さん》峡《きょう》にちょうど上手《うま》い具合にここととエスクーム国を繋ぐ細い道のようなものがあるらしいの。とはいっても、普通の人がそこを通るにはかなり苦労するらしいわ。要するに獣道ね。それが、エスクーム国には山岳部に住む人達がいて、彼らがその道を広げ始めたそうよ』

「それでは……背後から攻め込まれてしまう。そんなことになれば、不意をつかれたモンテルオ側はあっという間に崩れてしまうでしょう。しかも、挟み撃ちにされることを考えると……」

眉間《みけん》にしわを寄せ、考え込むクライブを見て、レイチェルはうなだれた。

やはりもっと早く行動するべきだったのだ。

『道は……かなりできているそうよ。本当はね、以前からそうではないかと思っていたの。山深くに住む大型の鳥達が最近、山裾《すそ》にまで飛んできて困るって小鳥達が噂していたから。もっと早く確かめれば良かったんだけど……でも……』

「レイチェル様が気になさる必要はありません。むしろ、こうして情報を得てくださったことを、本来ならモンテルオ側は感謝すべきなのですから」

クライブがレイチェルを力強く励ます。

少しだけ気持ちが軽くなったレイチェルは、先ほど聞いたばかりの話に移った。

落ち込んでいる暇はない。時間を無駄にした分、急がなければならないのだ。

『ヤギ達はかなり怒っていたわ。自分達の住処《すみか》に踏み込まれたばかりか、仲間が何頭か……犠牲《ぎせい》になったそうなの。それで鳥達に私のことを聞いて、なんとかできないかって言いに来たのだけれど……道はあと十日もあれば、こちら側の山沿いに通る街道と繋がるそうよ。どうすればいいのかしら？』

「そうですね、まずは急いで皆に知らせなければならないでしょう。ただ問題は……この話をモンテルオ側が――フェリクス国王が信じてくださるかです。陛下はレイチェル様のお力のことをご存じないのでしょう？」

確かめるように問うクライブに、レイチェルは答えを詰まらせた。

そもそもレイチェルが行動することをためらっていた一番の理由――動物達から聞いたなどと、誰《だれ》が信じるだろう。

しかも、人と違う力は忌《い》み嫌われることもあると叔母に聞いたように、気味悪がられてしまったらと思うと怖かった。

「まあ、何より懸念するべきことは、我々からの情報をモンテルオ側が信じるかです。ブライトンと同盟関係にあるとはいえ、心から信じ合える仲、というわけではありませんから……」

皮肉交じりに呟いたクライブは、静かに立ち上がった。

どうしたのかとレイチェルが見ていると、クライブは控えの間に繋がる扉へ音も立てずに近付く。

そして、いきなり開いた。

「――きゃっ！」

扉のすぐ向こう側に立っていた侍女のハンナが驚いて声を上げる。

青ざめるハンナをクライブは厳しい眼差《まなざ》しで見下ろした。

「何か用か？」

「い、いえ、あの……お茶をお持ちしたほうがよろしいかと……」

「……どうします？」

振り返ったクライブに、レイチェルは頷いた。

緊張していたせいか、喉《のど》がずいぶん渇いている。

ハンナが慌てて頭を下げお茶の用意に向かうと、クライブは扉を開けたままにして戻ってきた。

「ひとまず、陛下にお手紙を書かれるのがいいかもしれませんね。地元の……猟師《りょうし》から聞いたということにしましょう。あとは事実のみの内容でいいと思います。では、できるだけ急いだほうがいいでしょうから、私は早馬の手配をして参ります」

そう言って、クライブは出ていく。

二人分のお茶を用意して部屋に入ってきたハンナにレイチェルは謝ると、素早く喉を潤して手紙を書くために立ち上がった。

内容は簡潔にわかりやすく、客観的に。ちょっとだけ嘘《うそ》を添えて。

鳥に頼めないことがもどかしかった。早馬だとおそらく三日はかかるだろう。

やがて手紙を書き終えると、戻ってきたクライブに確認してもらい預ける。

レイチェルは逸《はや》る気持ちを抑えて、再び部屋を出ていくクライブを見送った。

3

――貴重な情報は有り難いが、むやみに兵を動かすわけにはいかない。だが、見過ごすこともできないゆえ、検討した結果、調査の者をそちらに向かわせることになった。

また、情報の真偽はともかくも、アクロス近辺は戦《いくさ》に巻き込まれる可能性が高い。なるべく早く、その地を離れるよう。あなたの無事を願っている。――

「調査とはまた、呑気《のんき》な……」

呆れた、とばかりにクライブがため息を吐く。

『でも、無視されるかと思っていたのよ。だから、調査してくれるだけでも……』

「で、その調査の者はいつやって来るのですか？　エスクーム国の兵が侵入を果たしてからですか？」

フェリクスの返事にがっかりしていたのに、なぜかレイチェルは庇《かば》っていた。

しかし、すぐに冷ややかな反論が返ってくる。

「フェリクス国王が――ブライトン側がどう動こうが、この際どうでもいいでしょう。とにかく、レイチェル様は一刻も早くここを離れるべきです」

クライブの忠告に一瞬たじろいだレイチェルだったが、きゅっと唇を噛みしめて頷いた。

『……では、明日の朝、出発します。王城に戻って、この六日間で得た情報を陛下に直接お伝えするわ』

「城に……戻られるおつもりですか？」

『王城以外に、どこへ行くというの？』

「いえ、それは……」

強い決意を秘めた眼差しを向けると、クライブは言葉を詰まらせ目を逸《そ》らした。

それでもレイチェルは真っ直《す》ぐに見据えて告げた。

『一部の者達を除いて、兵は治安維持のためにもこのままアクロス領に残していきます。戦の噂で領民は皆、不安でしょうから』

「……かしこまりました」

渋々といった様子で了承したクライブの懸念をレイチェルはよくわかっていた。

このまま城に戻っても、喜んで迎えてくれるとは思わない。むしろ、逃げ帰ってきたと陰で批難されるだろう。

フェリクスも戻ってくるようにとは書いていなかった。ただ、心配はしてくれている。

それが嬉《うれ》しい。それだけで勇気が湧《わ》いてくる。

レイチェルは明日の出発をドナに伝えるために、立ち上がった。

行きと違って帰りは身軽なためか、五日かかった行程を一日ほど短縮できそうだと安堵《あんど》していた三日目の昼下がり。

街道を少し外れた草原で、休憩がてら簡単な昼食をとっていたレイチェルのもとへ、小鳥達が飛んできて、騒ぎ始めた。

『大変なの！　大変なの！』

『ついに戦いが始まったって！』

『怖いよー！　みんな、みんな死んじゃうよー！』

青ざめたレイチェルは急ぎ立ち上がると、クライブを捜しに走った。

クライブは数人の騎士達と話していたが、レイチェルのただならぬ様子に気付き、すぐに駆け寄ってくる。

「どうなされました？」

『始まったの！　ついに――』

体が震えて上手く言葉にできない。それでもクライブは察したようだ。

レイチェルの前で悪態をつき、はっと我に返って気まずそうに咳払《せきばら》いをした。

「レイチェル様、ひとまず落ち着いてください」

『でも――！』

「今、ここで我々が焦っても何にもなりません。これからどうするべきか、です。そのためには冷静にならなければ」

クライブはゆっくり言葉を継ぐと、レイチェルを連れて皆から少し離れた木陰へと向かった。

「鳥やヤギ達から聞いた限りでは、山峡の道は人一人が通れる程度なのでしょう？　そして今のところ、兵がモンテルオ側に向かっている様子はない。違いますか？」

『その通りよ。でも、私達がアクロスを出発してから三日も経《た》つわ。その間に向かってきているのだとしたら？　十日もすれば、大軍となって背後から攻め込んでくるかもしれない』

「その心配はありません」

『なぜ？』

「一人しか通れないような道に大軍を送り込むなど、愚策でしかないからです。しかも馬を連れているとなると……来るなら、少数精鋭でしょう」

木陰の張り出した根にレイチェルを座らせたクライブは言い聞かせるように答えた。

その声は力強く頼もしい。

また焦り始めていたレイチェルは、自信を持ったクライブの言葉にわずかではあるが、落ち着きを取り戻した。

どうすればこの危機を打開できるのか、レイチェルなりに必死に考える。

『じゃあ……お父様に手紙を書くわ。事情を説明して、援軍を送ってくれるように。私の願いを聞いてくださるとは思えないけど、同盟国であるこの国のためなら動いてくれるでしょう？』

「……」

『お兄様にも同じように書くわ。今から急いで鳥達に託せば――』

「無駄です」

『え？』

「援軍は望めません」

『……なぜ？　だって、このままじゃバイレモ地方にいるブライトン軍までも不利な戦いを強いられるのよ？』

自分の力で解決できないのは情けないが、それでも最善のことをしたい。

その思いもむなしく、政治も戦略もろくに知らないレイチェルの案はあっさり却下されてしまった。

縋《すが》るように見たクライブの顔は、なぜか苦しげに歪《ゆが》んでいる。

「ブライトン軍は……近々、エスクーム国に侵攻を開始します」

レイチェルは初めて知らされた真実に愕然《がくぜん》とした。

くらくらする頭の中に、クライブの低いかすれた声が響く。

「バイレモの地に向かったブライトン軍はできる限りエスクーム軍を引き付け、戦力を削《そ》ぎ、時間を稼ぐこと。その際、バイレモへの侵略を許すのもやむなし、と。それが、将軍達に下された命令です」

『そんな……それじゃまるで……』

両手が震えて続く言葉をレイチェルは表せなかった。

まるで、バイレモの地を囮《おとり》にするような命令。

だが何より、最大の囮はレイチェルではないか。

ブライトン国王が大変可愛《かわい》がり、甘やかされて育ったと噂の王女――レイチェルが嫁《か》した国、モンテルオをブライトンが見捨てるわけがないと誰《だれ》もが思っているだろう。

力なく下ろしたレイチェルの両手をクライブが励ますように握った。が、受け入れることができずに勢いよく振り払った。

やり場のない怒りと悲しみが込み上げてくる。

声が出せないことがこれほど悔しく、これほどほっとしたことはなかった。

なぜ教えてくれなかったのかと、クライブを激しく詰《なじ》りたい。

あとで後悔するようなことを言わなくて良かったとも思う。

相反する二つの気持ちの間で、レイチェルは何度も何度も深呼吸を繰り返した。

『いつから……いつから知っていたの？』

「――昨日です。エリオットからの手紙で知りました」

『あの鳥……マリベルが託したのね？』

「はい」

エリオットの妹でクライブの婚約者のマリベルはレイチェルほどではないが、鳥に手紙を託す程度の力は持っている。

昨夕、クライブのもとに飛んできた鳥にはレイチェルも気付いていた。だが、恋人達のやり取りなのだろうと、簡単に思っていたのだ。

それでは、エリオットはいつから知っていたのだろうと、つい余計なことを考えてしまう。

そんな彼女を黙って見守っていたクライブは静かに続けた。

「決して、将軍達が手を抜くわけではありません。彼らは力の限りバイレモの地を守り抜く覚悟です。それに、ブライトン軍のエスクーム侵攻がバイレモへと伝われば、エスクーム軍は動揺するでしょう。そこを上手くつけば、勝機は我々にあります。ただ――」

言いかけて急に口を閉ざしたクライブに、レイチェルは訝《いぶか》しげな視線を向けた。

クライブは俯いて黙り込む。

辺りには草原を渡る風の音と、囀《いそ》話に勤しむ小鳥達の声しか聞こえない。

片膝《ひざ》をついたままのクライブは両拳《こぶし》をぎゅっと固め、顔を上げた。

「レイチェル様、このまま北上しましょう」

『……どういうこと？』

「このまま北上して国境を越えれば、エリオットの――サイクス侯の領地です。幸い、兵達は地理に明るい。迷うこともなく――」

『いいえ！』

激しい手ぶりでクライブを遮ると、レイチェルは震える体を必死に抑えて訴えた。

『私はこのモンテルオの王妃よ。何があろうとも、この国を捨てることはしないわ。たとえ疎《うと》まれようとも、陛下から離縁を申し渡されるまで居座るつもりなの』

笑ってないと泣いてしまいそうで、レイチェルは無理に微笑んだ。

父王からの手紙を燃やした時の決意。フェリクスへの気持ちを認めた時の勇気。

幸せになるための努力は報われないかもしれない。

何度も間違ってばかり、迷ってばかりの決断は、今度も同じになるかもしれない。

それでもレイチェルの選んだ道なのだ。

『エリオットを頼れば、楽なのはわかるわ。でも、ダメなの。……ごめんなさい』

「いいえ、レイチェル様が決められたのなら、それでいいのです」

皆を巻き込んでしまうことが、レイチェルには気がかりだった。

しかし、クライブは心からの笑顔でそれを否定した。

第六章

1

王城に着いた時には、不穏な空気の漂う城内を人々は慌ただしく動き回っているだけで、出迎えはなかった。

だがレイチェルはむしろほっとして、ドナ達と自室へ向かう。

そこへ急ぎロバートが駆け寄り、頭を下げた。

「おかえりなさいませ、王妃陛下。お出迎えができず、誠に申し訳ありませんでした。ご無事でのお戻り、何よりでございます」

微笑《ほほえ》む顔から本心であることがわかり、レイチェルはちょっとだけ面食らった。

ロバートには嫌われていると思っていたのにと、首を傾《かし》げる。

「陛下がお話をなさりたいとのことなのですが、なにぶん今はお忙しく――」

途中でロバートが口をつぐむ。

回廊の向こうから歩いてくる人物に気付いたのだ。

「まあ、これはこれは、王妃陛下ではございませんか。お戻りになるとは存じませんで、お出迎えができず申し訳ありません。それで、ご領地はいかがでした？　やはり恐ろしかったのでしょうか？　たかが猟師《りょうし》などのたわ言に、早馬をお使いになってまで陛下に助けを求められるぐらいですもの」

相変わらずよく喋《しゃべ》るアリシアをレイチェルはしばらくじっと見つめ、ふっと笑った。

遠巻きに見ていた人々が目を見張る。

ただアリシアは馬鹿《ばか》にされたと思ったのか、顔を赤くして唇を歪《ゆが》めた。

レイチェルは軽く頭を下げて、その横をゆっくり通りすぎる。

「あの……実は私、アクロス領の出身なのです」

わざわざ部屋まで送ってくれるつもりなのか、付き従うロバートがためらいがちに口を開いた。

レイチェルがわずかに驚きを見せると、ロバートはそのまま続ける。

「この時期に王妃様がアクロスへご視察にいらしてくださっただけでも皆、喜んでおります。その上、ご自分の兵まで置いてくださるなんて、きっと心強く思っているでしょう。あいにく、戦《いくさ》は始まってしまいましたが、モンテルオ軍は必ず卑劣なエスクーム軍を打ち破ります。王妃様のお陰でブライトンからの援軍も得られたのですから」

感謝に微笑むロバートから、レイチェルは目を逸《そ》らした。

好意的な言葉を素直に受け取ることができない。どうしても騙《だま》しているような気がしてしまうのだ。

そんなレイチェルの様子を誤解してか、ロバートはわずかに顔を曇《くも》らせた。

「アクロス近辺の山々には深い谷も多く、たくさんのヤギが棲《す》みついています。もちろん他《ほか》の動物も。ですから、幾筋かの獣道があって当然です。しかもエスクーム側の山賊達は悪名高いですからね。奴《やっ》らはどんなことでもするそうですから、今回のことだって驚くことではないですよ。バイヨル伯爵……アンセルムさん達は王妃様からのご忠告を本気にしていませんが、陛下は考慮してくださっています。今さら私が言うまでもありませんが、どうか陛下に王妃様がお知りになったことをお伝えください。よろしくお願いいたします」

深々と頭を下げるロバートに、レイチェルは力強く頷《うなず》いた。

一人でも信じてくれる人がいると思うと嬉《うれ》しい。

部屋に入ってからも笑みを浮かべたままのレイチェルに、ドナがそう言えばと問いかけた。

「レイチェル様はなぜあの時、笑われたのですか？」

『あの時？』

「はい。侯爵令嬢がくどくどと嫌みをおっしゃっていた時です」

『ああ、あれね。……それが、彼女を見ていると、どこか懐かしくて……なぜかと考えていたの。その理由がわかったからよ』

「その理由とは？」

『ほら、ブライトン王宮の厩舎《きゅうしゃ》に、小さな犬がいたじゃない？　目が大きくて、薄茶色の毛をふわふわさせた』

「ああ！　あの、キャンキャンとよく吠《ほ》える！」

思い当たったドナが盛大に噴き出した。侍女達もクスクス笑う。

アリシアには申し訳ないが、皆の緊張がほぐれたことで、レイチェルは安堵《あんど》していた。

その夜――。
寝室の窓から、レイチェルは暗闇《くらやみ》に揺れる木々を眺めていた。

晩餐《ばんさん》のあとでフェリクスと会う予定は、戦地であるバイレモからの早馬が着いたため、明朝に変更になってしまったのだ。

気持ちばかりが焦って、疲れているはずなのに眠れないレイチェルは、ずっと室内をうろうろしていた。

そこに居間側の扉を、誰《だれ》かが窺《うかが》うように叩《たた》く。

戸惑いながらもきっとドナだろうと扉を開くと、そこには侍女のハンナが立っていた。

「あ、やはりまだ起きていらっしゃったのですね。その、レイチェル様はお酒を召されませんが、もしかして……今夜は陛下がお見えになるかもしれないと……」

琥珀《こはく》色のお酒を入れたクリスタルのデカンタとグラスを盆にのせ、ハンナが恐る恐る述べた。

余計なことだったかもと、心配しているらしい。

その気遣いが嬉しくて、微笑んだレイチェルは唇の動きで『ありがとう』と伝えた。

嬉しそうに顔を輝かせてハンナが頭を下げ、寝室を出ていく。

それから、レイチェルはじっとデカンタを見つめ考えた。

いっそのことお酒を飲めば、ぐっすり眠れるかもしれない。

だが、お酒にかなり弱いレイチェルは、朝になってちゃんと起きる自信がなく諦《あきら》めた。

その時、今度は反対側の扉がそっと開かれた。

「――思いのほか、早く会議が終わったので、ひょっとしてと……」

驚くレイチェルを見て、どこか遠慮がちにフェリクスが部屋へと入ってくる。

疲れた様子ではあったが、それでも精悍《せいかん》な顔つきは変わらず、レイチェルの胸は高鳴った。

数日ぶりに会えたことが、扉を開けて来てくれたことが、とにかく嬉しい。

頬《ほお》を染めたレイチェルは、震える指でお酒を注《つ》いだ。

こういう時にはお酒でもてなしたほうが良いと聞いたことがある。

ハンナに感謝しながら、レイチェルはぎこちなく微笑んでグラスを差し出した。

「……ありがとう」

答えて、フェリクスもかすかに微笑み、受け取った。

もうこれ以上ないほどレイチェルの心臓は速く打っている。

初めてフェリクスに微笑みかけられたのだ。

微笑みかけたのも初めてだが、レイチェルはそのことには気付かず、嬉し恥ずかしで背を向けると、用意した手紙を探した。

手紙には、声のことを打ち明けて謝罪し、山峡《さんきょう》の道について詳しく書いている。

ブライトン軍のエスクーム侵攻については、あとで説明したほうがいいだろうと判断した。

サイドチェストの上に置いてあるのを見つけ手に取るとほっとして、レイチェルはフェリクスへと向き直った。

そして、息をのむ。

フェリクスの顔からは先ほどの笑みが消えていた。

手に持ったグラスは空になり、デカンタを睨《にら》むように見ている。

レイチェルは慌てて手紙を置くと、もう一杯勧めたほうがいいのかとデカンタに手を伸ばした。が、その手をフェリクスが掴《つか》む。

「もう、充分だ」

吐き出された低い声には怒りが滲《にじ》んでいる。

わけがわからず、レイチェルは呆然《ぼうぜん》としてフェリクスを見上げた。

「あなた達の思惑がどうであろうと、あなたはわたしの妻だ」

その言葉に含まれる意味にかすかな疑問を抱きながらも頷いたレイチェルを、フェリクスは引き寄せ、抱きしめた。

思わず目を閉じると、口の中に苦くてかすかに甘い味が広がる。

キスされているのだと気付いたレイチェルはぱっと目を開けた。

乱暴に引き寄せられた右手は解放され、フェリクスの手は今、レイチェルの背をなだめるようにゆっくり撫《な》でている。

それがパニックになっていたレイチェルの心を落ち着かせてくれた。

最初は強引だったキスも、優しく探るようなものに変わっている。

やがてフェリクスはレイチェルを抱き上げ、ベッドへと運んだ。

レイチェルはされるがままおとなしく従い、ベッドに横たわった時もただフェリクスを見つめていた。

心臓は飛び出しそうなほどドキドキしているし、体は指の先まで小さく震えている。

本当は怖い。でもそれ以上に、もっとフェリクスの大きく温かな手で触れられたい。

その気持ちから、レイチェルはそっと手を伸ばした。

じっとレイチェルを窺うように見ていたフェリクスは、その手を取り口づける。

それだけでレイチェルの心はとろけた。

ずっと、フェリクスに触れられたいと、抱きしめられたいと思っていた。

その願いが叶《かな》うなら、このひと時だけでもいい。

むせかえるような酒の匂《にお》いに満たされた部屋の中で、レイチェルはぼうっとしながらも、強くフェリクスを求めていた。

その願いのままに、フェリクスを引き寄せる。

レイチェルの大胆な行動はフェリクスの迷いを払ったのか、再び落とされたキスはより深まっていった。

次第に温かな唇はレイチェルの頬から首、胸へと移っていく。

レイチェルはその心地良さに身を任せ、ゆっくりと目を閉じた。

2

翌朝、レイチェルは刺すような光で目が覚めた。

しかし、まぶたが重く開けることができない。それどころか、頭も体も重い。

耳の奥で聞こえるざらざらとした音に混じって、扉が開く音がした。

そして、親しみ馴染《なじ》んだドナの声。

「レイチェル様、おは——あら？　……っあ！」

そこから、周囲は慌ただしく動き出したようだったが、レイチェルは再び眠りに落ちてしまったようだ。

次に目覚めた時には、室内は朱色の柔らかな光に照らされていた。

全《すべ》て夢だったのかとぼんやり考えながら、レイチェルは自分の手を持ち上げてみる。

(何も……変わっていないわ……)

まだ体は重たかったが、ゆっくり寝返りを打つと、部屋にいたらしいドナの声が聞こえた。

「……レイチェル様？　ああ、良かった！　お目覚めになって！」

安堵と喜びに顔を輝かせ、ドナは身を乗り出してレイチェルの額に手を触れた。

どうやら熱も下がったらしいと、ずり落ちていた布を取り上げ水盆に戻す。

それから少しだけレイチェルの枕《まくら》を高くして、水を飲ませる。

レイチェルはされるがままにぼうっとドナを見つめながら、のろのろと両手を上げた。

『私、風邪《かぜ》でもひいたのかしら？』

「いえ……あ、いえ、お風邪かどうかは……ただ、お熱が……」

ドナにしては珍しく、はっきりしない話し方だったが、レイチェルは特に気にしなかった。

気がかりなことが別にあるからだ。

『今は夕方なの？　陛下とお約束していたのに……陛下は呆《あき》れていらっしゃらないかしら？』

「いいえ、陛下は……レイチェル様のことを、とても心配なさっておいででした。それに、レイチェル様は丸一日以上眠っていらっしゃったので、今は城に戻られた日から三日目の夕方でございます」

驚いたレイチェルは目を丸くした。

体が動いていれば、飛び起きただろう。

そんなにも眠り込んでしまったのは、あの流行病《はやりやまい》の時以来だ。

急に心許《こころもと》なくなり、レイチェルは目を泳がせた。

そこで視界に入ったものにはっとする。

『ドナ！　カトレアが！』

「――まあ！　何てこと！」

ドナがレイチェルの指さす方向に振り向いて声を上げた。

また次の季節に咲くよう手を入れて、留守の間は庭師に預けていたのだが、戻ってきたその日に部屋へと運んでもらったカトレアが枯れていたのだ。

「他の部屋に置いてある鉢は元気ですのに、なぜこれだけ……」

呟《つぶや》きながら、ドナが鉢へと手を伸ばした。

そして、顔をしかめる。

その様子を見ていたレイチェルはどうしたのかと気になって、注意を引くために軽く枕を叩いた。

『どうしたの？　何かあったの？』

「い、いえ……その、ひょっとして病気かもしれないと思いまして。一度、庭師に見てもらいますね？」

ドナはしっかりと鉢を抱えると、安心させるように微笑んだ。

「何か、必要なものはございますか？」

『……お腹《なか》が、すいたわ』

「かしこまりました。それでは何か、お腹に優しいものを用意させましょう」

部屋を出ていくドナを見送りながら、レイチェルは首を傾げた。

どこかいつもの彼女とは違う。

やはり心配をかけたせいかもしれないと、まずは体力をつけるために食事をすることにした。


翌朝、いつもの時間に目が覚めたレイチェルはベッドから起き出した。

しかし、心配性のドナに寝ているようにと戻されてしまう。

それから甲斐甲斐《かいがい》しく世話をされている間に、ふとレイチェルは違和感を覚えた。

『ねえ、ハンナはどうしたの？　昨日も見かけなかったけど、ひょっとして体調を崩しているの？』

まさか自分の病をうつしてしまったのではないかと心配したレイチェルの問いかけに、ドナは動きを止めた。

不自然なほどに時間をおいて、困ったように笑う。

「……どうやら里心がついたようです。泣いてばかりでしたのでブライトンに帰しました。きっと、戦が始まったことで恐ろしかったのでしょう」

『それは……私が連れ回したせいで、無理をさせてしまったのかもしれないわね。悪いことをしてしまったわ……』

「いいえ！　レイチェル様は少しも悪くなどございません！　それどころか、私がもっとしっかりしていれば、このような……申し訳ございません」

『馬鹿なことを言わないで。どうしてドナが謝るの？　ドナは何も悪くないわよ』

深い後悔を滲ませるドナを励ますように、レイチェルは微笑んだ。

侍女のハンナが帰国してしまったのは残念だが、ドナが責任を感じる必要はないのだ。

『それで、どうやって帰したの？　バイレモ地方とは反対方面とはいえ、危険ではないかしら？』

「もちろん……兵達をしっかり付けておりますので、ご安心ください。それよりもレイチェル様、クライブが申し上げたいことがあると。あとでお会いして頂けますか？」

『あら、今からでも大丈夫よ』

ほっと安堵したレイチェルは、続いたドナの言葉に明るく答えた。

だがドナは首を振る。

「もう少しお休みくださいませ。いきなり動かれては、またお身体《からだ》を悪くされてしまいます」

『本当に大丈夫よ。別に動き回るわけじゃないわ。ただ座っているだけ。いつまでも寝てばかりいると、かえって体がなまってしまうもの』

再びベッドからゆっくり立ち上がると、めまいがすることもなかった。

過保護なドナを説得して身支度を整えてもらい、居間にあるゆったりとしたソファに腰を下ろし息を吐《つ》く。

そこにクライブがやって来て、膝《ひざ》をついた。

「レイチェル様、まだお顔の色が優れないようです。やはりお休みになったほうが……」

『大丈夫よ。クライブまで大げさにしないで。ところで、何があったの？　エスクーム国に動きがあったとか？』

レイチェルは苦笑したあとに、先に話を切り出した。過保護なところは親子そっくりだ。

不満そうではあったが、クライブは表情を引きしめて答える。

「いいえ、バイレモの地に大きな動きはまだありません。エスクームからの侵攻に際し、モンテルオ軍が応戦した最初の戦い以来、睨み合いが続いている状況だそうです」

『そう……』

レイチェルがほっと胸を撫で下ろすと、クライブは本題に入った。

「誠に勝手ではございますが、カントス山脈の山峡の道について、レイチェル様から教えて頂いたことをすべて、陛下にお伝えいたしました」

『それは良かったわ。情報は少しでも早いほうがいいものね。それで……陛下は何とおっしゃっていらした？　私とお会いするお時間はありそうかしら？』

手紙は封を開いた形跡もなく、サイドチェストの上に置かれていた。床に落ちていたのを、ドナが見つけたのかもしれない。

レイチェルが緊張して答えを待っていると、クライブは黙り込んだ。

途端にレイチェルの心臓は誰かに掴まれたようにきゅっと苦しくなる。

クライブはためらいながら、言葉を選ぶようにゆっくりと話し始めた。

「陛下は……昨日の昼前に、バイレモへお発《た》ちになりました」

『そんな……それでは――』

「いいえ！　先ほども申しましたが、決して戦況が悪くなっているからではありません！　ただ……」

顔色を悪くしたレイチェルに気付いて、慌ててクライブは否定する。

『ただ？』

「恐らく……ここでは策を練るにも、時間がかかりすぎるからだと思います」

『そうなの？』

「はい。はっきり申しまして、城の人間――ブライトンの王宮でもそうですが、彼らは頭が固すぎるのです。ろくに剣を握ったこともないのに、ああだこうだと机の上の地図を見ながら話し合うだけ。実際に戦場に出ている将軍達と話し合ったほうが何十倍も有意義で実用的です。ですから、陛下は山峡の道のことも含めて将軍達と直接策を練るために予定より早くバイレモの地に発たれたのではないかと思うのです。あそこには弟君のパトリス殿下もいらっしゃいますから。殿下は寡黙な方だそうですが、軍人としての実力はかなりだそうですよ。私も一度手合わせをお願いしたいと思っております。と言うより、必ず実現させるつもりです」

最後に熱を込めて語るクライブがおかしくて、レイチェルは小さく笑った。

そういえば、リュシアン殿下がよく喋るのは、いつもむっつり口を閉じた弟の分まで話すようにしているからだと言っていたことを思い出す。

ようやく緊張をといて笑うレイチェルに、クライブはほっと安堵して、色々なものをのみ込んだ。

3

レイチェルは窓際に座り、今までにないほど一針一針に祈りを込めて、小さな青い布に刺繍《ししゅう》を施していた。

アクロス領にいる時から始めたもので、もう完成も近い。

でき上がれば縫い合わせて香袋に仕上げるつもりだった。

とはいっても、香料を入れるつもりはない。中には魔除《まよ》けの石とされる瑠璃《るり》を入れようと思っている。

刺繍の紋様は鷹《たか》を模したもので、母方の家に伝わるものだ。

この大陸では鷹は勝利の象徴とされており、瑠璃は輿《こし》入れの道中に鷹が落としていったものだった。

それは上等な原石で、磨けばとても美しく輝くだろう。


フェリクスが城を発ってから、もう二十日が過ぎていた。

その間、バイレモの地ではたまに小競《こぜ》り合いが起こる程度で膠着《こうちゃく》状態が続いているらしい。

できれば、お守り代わりの香袋を明日にはフェリクスに宛《あ》てて送りたかった。

迷惑に思われるかもしれないが、それでもレイチェルは何かしたかったのだ。

(もうすぐ、嵐《あらし》が来るわね……)

レイチェルは黒雲を広げる空を見上げて眉《まゆ》を寄せた。

鳥達は早々に巣へと帰り、城内でも嵐に備えて人々が忙しく動き回っている。

山峡の道はあと少しというところで放置されているらしい。

最終的にはどこに繋《つな》げるのかはまだわからないが、山は深く、分け入っての確認が難しいため、フェリクスは近辺に兵を置いて見張らせているそうだ。

それを察知されて警戒されているのかもしれない。

(このまま、道が繋がらなければいいのに……)

アンセルム達の言う通り、ただの取り越し苦労で終われば、いくらでも責めを負うつもりだ。

余計なことをと、フェリクスに怒られても嫌われてもかまわない。

だからどうか、早く戦が終わり、無事に帰ってきてほしい。

レイチェルはその想いを込めて、また針を動かし始めた。


あの嵐の日から十日。

レイチェルに宛てて、フェリクスから手紙が届いた。

嬉しさのあまり頬を紅潮させ封を開こうとして、レイチェルはふと不安に襲われる。

先日送ったお守りに添えた手紙には無難なことしか書けなかったのだが、可愛《かわい》げがなかったかもしれない。

戦況は変わっていないはずだが、他に何か悪いことが書かれていたらどうしようと、レイチェルは震える手で封を切った。

そして現れた力強く流れるような筆跡。

――あなたからの御守を先ほど受け取った。ありがとう。勝利の象徴とされる鷹を模した刺繍は本当に見事だと思う。

体調はその後どうだろうか？

見舞いもできず、出立時《しゅったつじ》にきちんと挨拶《あいさつ》もできず、申し訳なかった。

それ以上に、あなたには謝罪しなければならないことが多くある。馬鹿げた誤解から、あなたにはつらく当たり、傷つけてしまった。もうこれ以上の誤解がないよう、一度ゆっくり話し合いたい。それまで、どうか待っていてほしい。

あなたが、ブライトンではなく、城に戻ってきたことは驚いたが嬉しかった。

では、体に気をつけて無理をしないよう。――

レイチェルは信じられなくて何度も何度も読み返した。

ようやく夢でも幻でもないと思えると、今度は言葉にできないほどの喜びが湧《わ》き上がってくる。

声が出せていたなら、叫んでいたかもしれない。

ただもう嬉しくて嬉しくて、その場で何度か足踏みをすると、私室から寝室に駆け込み、ベッドに飛び乗った。

そこへ、何事かとドナが慌ててやって来る。

「レイチェル様！　どうなさ――」

手紙を胸に抱えてベッドの上に立つレイチェルを見て、ドナは呆気《あっけ》に取られたようだ。

ぽかんと口を開けたドナからそっと目を逸らし、真っ赤になったレイチェルはすごすごとベッドから下りた。

「……レイチェル様、ベッドの上で飛び跳ねてはなりませんと、ずっと以前に何度も注意させて頂きましたね？」

『はい。ごめんなさい』

レイチェルは手紙を丁寧にサイドチェストの上に置いて素直に謝った。

必死に笑いを堪《こら》えながら、ドナはしかつめらしい顔をして頷く。

「では、ベッドはご自分で整え直してくださいませ」

ドナはわざと厳しく告げて寝室を出ると、居間で心配そうに待つ侍女のベティに笑顔で大丈夫だと伝えた。

怒られたレイチェルは反省しながらも、高揚した気持ちのままフェリクスからの手紙を大切に仕舞う。

（どうしよう、こんなに幸せな気持ち、初めてかも……）

誤解をさせていたのはレイチェルの方で、傷ついたのは自業自得《じごうじとく》だ。

それでもフェリクスは謝罪したいと言ってくれている。

（本当に陛下は優しい方だわ。あの……夜だって――）

初めての体験は、怖くもあったが心地良くもあり、とても幸せな時間だったのだ。

思い出したレイチェルはベッドに突っ伏してじたばたと悶《もだ》えた。

せっかく直したシーツがまたくしゃくしゃになっていく。

やがて落ち着いたレイチェルは、それでも笑みを浮かべたまま、今度こそきちんとベッドを整え直した。

しかし、幸せな気分も長くは続かなかった。

翌日、バイレモ近辺の山から、切迫した様子で鳥が飛んできたのだ。

『レイチェル様！　大変なんだ！　怖い人間が、山の中にいっぱいいるよ！』

急ぎ駆けつけたクライブに、レイチェルは鳥から聞いた要領を得ない話を伝えた。

クライブは険しい顔で黙り込み、どうにか理解しようとしている。

焦る気持ちを抑えて、レイチェルはじっと待った。

「……そういうことか」

『どういうこと？』

ぽつりと呟いたクライブに、すかさずレイチェルが問いかける。

クライブはわずかに驚いたようだが、そのまま答えた。

「エスクーム国の山岳部族――奴らがなぜエスクーム王家と手を組んだのか、ずっと不思議だったのですが……恐らく、山腹に潜《ひそ》んでいる者達には戦をするつもりはないのでしょう」

レイチェルは理解できずに首を傾げた。

窓際ではひと仕事終えた鳥が、ドナから水とパンくずをもらっている。

「奴らは戦うのではない、襲うのです。――街を」

『街を襲うって……バイレモ地方にある街を？　でも、街には子供もお年寄りもいるのよ？』

武器を持たない者を相手に、剣をふるうというのだろうか。

レイチェルは信じられない思いでクライブを見つめた。

「……バイレモの北にある街道沿いの街……例えばイエールですが、あそこは鉱山から掘り出した原石や加工石を北や南へ運ぶための拠点となっています。要するに金も物も集まっているのです。ですが、この国は通常ならばとても治安が良く、街は無防備です」

『そんな……それじゃあ……』

上手《うま》く言葉にできず、ただ震える手をもどかしげに動かすレイチェルに、クライブは頷いた。

「はい。モンテルオ軍がエスクーム軍の侵攻に気を取られている隙《すき》に、山賊達が街を――イエールに限りませんが、とにかく裕福な街を襲えば、ひとたまりもないでしょう。モンテルオ軍は街への襲撃の知らせを受け、戦力を割くかどうかの決断を迫られることになります。ただでさえ、先のサクリネ国との戦で痛手を受けたばかりですから、かなりの負担になることは間違いありません。ですが、ブライトン軍がエスクーム国に侵攻を開始すれば、戦況はまた大きく変わるでしょう」

『――何、それ？　奪い合い、騙し合いばかりじゃない！』

あまりの腹立たしさに、レイチェルは怒りをあらわにした。

だが、ここで怒りをぶつけても仕方ないのだ。

無力な人々が犠牲《ぎせい》にならないためにも、できることをしなければならないのだから。

それなのに、レイチェルの心に迷いが生まれてくる。

『結局、山峡の道に関しては、無駄な情報だったの？　私は、いったいどうすれば……』

「いいえ。無駄ではありません」

クライブは大きく首を振って、今にも泣きそうなレイチェルの問いを否定した。

そこに、二人のやり取りを窓際で見ていた鳥が割り込む。

『そうそう。あの道にはね、今はロバがいるよ。いっぱい荷物を運ぶ台を引いて、退屈そうにおしゃべりしながら待ってるんだ』

その言葉を伝えると、クライブは確信したようだ。

道は攻め込むためのものでなく、逃げるためのものなのだと。

「誰かが山腹に潜む者達に気付けば良いのですが、それは難しいでしょう。奇襲は奴らの得意とするところでしょうから……。レイチェル様は陛下にこの旨をお知らせするべきです」

『……わかったわ』

「では、私は早馬の準備をして参りますので、レイチェル様はお手紙をご用意ください」

レイチェルが力強く応じて、二人は動き出した。

が、ドナが鋭い声で押し止める。

「お待ちください、レイチェル様。それはなりません」

「母さん？」

クライブが驚いて声を上げる。

レイチェルも困惑していると、ドナが心配顔で続けた。

「アクロス領に滞在なされていた時は上手くいきましたが、この城にいらして、どうやって情報を得たとご説明なさるおつもりですか？」

問われて、レイチェルとクライブはあっと気付いた。

確かに、王城にいて手に入れるにしては不自然な情報だ。疑われ、警戒されてしまう可能性が大きい。

だが、今度の迷いは一瞬だった。

レイチェルは決意に満ちた顔を二人に向けた。

『やっぱり私、陛下にお知らせするわ。そして、動物達のことも正直に打ち明けます』

「レイチェル様、それは……」

ますます心配に顔を曇らせるドナに、レイチェルは安心させるように微笑んだ。

『すぐには信じてもらえないかもしれないし、気味悪がられるかもしれない。でも陛下ならきっと、調査してくださるだろうし、用心するよう街へ通達してくださるわ。それだけでも、まったく知らないよりはずっといいはずよ。だから、クライブはシンディの用意をしてくれる？』

「は？　何を――」

『ドナは乗馬服の用意をお願い。私は急いで手紙を書くわ』

「まさか、ご自分で届けられるおつもりですか」

『もちろん、違うわよ』

仰天する二人を見てレイチェルは噴き出した。

それから呼吸を整えて説明する。

『この際だもの、手紙は鷹にお願いしようと思うの。そのほうが説得力があるし、馬よりも断然早いものね。街を抜けて少し行った森に棲む鷹なら、陛下のお顔を知っているはずだし、他の鳥達の縄張りに入り込んだりすることなく飛ぶことができるんじゃないかと思って。勝利の象徴とされる鷹が、陛下の許に舞い降りれば、兵達の士気も上がるでしょう？』

そう言って、レイチェルは震える体を必死に抑え、悪戯《いたずら》っぽく笑った。

第七章

1

国王フェリクスの許に鷹《たか》が舞い降りた話はあっという間に広がった。

それは馬よりも鳥よりも早く、風のように。

「勝利の象徴である鷹が、陛下に従われたんだ。すぐにエスクーム軍など、打ち負かすさ！」

「そりゃそうだ！　それで、その鷹を遣わされたのが、王妃様らしいぞ」

「王妃様が？」

「おうよ。なんでも、その鷹は王妃様からの手紙を届けに来たんだってよ！」

「へ〜！　あんな自由に空を飛ぶ鷹をお遣いになられるなんて、王妃様はすごいんだなあ。しかもブライトン王国から援軍も連れてきてくださったんだろ？　こりゃあ、この国の勝利の日も近いな」

「王妃様が女神だって噂《うわさ》はあれだ、勝利の女神ってことじゃないか？」

「おお、その通りだな！」

などと、民が噂する中、王城では貴族達が今さらながらレイチェルの機嫌を取ろうとしていた。

しかし、面会を求めても、体調を崩しているとの理由で断られている。

「まあ、私にもお会いしてくださらないなんて。……王妃様はそれほどお悪いの？」

「いえ、念のためにと大事をとっておられるのです。王妃様は万が一にも皆様のご負担になるようなことがあってはならないと、心配なさっていらっしゃいます。どうかここは、このままお引き取りくださいませ」

「そう。まあ、いいわ。では、一日も早いご回復をお祈りしておりますと、伝えてくださるかしら？」

居丈高《いたけだか》に告げて、アリシアは去っていく。だが、ドナの耳には「何よ、もったいぶって！」と言い捨てる声がしっかり聞こえた。

その後ろ姿を見送り、やれやれと居間へ戻ったドナは、不安そうに待っていた侍女のベティに笑いかける。

「大丈夫よ。レイチェル様がお部屋に籠《こも》ってしまわれるのはいつものことと、皆様もご納得されているわ」

「そうでしょうか？　私はもう、はらはらし通しで。なんだか急に皆から声をかけられるようになりましたし、何か失敗をしないかと心配です」

「気にせず、笑ってやり過ごすのよ」

頼りなげなベティの背中を優しく叩《たた》いて励ましながら、ドナはため息をのみ込み、レイチェルへと思いを馳《は》せた。


そんなドナ達の苦労をよそに、レイチェルはといえば、アクロス領にあるクライブの領館に来ていた。

堀に囲まれた領館は跳ね橋が下ろされ、開放された雰囲気を漂わせている。

レイチェルは館《やかた》全体を見渡せる場所でシンディから降り、じっくり眺めた。

『すごく素敵ね！　想像していたよりもずっと大きいし、立派だわ！』

「……ええ、そのようですね」

興奮するレイチェルとは逆に、クライブの声は気乗りしない。

レイチェルは訝《いぶか》しげな視線を向けた。

『初めて目にする自分のお屋敷なのに、嬉《うれ》しくないの？』

「こういう状況でなければ、嬉しかったと思います」

『レイチェル、気にする必要ないわよ。クライブはね、拗《す》ねてるのよ』

『拗ねてる？　……わかったわ。お屋敷に最初に入るのが婚約者のマリベルでなく、私なのが気に入らないのね？　ごめんなさい。せっかくエリオットに認められて婚約したばかりだったのに、離れ離れにしてしまって……』

「全く違いますので、それはお気になさらないでください」

『じゃあ、どうして？』

首を傾《かし》げるレイチェルと意地悪く鼻を鳴らすシンディを見て、クライブは深くため息を吐《つ》いた。

「思い出しました」

『何を？』

「レイチェル様は幼い頃《ころ》、エリオット相手によく取っ組み合いの喧嘩《けんか》をなさっていましたね」

『あれは……エリオットが悪いのよ。意地悪ばかりするから』

「ええ、それは繊細な少年の若さゆえの過《あやま》ちですから仕方ありません。それよりも、あの頃によく思ったものです。四歳も年上の体も大きな相手に、なんて向こう見ずな王女様なんだろうと……」

『それは……』

昔を懐かしむように遠い目をするクライブに、レイチェルは顔を赤くして言葉を詰まらせた。

シンディは楽しげに笑っている。

そこへ門番から知らせを受けたのか、屋敷の玄関が開き、誰《だれ》かが走り出てきた。

「クライブ様、お待ちいたしておりました！」

満面の笑みで出迎えたのは、ブライトンの王都にあったクライブの屋敷に仕えていたジョンだ。

レイチェル直属の騎士として、クライブが王妃領から土地を分け与えられた時、一番喜んだのはジョンかもしれない。

「よくこの時期に、レイチェル様のお側《そば》を離れることができましたね。今はこの辺りでも王妃様のお噂でもちきりですよ！　なんでも……」

嬉々《きき》として話しだしたジョンは、クライブの従者が口を覆っていた布を下ろした顔に目を止めて、あんぐりと口を開けた。

頭に巻いた布からは、幾筋かの美しい銀髪が流れ落ちている。

しばらく微妙な沈黙が続いたが、焦《じ》れたようにシンディが足踏みをした。

ジョンははっとして、恐る恐る問いかける。

「その……まさか、お二人でいらっしゃったわけではございませんよね？　奥様はどちらに？」

「母は城で……王妃様のお側に控えている」

首を伸ばして二人の後ろに見えない姿を捜すジョンに、クライブは咳払《せきばら》いをして告げた。

そして、言いにくそうに付け加える。

「それで、こちらが……従者の……レイだ。よろしく頼む」

「………かしこまりました」

色々察したらしいジョンは、どこか気まずそうに答えた。

それから、クライブの従者である少年に用意されたのは、一番上等な南の客間。

手伝いにはジョンの妻であるサリーがやって来た。

「まあ！　まあ、まあ、まあ、なんて無茶を……」

驚き目を丸くしたサリーは薄汚れたレイチェルをまじまじと見て顔をしかめた。

「あの奥様がよく、レイ……様のお側を離れることを納得されましたね」

言いながら、サリーは湯浴みの用意を始める。

レイチェルは見知った人物が現れたことでほっとし、宿を出る時に自分で編んだ髪をほどいていった。

一番簡単な髪の結い方をドナに教えてもらったのに、どうしても上手《うま》くできない。

男物の服は自分で着られるが、やっぱり慣れず、この四日間の旅は本当に大変だった。

だが、レイチェル以上にクライブは大変だったろう。旅慣れないレイチェルを守りながら、従者として連れてこなければならなかったのだ。

正直、甘く見ていたことを反省する。

ドナ達を説得した時は、あれほど自信を持って大丈夫だと告げたのに。

ひりひりするお尻《しり》を我慢して湯を浴びると、サリーに手伝ってもらって、ベティから借りた服に着替えた。

レイチェルがここにいることはもちろん秘密である。

待っていてほしいとフェリクスには言われたのに、それを裏切るのはかなり心苦しかった。

それでも、少しでも戦地になりつつあるバイレモの近くにいたかったのだ。

何か動きがあった時、いち早く知りたい、知らせたい。

その強い思いから、みんなに迷惑をかけてここまで来てしまった。

レイチェルは窓から見えるカントス山脈を眺めた。

少し霞《かす》みがかったひときわ高い山のふもとにイエールの街があるはずだ。

鳥ならば、ここからは数刻の距離。フェリクス達が駐屯《ちゅうとん》している高原までは半日程度。

ふと西の空に視線を向ければ、遠くに黒い点が浮かんでいた。

何だろうと目を凝らすと、黒点はどんどん近づき、はっきりとした形になる。

(——あの鷹だわ!)

五日前、フェリクスに宛《あ》てた手紙を託した鷹が、勢いよく向かってきている。

慌てて窓を大きく開けると、鷹は一度急旋回をして速度を落とし、ふわりと窓辺に舞い降りた。

『やあ、王妃。息災なようで何より。まさかこちらに出かけているとは知らず、城まで戻って無駄に小鳥達を怯《おび》えさせてしまったぞ』

壮年の鷹はくくっと笑って首をくいくいと左右に動かす。

ここまでの道中はレイチェルの行方《ゆくえ》を動物達に尋ねながら飛んできたのだと語り、そして片足をひょいと持ち上げた。

『王より返書を預かってきた』

2

——まずは、山に潜《ひそ》む者達について知らせてくれたことに礼を言いたい。確かに、山岳部族に関しては、これでいくつもの疑問が解消できる。しかし、今は兵を動かせる状況ではない。それでも早急に対策を講じたいと思う。

そして、あなたと動物達のことについては、正直なところ混乱している。

残念ながら、文章では上手く言い表せない。このことは、城に戻ってからにしたい。

鷹が勢いよく向かってきた時には本当に驚いた。どうにも、からかわれていたような気がする。だが、兵達は喜んでいた。ありがとう。——

手紙を読み終えたレイチェルは、ずっと詰めていた息を吐き出した。

それでも込み上げてくるさまざまな感情が溢《あふ》れ出しそうになる。

どうしようもなくなって、レイチェルはのんびり羽を休めている鷹に抱きついた。

『ありがとう！』

『なんだ、そんなに良いことが書いてあったのか？』

『わからないの。でも、ありがとう！』

淡々とした文面からは、フェリクスの感情は読み取れない。

だが、山腹に潜む者達のことは信じてくれた。今はまだ、鳥達から何の知らせもないが、すでに動き出しているかもしれない。できれば良い方向にと願いながら、レイチェルには待つしかなかった。

そして、混乱しているという言葉については、考えても仕方ないのだ。レイチェルはもう覚悟を決めたのだから。

『うむ。まあ、とにかく、どういたしましてだな』

鷹はちょっとかしこまって頷《うなず》くと、するりとレイチェルの腕から抜け出した。

ばさりと羽を広げてまた閉じ、くいくいと首を動かす。

『それで、他《ほか》に何か手伝えることはあるか？』

『え？』

思いがけない言葉にレイチェルは驚いた。しかし、すぐに笑って首を振る。

『いいえ、大丈夫。あなたにはもう十分してもらったもの。いきなり押しかけた私の願いを引き受けてくれたばかりか、陛下からのお返事もここまで届けてくれるなんて。本当にありがとう』

『そうか。だが、遠慮はいらんぞ。我はもうしばらくここに滞在しようと思う。何かあれば、声をかければよい』

『ありがとう――！』

嬉しさのあまり、もう一度抱きつこうとしたレイチェルの腕をするりとかわし、鷹はひょいっと跳ねて窓の際まで進んだ。

『婦女がそうむやみに男に抱きつくものではない。さて、それではあの鳥に大丈夫だと言ってやれ。我がここにおるゆえ、近づけぬらしい』

そう告げると、鷹はひゅっと窓から飛び出した。

この辺りの主《あるじ》に挨拶《あいさつ》に行ってくると、大空に向かって羽ばたく。

しばらくして、ほっとした様子の鳥が窓辺に止まった。

『レイチェル様、お久しぶりです！』

『まあ、お久しぶりね。ブライトンから飛んできたの？　大変だったでしょう？　今、お水を用意するわ』

レイチェルのために用意された軽食の中からパンをちょっと千切り、お皿を一つ空けて水を注ぐ。

鳥は嬉しそうにパンを摘まみ、水を飲んでから片足を差し出した。

『クライブさんに、エリオット様からお手紙です。でも、お留守みたいで。ボクは暗くなる前に適当な寝床を見つけないといけないから、レイチェル様が渡してくれますか？』

『もちろんよ。だけど今からで大丈夫？　見つけられるかしら？』

太陽はもう沈みかけている。

心配するレイチェルに、鳥は元気良くぴぴっと鳴いた。

『大丈夫です！　もう目ぼしいとこは見つけてるんで。明日、明るくなったらお返事を受け取りにまた来ますからね！』

ぱたぱたと飛んでいく鳥を見送った後、レイチェルは手の中の手紙に視線を落とした。

エリオットとクライブはここ最近、ずっと手紙でやり取りしている。

レイチェルの知らない重大な何かが書かれているのかもしれない。

例えば、ブライトン軍のエスクーム国侵攻の時期など……。

そこまで考えて、レイチェルははっと我に返った。

（私……なんて最低なことを……）

誘惑に負けて読んでしまわないように、備え付けの書物机の抽斗《ひきだし》に急いで手紙を仕舞い、ほっと息を吐く。

山に潜む男達が中々動かないのは、それだけ用意周到《よういしゅうとう》に準備を進めているからなのだろうと、クライブは言っていた。

街を襲った戦利品を持って、すばやく逃げることができるように。

まずエスクーム軍が攻撃を仕掛けてモンテルオ軍を引き付け、次に賊が街を襲い、その情報に動揺するモンテルオ軍の隙《すき》を、またエスクーム軍がつく。

単純な作戦だが、エスクーム王家が山岳部族と手を組み、モンテルオがサクリネ国との戦《いくさ》で痛手を負っている今だからこそ成り立つものだ。

しかし、エスクーム側の誤算は、フェリクスが同盟国であるブライトン王国に早々に援助を求め、ブライトン国王がそれを受けたことだろう。しかも、大切な末の王女を嫁がせて同盟を強化したのだ。

……そんなものはブライトン側の見せかけに過ぎないが。

（どうりで、お父様があれほど兵を与えてくださったわけだわ……）

そのほとんどがエリオットの私兵だったのだから、エスクーム侵攻予定の国軍に支障はない。そして、エスクーム侵攻の指揮は兄である王太子のルバートが執《と》るらしい。

夕闇《やみ》に沈むアクロスの長閑《のどか》な風景を眺めながら、レイチェルはルバートのことを思い出していた。

ルバートは五歳年上ではあったが幼い頃はとても仲が良く、エリオットやクライブも交えて一緒に遊んでいたのだ。

それが変わったのが十二年前。

あの病からレイチェルが部屋を出られるようになるまで、一度も会うことはなかった。

大切な王太子に何かあっては一大事だからだろう。宰相ら大人《おとな》に囲まれて過ごすようになったと、クライブから聞いていた。

レイチェルが部屋から出られるようになり、公の場で顔を合わせることがあっても、話しかけてもくれなかったのは、きっと母のことを許してくれていないからかもしれない。

「レイチェル様、よろしいですか？」

落ち込んでいたレイチェルは、いきなり声をかけられ、驚いてびくりと肩を揺らした。振り向くと、クライブが申し訳なさそうに扉から顔だけを覗《のぞ》かせている。

考えに耽《ふけ》るあまり、ノックの音が聞こえなかったらしい。

『ごめんなさい、クライブ。気付かなくて。それから、おかえりなさい。疲れているでしょう？　少し休んだほうがいいわ』

クライブのためにお茶を注《つ》ごうとして、ずいぶん冷めていることに気付いた。

だが、サリーは忙しそうだしと、ためらうレイチェルを見てクライブは笑う。

「大丈夫ですよ。喉《のど》は渇いていませんから。お気遣い頂き、ありがとうございます」

『いいえ、クライブが疲れているのは私のせいだもの。自分一人では何もできないのに、我が儘《まま》ばっかり。……ごめんなさい』

レイチェルはクライブが否定する前に背を向け、先ほどの手紙を取り出した。

『これ、さっき預かったの』

「――ありがとうございます」

クライブは受け取った手紙にちらりと視線を落としただけで懐へと仕舞う。

そして、勧められた椅子《いす》に落ち着くと、レイチェルへと真剣な表情を向けた。

「レイチェル様、陛下に手紙で兵を動かす許可を急ぎ頂いてくださいませんか？」

『兵を動かす……？』

「はい。このアクロス領に置いた兵達です。鳥達の情報からして、賊がアクロスの街を襲う可能性はかなり低い。ですから勝手ながら、半数の兵をバイレモ領との境に移すよう命じております。彼らをイエールの街などの警護に充《あ》てれば、賊も計画変更を余儀なくさせられるのではないでしょうか」

クライブの説明を聞いて、レイチェルは途端に顔を輝かせた。

まるで暗闇《くらやみ》に一筋の光が射《さ》し込んだようだ。

『なるほどね！　そうよ、そうすればいいのよね！　もっと早く、そうできれば良かったのよ！』

「……そうですね」

さっそく手紙を書こうと立ち上がったレイチェルを目で追いながら、クライブは静かに答えた。

もっと早く、レイチェルとフェリクスの間に信頼関係が築けていたなら、フェリクスから言い出していただろう。今もまだその申し入れがないのは、レイチェルの言葉を完全には信用していないからなのか。

「レイチェル様、鳥に託すのでしたら、明日の朝になるのですから、そこまでお急ぎにならなくても大丈夫ですよ」

微笑《ほほえ》んでクライブも立ち上がると、退室の挨拶をして部屋を出た。

途端に顔から笑みを消して、クライブはエリオットからの手紙を確認するために自室へと急ぐ。

一方のレイチェルは、それでも手紙を書き始め、何度も何度も書き直した。

しかし、その手紙が鳥に託されることはついになかった。

3

クライブの領館に着いた翌朝、レイチェルは手紙を鳥に託そうと窓を開けた。

そこに息を切らして鳥が飛び込んでくる。

『聞いて、聞いて！　一大事だよ！』

急ぎ水を用意して、レイチェルは鳥が落ち着くのを焦れる思いで待った。

太陽が昇り始めてすぐにカントス山脈から王城に向かった鳥は、レイチェルがアクロスの地にいると聞いて慌てて方向転換したらしい。

『昨日の夜、怖い人達が話してたの。みんなみんな、木の上で震えながら聞いてたよ。〝明日の夜、決行だ。イエールの街を襲うぞ〟って』

『……明日の夜、イエールの街って言ったのね？』

『うん、間違いないよ。みんな聞いてたから。ボクが一番、速く長く飛べるから知らせに来たんだ』

『ありがとう。あとで何か用意するから待っていてくれる？』

言い置いて、レイチェルは部屋を走り出た。

もう、ここに滞在していることは秘密だとかはどうでもいい。

屋敷なんてものはたいてい同じ造りをしているので、クライブの部屋はすぐに見つかった。

ノックをすると返事も待たずに部屋へと入る。

「レイっ――どうし、た？」

ちょうど剣帯を締め終えたところだったクライブは従僕から剣を受け取ると、手を振って下がらせた。

朝もまだ早い時間で、領館内も人々が動き始めたばかりだ。

レイチェルは男物の服を着ているが、髪を結ってはいない。

その姿を見て只事《ただごと》ではないと察したクライブは、青ざめ震えて立つレイチェルに近付き、そっと肩に触れた。

「レイチェル様、何があったのです？　鳥が何か伝えに来たのですか？」

『今日の夜、イエールの街を襲うって！　ダメ！　もう、今からじゃ間に合わない！』

今にも泣き出しそうなレイチェルの話を聞いて、クライブは小さく毒づいた。「エリオットがせっかく――」と洩《も》れ出た言葉は、動揺するレイチェルの耳には入らない。

「落ち着いてください、レイチェル様。確かに、これから陛下にお知らせしても、高原からでは間に合わないでしょう。ですが、陛下は何か策を講じるとおっしゃっていたのでしょう？　陛下を信じましょう」

レイチェルははっとした。クライブの言う通りだ。

フェリクスは信じてくれたのに、自分が信じないなんてと、レイチェルは悔やむと同時に頭を冷やした。

『クライブ、私は何をすればいい？　何ができる？』

「――レイチェル様は……やはり陛下にお知らせください。仮に、イエールが襲われたとして、その知らせが高原に届くまでに恐らく二日弱。その時を狙《ねら》ってエスクーム軍は仕掛けてくるかと思われます」

『わかったわ』

力強く頷いて、レイチェルが手紙を用意するために部屋を急ぎ出ていくと、クライブもまたエリオットへの手紙を書き直すために、机に向かった。

「絶対に、ダメです！」

『わかってるわ。でも、聞かない』

「聞いてください」

『絶対に、イヤです！』

頑固に言い張るレイチェルを前にして、クライブはため息をのみ込んだ。

こうなると、レイチェルは聞かない。

仕方なく今までは従ってきたが、今度ばかりはそうはいかないのだ。

「レイチェル様はこのままここでお待ちください。イエールの街に同行するなど、あまりに危険すぎます。私も必ずお守りしますとは言えません」

『別に、イエールまで一緒に行くって言ってるんじゃないの。その少し手前までよ。その間、新しい情報を逐一伝えられるもの』

窓際ではレイチェルを援護するように鳥達が並んでぴいぴいと騒ぎ立てている。

クライブは痛むこめかみを押さえて呻《うめ》いた。

昔、おてんばな王女だったレイチェルの無茶を止められたことは一度もない。エリオットでさえ苦労し、最悪なことに大怪我《おおけが》をさせてしまったこともある。あの時は二人して死を覚悟したが、そういえばなぜ大したお咎《とが》めもなかったのだろうと考える。

『ねえ、クライブ。大丈夫？』

現実逃避するクライブの腕を軽く叩いて、レイチェルが心配そうに覗き込む。

髪を隠してもとても少年には見えないその美しい顔をじっと見返して、クライブは大きく息を吐いた。

「わかりました。ただし、絶対に私の言うこと——命令は聞いてもらいますよ」

『もちろんよ！　それに、危ないことはしない、近寄らない、近付いたらまず逃げる！』

「……本当に、お願いしますよ」

幼い頃の冒険前の合言葉を宣誓するレイチェルに、がっくり肩を落としてクライブは呟《つぶや》いた。

この十二年間、よくおとなしくしていられたものだと感心さえする。

そんなクライブを残して、出発の準備のために駆け出したレイチェルの胸の中は不安でいっぱいだった。

これから、賊が襲うであろう街に向かっていくのだ。

自分が足手まといにしかならないことは十分にわかっている。でもなぜか、一緒に行かなければと強く思うのだ。

それに、結局許可を得られないまま他領へと兵を動かす責任は、クライブでなくレイチェルが取るべきなのだから。


心配するジョンやサリーに見送られて出発したレイチェルとクライブ達は、途中で兵達と合流した。

そこから一路イエールの街を目指す。

このまま急げば、夕刻には到着するだろうと思われた行路に、大きな障害が立ちはだかったのはバイレモの地に入ってしばらくしてからだった。

「参ったな……」

雪解け水が勢いよく流れる川に架《か》かった橋がない。正確には何者かに壊されていた。

上空では鳥達が申し訳なさそうに鳴いている。

空を飛ぶ鳥達にとって、陸路での障害に気付かないのは仕方ないだろう。

「ここ最近、戦のせいでこの街道を通る者達が減ったとはいえ、橋が壊されているとの大事を知らされないのはおかしい。恐らくこれは、昨日今日の仕業《しわざ》だろうな」

クライブの呟きに、皆が黙って頷く。

道案内の地元出身の兵士が青ざめた顔で声を上げた。

「今から他の橋まで迂回《うかい》していたら、数刻は無駄にします。それじゃ、夜明け前になってしまう！」

だくだくと流れる川を前にして足踏みする兵達に焦れ、馬達も落ち着かなげにいななく。

レイチェルはクライブから少し離れた場所で、焦る気持ちを必死に抑えてシンディとおとなしく待っていたが、そこに山の中から声がかかった。

『お嬢さん。なあ、お嬢さん。お困りかね？』

見れば立派な角を生やした大きな体躯《たいく》のヤギ。

レイチェルが驚いて返事を忘れていると、シンディがふんっと鼻を鳴らした。

『ちょっと、気安く声をかけないでくれる？　あたし達、忙しいんだから』

気の強いシンディらしい言い様がおかしくて、レイチェルは笑った。

途端に、それまでの緊張がほぐれていく。

ほっと息を吐いたレイチェルは、ヤギに向かって微笑んだ。

『こんにちは、ヤギさん。ここはあなたのお家《うち》の近く？　騒がしくして、ごめんなさい』

『いいや、いいってことよ。それに、わしの住処《すみか》はもう少し奥さ。そこに鳥達がやって来て、お嬢さんを助けてやってくれと言うから、ここまで来てみたのさ』

見上げれば、先ほどよりも鳥達が集まってきている。

あちらこちらの木々の陰からは、小さな動物達も顔を出して心配してくれている。

感極まって、急に涙が込み上げてきたレイチェルは、それでも精いっぱいの笑顔を浮かべた。

『みんな、ありがとう！』

ヤギはどこか満足そうに喉の奥で笑い、横長の瞳《ひとみ》を真っ直《す》ぐにレイチェルへ向けた。

『この前は、うちの若い衆が押しかけて迷惑をかけたらしいしの。どれ、お前さんらの軟弱な足でも通れる、わしらの秘密の道を教えてやろう』

第八章

1

「これ……を、登るのですか？」

「心配しなくても、ヤギが先に登って縄を支えてくれるんだ。縄さえ手から放さなければ、落ちることはない」

そびえる断崖《だんがい》を見上げて、ぽつりとこぼした兵士の言葉に、クライブが縄を固く結び合わせながら激励する。

「けど、ヤギって……」

なぜヤギが、という疑問を、騎士や兵達は当然ながら抱いていた。

しかし、さすがと言うか、兵士と違って騎士達は口にはもちろん態度にも出さず、淡々とクライブの指示に従って動いている。

そして、どこかで見たことがあるクライブの従者である少年は、ヤギに懐かれ囲まれていた。

「ここを登るには多少の時間はかかるが、その先に続く……道は、イエールの街までかなり時間短縮できるらしい」

クライブはヤギの後に続いて崖《がけ》を登る馬達を見上げた。

鞍《くら》を背中に載せただけの馬達は、おぼつかない足取りではあったが、どうにか崖を登っていく。当然、先頭は鼻息の荒いシンディだ。

登る勇気のない臆病《おくびょう》な馬達は急ぎ迂回路《うかいろ》に向かう。

繋《つな》ぎ合わせた縄を大きな体躯《たいく》のヤギの角に結びつけると、そのヤギは馬達とは別の最短路をひょいひょいと登っていった。

そして、太い幹の木の周りを何回かぐるぐると回る。

メー！　と鳴いたその声を合図に、クライブは渋々縄のもう一方の先端をレイチェルに巻き付けた。

と、貫禄《かんろく》ある一番大きな体躯のヤギが攫《さら》うようにレイチェルを背中に乗せ、あっという間に崖を登りだす。

「あ、あれいいな。俺《おれ》もヤギに乗せてもらいたい」

安全のために縄で体を縛っているものの、それでも心配して見守っていたクライブは隣で呟《つぶや》いた兵の頭を叩《たた》いた。

半分以上、八つ当たりである。

ちなみに、どのヤギも『男を乗せるのはお断り』なのだそうだ。

申し訳なさそうにレイチェルが伝えた時、クライブは無性に苛立《いらだ》った。

どうにもヤギから馬鹿《ばか》にされているような気がしてならない。

いつか丸焼きにして食ってやると心に誓い、崖の上から縄を落として不安そうに覗《のぞ》くレイチェル目がけて、クライブは登り始めた。

そこからは早かった。なんだかんだで常に鍛えている者達だ。

もう一本下ろした縄も使って兵達は続々と登り、無事に馬も崖の上にたどり着き、街道に出るまでの悪路をヤギの案内で進んだ。

その間、ずっとシンディは文句を言い続け、レイチェルは笑いを堪《こら》えていた。


イエールの街の少し手前で街道に出た頃《ころ》には、辺《あた》りは宵闇《よいやみ》に包まれていた。

どうにか間に合ったようだと、皆がほっと息を吐《つ》いたその時、山の方角から街に向けて、無数の火の玉が飛び出した。

火矢だ。

襲撃は夜中だとばかり思っていた皆の間に動揺が走る。

「レイはキースと残ってくれ！　キース、頼んだぞ！」

クライブは前もって決めていたことをレイチェルに叫ぶように言い、勢いよく駆け出した。

その後ろに他《ほか》の者達が続く。

本来ならキースも加わっただろうに、レイチェルの護衛のために残らざるを得ないのだ。

「すげー飛距離だな」

当のキースは遠くに見える火矢の軌跡を眺めながら呑気《のんき》に呟いた。

街は街道の西側に大きく広がっており、東側の山の中から火矢は飛び出している。

「さて、ではレイ……さん、ここは目立つし、少し移動しましょうか」

キースはブライトン王宮で騎士を務めていたクライブの同僚で、この度のレイチェルの輿《こし》入れに護衛騎士として従ってくれていた。

そのため、しっかりレイチェルの正体はばれているようだ。

もう二人、キースの従者がいたが、彼らはレイチェルの存在を不審に思いつつも黙って主人に従う。

どこか目立たない街道沿いの茂みでもとしばらく進んだところで、その茂みが大きく音を立てて揺れた。

「おいおい、マジかよ……。ひょっとして橋を壊した奴《やつ》らか？　めんどくせえなあ」

キースはぼやきながら剣の柄《つか》を握り、レイチェルを庇《かば》うように馬を回した。

「俺が合図したら、馬を全速で走らせてください。その馬なら奴らを引き離せますから。後ろは振り返らなくていいです。まあ最悪、街の手前で馬だけ走らせてあなたはどこかに隠れてください。いいですね？」

キースの囁《ささや》きに反論できるわけもなく、レイチェルは頷《うなず》いた。

唇を噛《か》みしめ、手綱を強く握る。

(私のせいだ。私のせいで……)

レイチェルには茂みに何人潜《ひそ》んでいるのかはわからなかった。

軽い口調を装ってはいたが、一人で逃げろとはキース達の手に余る数だということだ。

お互いが間合いをはかるほんの一瞬。

「行け！」

キースの切迫した声と同時に、力を漲《みなぎ》らせていたシンディが駆け出した。

そして聞こえる怒号。が、なぜか悲鳴も混じる。

それは明らかにキース達の声ではなかった。

振り向くわけにはいかないレイチェルの耳に、風を切る音に混じって鳥達の攻撃的な鳴き声が届く。

薄闇《やみ》の中で、夜行性の鳥達だけでなく、昼行性の鳥達の声も聞こえた。

(みんな……ありがとう、ごめんなさい！)

レイチェルはシンディに張り付くように体勢を低くして街道を駆け抜けた。

やがて、きな臭さが鼻をつき、顔を上げて息をのむ。

街のあちらこちらで火の手が上がっていたのだ。

『レイチェル、今のうちにどこかに隠れましょう』

速度を落としたシンディの提案に、レイチェルはためらった。

目の前の光景を見ていながら、隠れるのは心苦しい。

だが、このまま争いの中に身を投じても迷惑をかけるだけだと自分に言い聞かせ、さらにシンディの歩調を緩めた。

そこへ兎《うさぎ》が飛び出す。

『ちょっと！　危ないじゃない！』

『ごめんね、お馬さん。でも、この先に怖い人間がいるよ。綺麗《きれい》な馬だから頂こうって、相談してるよ』

『あら、綺麗だなんて……って、まずいわね』

お礼を言う間もなく、兎は茂みに飛び込んでいった。

嫌な気配に怯《おび》えながらも教えに来てくれたのだ。

見つかってしまった今は、隠れるわけにもいかず、引き返すこともできない。

シンディがゆっくり進みながら、鼻をひくひくさせた。

『やだ、本当だわ。焦げ臭さに混じって、人間のにおいがする。たくさんいるわね』

レイチェルは改めて手綱を強く握りしめた。

いったい何人の男達が山を越えてきたのだろうか。

先ほどの者達が橋を壊したのだとすれば、この先に潜んでいる者達にも目的があるはずだ。

耳の奥でどくどくとうるさく脈打つ音に、シンディの緊迫した声が混じる。

『レイチェル、いち、に、さん、で一気に駆け出すわよ。いい？』

『ええ』

『いち、に、さんっ！』

シンディのかけ声とともに、レイチェルは前傾姿勢をとった。

駆け出したシンディは立ちはだかろうとした男達をひらりとかわす。

「くそっ！　逃げられた！」

「馬鹿か、この野郎！」

男達を振り切り満足げに鼻を鳴らしたシンディの背後で、甲高い耳障りな笛の音が響く。

途端に、街の入口に多くの男達が現れ立ち塞《ふさ》いだ。

『え？　ウソでしょう!?』

シンディが驚愕《きょうがく》の声を上げていななく。

先ほどの男達は見張りで、この男達は街への救援を妨げるためにいるのだ。

目の前に迫る男達の向こうに見える街道には、ほとんど人の気配はない。争いは街中で起こっているのか、剣がぶつかり合う金属音や怒声が聞こえる。

レイチェルはつかの間、自分自身に迫る危険を忘れ、クライブ達の身を案じた。その時、また別の場所で甲高い笛の音が響き、途切れた。

何の合図かはわからない。ただ、今は目の前の危機から逃《のが》れなければ。

『シンディ！』

『まかせて！』

賊達はシンディを傷つけることを避けてか、長い槍《やり》のようなものでレイチェルを襲った。

本来ならば、馬の脚を狙《ねら》うべきだが、一騎だけだと甘く見ているのだろう。

シンディは器用に攻撃を避け、街道を進んだ。

しかし、街道の中ほどまで来たところで、焦《じ》れた男の一人が錘《おもり》のついた縄をシンディ目がけて放った。

それは脚に絡まり、レイチェルを乗せたままシンディが転倒する。

『シンディ！　大丈――』

『大丈夫！　あたしは大丈夫だから、レイチェルは早く逃げて！』

レイチェルが下敷きにならないよう、無理な体勢で倒れたシンディは、なかなか起き上がれない。

『でも……』

『いいから、早く！』

走り寄る男達の気配が背後に迫る。

レイチェルは歯を食いしばり、駆けだした。

「おいっ！　ガキが逃げたぞ！」

「待て！　この野郎！」

追いかけてくる男の声がすぐ後ろで聞こえ、背中に痛みが走る。

体当たりされたレイチェルは無様に転び、ぐっと後頭部を掴《つか》み上げられた。

『――っ！』

「おい、こいつ女だ！　しかも、すげえ上玉だ！」

「うわっ、マジだ！　あの馬よりよっぽど高値で売れるぜ⁉」

頭に巻いていた布がほどけ、一本に編んだ長い銀髪がこぼれ落ちる。

レイチェルは痛みに耐えながら、それでも転んだ拍子に掴んだ砂を男達に向けて投げつけた。

「ぎゃっ！」

「くそ！　このあま――！」

一人が怒りで我を忘れ、剣を振り上げる。だが、体がこわばって逃げることができない。

なすすべもなく、レイチェルは男を見上げた。――瞬間、剣を握った男の手に音もなく矢が突き刺さる。

もう一人の男は肩と脇腹《わき》に矢を受け、短い悲鳴を上げた。

レイチェルは呆然《ぼうぜん》としたまま剣を落とした男の視線を追い、そこでやっと、向かってくる騎馬の集団に気付いた。

集団の先頭を走る男――フェリクスは弓を仕舞い剣を握ろうとして、襲われていた少年の姿をはっきり捉《とら》え、目を見開いた。

まさか、と思わず声が洩《も》れる。

しかし、すぐに頭を切り替え、走る馬上から身を乗り出し、大きく腕を伸ばした。

「レイチェル！」

舞い上がる砂埃《すなぼこり》の中、レイチェルは幻を見ているのかと思った。

それでもどうにか立ち上がると、手を伸ばし、ありったけの力で大地を蹴《け》る。

レイチェルはわずかに体勢を崩したものの、一瞬後には力強い腕の中にいた。

「いったいどうして――」

荒く呟くフェリクスの青灰色の瞳《ひとみ》を間近に見上げ、レイチェルは未《いま》だ信じられない思いで目を閉じた。

恐怖と安堵《あんど》と悲しみと喜びがない交ぜになって頭がくらくらしている。

フェリクスはもう何も言わず、震えの止まらないレイチェルの細い体を、強く強く抱きしめた。

2

「王国軍だ！」

「モンテルオ国軍が来たぞ！」

悲喜こもごもの声が街のあちらこちらから上がる。

レイチェルはまだ現実とは思えなくて、ぼんやり辺りを見回した。

「舌を噛まないように、口はしっかり閉じてて《》くれ」

フェリクスはかすかに笑いを含んだ声で告げ、剣を抜く。

そして、先ほどの賊を追う者達に命じた。

「深追いはするな！　山には恐らくまだ仲間がいるはずだ！　それよりも街中の援護に向かえ！」

真っ赤になって、きゅっと唇を結んだレイチェルは、フェリクスの腕の中から視線だけでシンディを捜した。

シンディは立ち上がり、フェリクスの部下の一人に手綱を引かれている。

「心配しなくても、あの馬は大丈夫だ。だから、しっかり掴まっていてくれ」

不安げなレイチェルの気配を察したのか、フェリクスが励ますように言った。

しかし、このまま同乗していては邪魔になるのではとレイチェルは心配したが、フェリクスは難なく馬を操っている。

ぶるると鼻を鳴らして、馬も大丈夫だと応《こた》えてくれる。

その時、また耳障りな笛の音が響いた。

フェリクスは馬を止めて耳を澄まし、はっとして山の方へ目を向けた。

「空だ！　矢が来るぞ！」

声を張り上げ、レイチェルを庇いながら建物の陰へ避難すると同時に、嫌な音を立てて火矢がいたる所に突き刺さった。

軽く舌打ちしてフェリクスが物陰から出ると、そこへ二人の騎士がやって来た。

二人はレイチェルに気付いて驚いたようだったが、軽く頭を下げただけでフェリクスに向き直る。

「矢がどうにも厄介《やっかい》ですね。奴ら、一旦《いったん》山へと引き上げていますが、このまま逃げ出すとも思えません」

「思いのほか統率が取れていますよ。笛の音を合図にしているなんてね」

「まあ、エスクーム軍を長年手こずらせていたほどだからな」

フェリクスが苦笑交じりに応じると、一人の騎士がふんっと鼻を鳴らした。

「ただ卑怯《ひきょう》なだけではありませんか。橋を壊して救援の道を断つなどと」

その言葉にレイチェルははっとして顔を上げた。

まさか南側でも同じように工作していたとはと、その周到《しゅうとう》さに怖くなる。

だが、フェリクスは温かな眼差《まなざ》しをレイチェルへ向けた。

「危うく手遅れになるところだったが、あなたが警告してくれたお陰で人々は避難できたようだ。その上、街への被害も今のところ最小限に食い止められている。そのことについては、礼を言いたい。

——が、なぜ、あなたまでここにいるのかは、あとできっちり説明してくれ」

レイチェルは赤くなって青くなり、慌てて目を逸《そ》らした。

怒っているようではないが、どう説明するべきなのかとうろたえる。

そこに再度、笛の音が響いた。

「来るぞ！」

周囲から悲鳴ともつかない叫声《きょうせい》が上がり、矢の雨が降る。その数は今までで一番多い。

「奴ら、相当数いるようですね」

「こちらの数はまだ揃《そろ》っていません。態勢を整える前に、攻め込んできますよ」

レイチェルの私兵にしてもそうだが、フェリクス達も橋が壊されたことで、まだ全《すべ》ての軍勢が揃っていないのだろう。

だからこそ賊は、今のうちに本気で攻めてくるつもりなのだ。


先ほどの火矢のせいでシンディを見失ってしまったレイチェルは、それからもただフェリクスにしがみついていることしかできなかった。

山側から激しい怒号が聞こえ、男達が弓矢や剣を手に向かってくる。

迎え撃とうとフェリクス達も剣を構え、呼吸を整えた。

そこに背後から見慣れた兵達が加わる。その中にクライブの姿もあり、わずかながら安堵を覚えた。

クライブもまたレイチェルの姿を目にして一瞬さまざまな感情を見せたが、すぐに全てを消し、馬を寄せる。

「クライブと言ったか……。ここまでご苦労だった。だが、今からはもっと苦労するぞ」

「――承知しております」

今度は近距離からの矢を盾で防ぎ、矢で応じ、剣を交える。

フェリクスを守る二人の騎士に、レイチェルを庇うクライブ。

それでもすり抜け迫る敵をフェリクスがなぎ払う。

どうあってもレイチェルは邪魔だ。

今からでもシンディを呼び、乗り移るべきかと周囲を窺《うかが》うが葦毛《あしげ》の馬はやはり見当たらない。

戦いについてまったくわからないレイチェルでも、たった今、不利な戦いを強いられていることはわかった。

これは山賊などという規模ではない。略奪になれた軍隊だ。

山に潜む者達についてもっとしっかり把握していればと悔やむレイチェルの耳に、また新たに迫る無数の足音が聞こえた。

山の中から響いてくるそれは、人間のものでも馬のものでもない。

戦いの最中にあって、男達もその地響きに気付いたらしい。

皆が警戒しながら山へと目をやり、息をのんだ。

木立の間からヤギの大群が向かってくる。ヤギだけではない、鹿《しか》もイノシシも熊《くま》までいる。

男達は争いをやめ、迫りくる獣に応戦しようとしたが、動物達が向かうのは賊の男達のみ。

賊の中には予想外の攻撃に動揺し、逃げまどう者もいた。

立派な角を生やした先ほどのヤギ――長老は賊の一人に体当たりする。鹿は後ろ脚で蹴り飛ばし、熊は前足で叩きつけていた。

「嘘《うそ》だろ……」

騎士の一人がかすれた声で呟く。

モンテルオの兵達が眼前で繰り広げられる光景に唖然《あぜん》とする中、フェリクスはレイチェルを見下ろした。

「これは……あなたの……」

その声も表情も驚きに満ちている。

だがレイチェルもただただ驚くばかりで、何も応えることはできなかった。

3

『こやつらは山を荒らし、多くの仲間を殺《あや》めた。危うくも火まで大量に使った。あまりにも許し難き狼藉《ろうぜき》、成敗してくれたわ！』

力強くひづめで大地を叩きながら、ヤギの長老は高らかに宣言した。

応えて、動物達が勝ち鬨《どき》を上げる。

長老はフェリクスとクライブをちらちらと見て鼻で笑うと、横長の瞳をレイチェルに向けた。

『お嬢さんが頑張っておるのに、わしらが怯えて隠れておっては情けないからの。皆、奮起したぞ。さて、弔《とむら》い合戦はこれで仕舞いじゃ。では、達者での』

胸がいっぱいで感謝の気持ちさえもレイチェルが伝えられないうちに、長老は満足げに鳴いて悠然と山へ帰っていった。

その後ろに他の動物達も続く。

そして、街道には痛みに呻《うめ》く賊と呆然とした兵達だけが残された。

「――重症者には直《ただ》ちに手当てを！　動ける者は賊を捕縛せよ！」

いち早く平静を取り戻したフェリクスが声を張り上げて命じると、兵達も我に返って動き始めた。

レイチェルもこれ以上の邪魔はできないと思い顔を上げて、馬から降りると伝えようとした。だが、どうすればいいのかわからない。

戸惑うレイチェルの視線を感じて、次々と指示を出していたフェリクスが顔を向ける。

ほんの一瞬二人は見つめ合い、淡く染まった頬《ほお》に無骨な手がそっと伸ばされた。

そこへ、黒い影が二人の間を勢いよく横切り、フェリクスは馬上で大きくのけ反った。

黒い影は一度旋回して速度を落とし、街道に張り出した大木の枝にふわりと止まる。

『すまぬ。夜は目が利かぬゆえ、方向を失ってしまったようだ』

楽しそうにくくっと笑って謝罪したのはあの鷹《たか》だ。

体を起こしたフェリクスは鷹を見て顔をしかめ、ぼそりと呟く。

「鷹にもヤギにも世話にはなったが、なぜだか無性に腹が立つな」

「ええ、まったくです」

思わずといった調子で、馬から降りたクライブが同意した。

しかし、はっと表情を引きしめると頭を下げ、レイチェルに両手を差し出す。

レイチェルもクライブの手を借りようとして身を乗り出した。が、なぜかフェリクスに力強く抱えられて大地に降ろされていた。

そしてフェリクスも馬から降りる。

「あなたには、説明してもらいたいことが本当に多くある。だが、それも今は難しいな」

深くため息を吐いたフェリクスは、駆け寄る騎士に目を向けた。

つられて視線を向けたレイチェルは息をのみ、クライブが表情を明るくする。

「キース！　よく無事で……」

「いや、俺よりも――レイチェル様がご無事で安心しました。ですが、今回はたかが賊と油断してい

た私の失態です。ですから、どのような処分も受ける覚悟でおります」

膝《ひざ》をつき、頭を下げるキースに大きな外傷はないようだ。

レイチェルは安堵のあまり足から力が抜け、キースは何も悪くないと否定したいのにできなかった。

そんなレイチェルのふらつく体をフェリクスはしっかりと支える。

「王妃がこうして無事だったのだから、もうよい。それよりも、賊の捕縛に加わってくれ。どうにも人手が――」

言いかけたフェリクスは、新たに近づいてくるひづめの音に気付いて口を閉じた。

皆が警戒して音のする南へと目を向けると、月明かりの下、風に翻《ひるがえ》るモンテルオ軍旗が見えた。

「リュシアン殿下だ！」

誰《だれ》かの歓喜に満ちた声が上がる。

軍旗の紋章は確かにルースロ公爵――リュシアンのものだ。

しかし、なぜここにという疑問が湧《わ》いてくる。

「……サクリネ国との問題は、かなり前に片付いていた。ゆえに最終的交渉はシャルロに――アンセルム達の父親であるベルトラン侯爵に任せ、リュシアンは軍を率いてバイレモ高原の後方で待機していたんだ」

レイチェルの胸中を察してか、フェリクスが硬い声で告げた。

それがどう意味なのかレイチェルにはわからなかったが、すぐ側《そば》に立つクライブは苦い顔をしている。

やっぱり政治や戦略はよくわからない。よくわからないが――。

レイチェルは手当てを受ける兵達に目を向け、燃え上がる家屋を眺めた。

胸の奥にいやなものが広がっていく。

今日も手紙をフェリクスへ届けてくれた鷹は、大木の枝に止まってうとうとしている。

フェリクスはレイチェルの情報のお陰で街の人々が避難できたと言っていた。街への被害が少ないというのも、恐らく大切なものを運び出しているのだろう。

それは心から本当に良かったと思う。役に立ててとても嬉《うれ》しい。

だが、なぜかレイチェルは悲しかった。


「兄上、ご無事でしたか！」

今までにない切迫した様子で駆けつけたリュシアンは馬から飛び降りた。

そしてフェリクスの無事な姿を認め、顔を輝かせる。

「遠くから無数の火矢が街へと飛んでいくのを見た時は肝を冷やしましたよ。まったく、橋の壊れた川を強引に渡るなど、無謀にもほどがあります。後を追った騎士達も誰に似たのやら、本当に……」

安堵のためか、小言を繰り出すリュシアンの声がふと途切れる。

フェリクスの隣に立つ少年の姿に気付いたのだ。

かすかに目を見張り、すぐに気を取り直してにやりと笑う。

「どうやら無謀なのは、兄上だけではないようですね」

リュシアンはそう言うと、追いついた騎士達にそのままフェリクスの部隊の指揮下に入るよう命じた。

その時、賊の傷口に目を留めて眉《まゆ》をひそめ、他の者達の傷も確かめるように周囲を見回す。

それからまた、フェリクス達に向き直った。

「それで、この状況はいったい何なのですか？　王妃様の私兵が加わっていたにしても、よくあれだけの数の賊を討てましたね？　賊の傷もずいぶん変わったもののようですが……」

「そのことについては、また後ほど話す。それよりも、橋の修復は終わったのか？」

「――ええ、まあ。ですが、簡易的なものですので、補強は必要ですよ。幸い、この街の者達も無事避難しているようですので、彼らと共に明朝からでも取りかかれるでしょう。王妃様が鷹を使って賊の襲来を知らせてくださったお陰ですね？」

フェリクスが敢《あ》えて話題を変えたことに気付いていながら、リュシアンは無視した。

何かを探るように、レイチェルをじっと見つめながら続ける。

「前もって賊の襲撃を知っていたからこそ、どの街も備えることができました。さらに、今日の襲撃を知らせてくださったお陰で、非力な者達は近くの鉱山に避難できたのですから、感謝の念は絶えませんよ。鷹から手紙を受け取った兄上は、すぐに街の長《おさ》への手紙を託したのです。それもこれも、あの鷹がずいぶん人に慣れているからこそ、できたことですよ」

「リュシアン、今は終わったことについてはどうでもいい。話し合うべきは、これからのことだ」

「まあ、それもそうですね」

フェリクスが厳しい声で割って入り、リュシアンはようやく引いた。

クライブは立ちすくむレイチェルを庇うように前へと進み出る。

「レイチェル様、あちらでお怪我の手当てを」

怪我というほどの大したものはないが、この場から逃げられることにほっとして、レイチェルは頷いた。

こわばった足を一歩一歩動かすレイチェルの背中に、フェリクス達の視線が刺さる。

そして聞こえる会話。

「これからと言えば、ここは私が引き受けますので、兄上は明朝にでも駐屯地《ちゅうとんち》に戻って頂けませんか？」

「何があった？」

「先ほど、早馬が知らせてきたのですが、エスクーム軍が高原から撤退を始めたそうです」

「撤退？　本当に？」

「はい。ブライトン軍がエスクームへの侵攻を開始したとかで、奴らは慌てています。とにかく情報が錯綜《さくそう》して混乱しているので、兄上に指揮を執《と》って頂きたいと」

レイチェルは思わずクライブを見上げた。

しかしクライブは表情を変えず、街道沿いの店先にあるベンチにレイチェルを座らせ、目に見える傷を調べていく。

「レイチェル様、頭やお腹《なか》など、痛むところはありませんか？」

本当はどこもかしこも痛かったが、レイチェルは首を振って否定した。

そこに、耳慣れたひづめの音が聞こえ、顔を上げる。

『レイチェル！　無事で良かったわ』

『シンディ！』

愛馬の元気な姿を目にして、レイチェルは全てを忘れ、飛び付いた。

ぎゅっと首筋に抱きつき、顔をうずめる。

『やだ、レイチェルったら。くすぐったいわよ』

『ごめんなさい、シンディ。無茶ばかりさせて、本当にごめんなさい』

『馬鹿ね、レイチェル。二人とも無事だったんだから、いいじゃない。大冒険も楽しかったわよ。それに、レイチェルの危機に颯爽《さっそう》と駆けつけてくれた姿はかっこよかったわよねー。あたし、思わず恋に落ちちゃいそうだったわ』

元気づけようとしてくれているのか、いつもの調子に戻ったシンディの話に、レイチェルは笑った。

『本当は恋に落ちたんじゃなくて？　あんなに素敵だったのに？　私は夢かと思ったわ』

『あたしは、そう簡単には恋なんてしないの。男なんてね、惚《ほ》れさせてこそなのよ。そりゃ確かに、長い首筋にかかったあの黒いたてがみは素敵よ？　しなやかな脚に、力強い体に、艶《つや》めいた体毛も素敵よね。それに、王様とレイチェル二人を乗せて、あんなに俊敏に動けるのも魅力の一つね。でも、それだけよ。ちょっといいなって程度』

『……そう。ちょっといいなって思ったのね？』

『ち、違うわよ！　そうじゃなくて！　あたしは恋なんてしないんだから！』

いつも以上に鼻息荒く、忙《せわ》しなく足踏みをするシンディに、レイチェルは笑いを堪えた。

ここで笑ったりしたら、シンディは余計に意地を張ってしまう。

顔を上げたレイチェルは気を逸らそうと何気なく街中に目をやり、見知った顔に気付いた。

（あれは……まさか……？）

建物の陰に隠れるようにして屈《かが》んでいるのは、父王の近衛《このえ》騎士だったはずの人物だ。今までに何度か熱烈な手紙をもらったことがあり、覚えている。

とは言っても、上っ面だけの求愛の手紙はよくもらっていたのだが、彼はかなり浮名を流している酷《ひど》い男性だとドナが怒っていたので印象に残っているのだ。

怪我でもして立ち上がれないのだろうかとレイチェルが心配した時、まるで賊のような姿をした彼は小さな弓矢を構えた。

(どうして――!)

もし声が出せていたなら、今すぐ危険を知らせることができるのに。

喧噪《けんそう》の中、話し合いを続けるフェリクス達は、潜んでいる男には気付かない。

レイチェルは無我夢中《むがむちゅう》で走り出した。

だが、放たれた矢は真っ直《す》ぐフェリクス目がけて飛んでいく。

ようやく皆がそのただならぬ様子に気付き、振り向いたフェリクスに矢は勢いよく突き刺さった。

悲鳴を上げることすらできず、足を止めて呆然と立ち尽くすレイチェルの耳に、クライブの怒声が聞こえる。

逃げ出した男に誰よりも早く追いついたクライブは、有無を言わさず剣を振り上げた。

クライブを前にした男の顔に一瞬、安堵の表情が浮かぶ。が、それはすぐに絶望に変わった。

――裏切り者!

容赦なく剣が振り下ろされた時、男の口がそうはっきりと動いた。

誰が誰を裏切ったというのか。

もう何を信じればいいのかわからず、レイチェルは縋《すが》る思いでフェリクスを見た。
しかし、膝をついたフェリクスはふっと視線を逸らす。
そのまま、皆の制止を無視して左上腕に刺さった矢を引き抜いた。
じわりと赤黒い染みが広がっていく。
それはまるで視界を黒く染める闇のようで、レイチェルの意識はそこで途切れた。

第九章

1

——そなたには子を産む義務がある。この際、誰《だれ》の子でも良い。早急に懐妊し、子を産み、義務を果たせ。だが決して、不義を人に知られてはならぬ。慎重に行動せよ——。

何の変哲もない文面に隠された文章は、容赦ないものだった。

ブライトン王家の者にしか読めない暗号を初めて教えられたのは五歳の時。

王家に生まれれば、幼い頃《ころ》より家族の誰かに教えられ、覚える義務があったのだ。

それでもレイチェルは七歳で家族と接することを断たれ、それからは一人で学び続けたため、最初は解読を間違えたのかと思った。

記憶にある限り、初めて父王から送られた直筆の手紙なのだ。

やっぱり読み間違えたのだとなかったことにして、手紙を燃やして決別したつもりでいた。

自分はモンテルオの王妃なのだと誇りを持って。

だがレイチェルは、モンテルオにとって、フェリクスにとって、脅威でしかなかったのだ。

父王の近衛《このえ》騎士はあの時、間違いなくフェリクスを狙《ねら》っていた。

最初から父王はフェリクスを謀殺し、レイチェルの王妃という立場を利用して、モンテルオ王国を乗っ取るつもりだったのだろう。

レイチェルはエスクーム国への侵攻に対する囮《おとり》だけではなかった。

それでも一番に傷ついたのは、エリオットもクライブもそのことを知っていたという事実なのだ。

もう何を信じていいのかわからない。

自分の存在がフェリクスの命を脅《おびや》かしていたことを思い、レイチェルは込み上げてきた吐き気を抑えられなかった。

「まあ！　レイチェル様！」

部屋へとやって来たドナが急ぎレイチェルの背中をさする。

あの夜から体調を崩してしまったレイチェルは、療養のためにアクロスの領館で過ごしていた。

ドナはすぐさま王城から駆けつけ、甲斐甲斐《かいがい》しく世話をしてくれている。

エスクーム軍の撤退から一カ月。

イエールの街での動物達の奇行は、鷹《たか》をも従えるレイチェルの為《な》せる力だと噂《うわさ》が広がり、今では王妃様はモンテルオの勝利の女神だと讃《たた》えられているらしい。

しかし、レイチェルはそれが酷《ひど》くつらかった。


「エスクーム王家はついに、長年の間ブライトン王家と覇権を争っていた穀倉地帯を諦《あきら》めたわけですね」

「穀倉地帯などと……今はただの戦場ではないか。馬鹿《ばか》馬鹿しい」

アンセルムが書類を置いてため息混じりに呟《つぶや》くと、フェリクスが嘲笑《あざわら》うように答えた。

そのぴりぴりした空気に耐えられなくなって、ロバートが明るい声を上げる。

「で、ですが、ブライトン軍の侵攻があったからこそ、エスクーム軍はバイレモ地方から撤退したんですよね？　モンテルオにとっては助かったのですから……」

「助かったのか、助けたのか……。どうでしょうねえ」

「え……？」

ロバートはアンセルムの言葉の意味がわからず、眉《まゆ》を寄せた。

フェリクスの執務室にいたもう一人、リュシアンがソファに寝そべったまま小さく笑う。

「でも実際、助かりましたよね？　ブライトン軍としては、もっとエスクーム軍とモンテルオ軍が争い合い、力を削ってからのほうが、楽に土地を手に入れられたでしょうに。焦《じ》れたサイクス候が命令を無視して兵を進めたらしく、侵攻が早まったそうですから。幸い勝ち戦《いくさ》でしたし、彼は将来の公爵だとかで、処分は軽いものになるようですが……。確か、我らが王妃陛下の従兄殿でしたよね？」

リュシアンはフェリクスの表情をじっと窺《うかが》いながら、問いかけた。

だが返事はなく、答えたのはロバートだ。

「はい、そうです。王妃様とはとても仲がよろしいようで、以前使者としてこの国に訪問なされた折にも、ずっと一緒に過ごしておられました」

「ふ～ん。ずっと一緒にねえ……」

にやにやしながらリュシアンは呟いたが、フェリクスは黙々と書類に目を通している。

そこにアンセルムが割って入った。

「正直に申しまして、私には陛下が正気でいらっしゃるとはとても思えません。毒を盛られ、矢を射かけられてなお、まだ離縁なさらないなんて。ブライトン国王は最初から我々をエスクーム侵攻のために利用するつもりだったのですから、援助を受けただけの義理は十分に果たしましたよ。エスクームが撤退し、処理も着々と進んでいる今、あの方の存在は害にこそなれ、益など一つもありませんのに」

珍しく強い口調で非難したアンセルムに、フェリクスはかすかに反応したが、顔を上げることはなかった。

それがアンセルムには不服なのか、言い足りないのか、さらに続ける。

「そもそも、王妃様はなぜ賊がイエールの街を襲来することをご存じだったのか、私は未《いま》だに納得できません。獣に関しても、何か怪しげな薬でも使っていたのではないでしょうか。それに、ブライトン軍がエスクーム国に侵攻すると、事前に知らせてくださらなかったことからしても、やはりあの方は父親に加担して——」

「黙れ、アンセルム。お前の意見は必要ない」

「……失礼しました」

フェリクスの静かな怒りを感じ、アンセルムは渋々といった調子で謝罪した。

もうロバートではどうしようもないほどに張り詰めた雰囲気の中で、リュシアンだけがのんびりとくつろぎ、誰へとはなしに一人呟く。

「まあ、シャルロも言っていましたからねぇ。油断はできずとも、見守るしかないって」

フェリクスが訝《いぶか》しげに片眉を上げたが、それ以上の言葉はない。

アンセルムも唇を歪《ゆが》めただけで、結局そのまま室内は静かになり、事務的な音が響くだけになった。

だがやがてアンセルムが所用で席を外すと、しばらくしてリュシアンが声を上げて笑い始めた。

苛立《いらだ》ったフェリクスから丸められた紙屑《くず》が飛ぶ。

「すみません、兄上。あることを思い出したら、つい……。ほら、他人の修羅場っておもしろいじゃないですか。しかも、本人はまったく気付いていないのですから、なおさらです」

「……どういう意味だ？」

何がおかしいのか、また笑い始めるリュシアンをフェリクスは睨《にら》みつけた。

ロバートは三人だけになった執務室で、代筆の手を止めて恐る恐る口を開いた。

「あのー、恐らく殿下は王妃様とアリシア様のことをおっしゃっているのかと……」

「王妃とアリシア？　二人に何かあったのか？」

「え？　いえ、特に何かあったわけでは……」

問い返されて、ロバートは戸惑った。

仕方なく起き上がったリュシアンはソファにきちんと座り直し、深くため息を吐《つ》く。

「ダメだよ、ロバート。兄上にとってアリシアは本当にただの可愛《かわい》い妹なんだから。わざわざあんな噂を兄上のお耳に入れる馬鹿もいないだろうしね」

「あんな噂とは何だ？　アリシアに何かあるのか？」

まったくわからないといった様子のフェリクスを見て、リュシアンは少し考えるように黙り込んだ。

アリシアはフェリクス達三兄弟にとっても、本当に妹のような存在なのだ。

幼い頃から、アンセルムを加えた四人の後ろをついてくるアリシアをリュシアンがからかう、といった日常を繰り返しながら大きくなった。

ただアリシアがフェリクスに対して抱いている気持ちは兄妹のものではない。

そのことにフェリクス以外の誰もが気付いていたのだが。

「……クロディーヌ嬢が亡くなった時、兄上はかなり落ち込んでいましたよね？」

「あれは……正直に言えば、自分の薄情さが嫌になっていたんだ。婚約者でありながら会うこともほとんどなく、ろくに彼女を知ろうとしなかったんだから。もっと彼女に関心を向けるべきだったと……」

「あの頃は父上が急逝《きゅうせい》したばかりで、大変でしたからね。仕方ありませんよ。ただ、それから兄上はアリシア以外の女性と接することもあまりなく、新たな縁談も断っておいでしたので、口さがない者達が噂するようになったのですよ。陛下とアリシアがただならぬ仲だとね」

一瞬何を言われたのか、フェリクスは理解できなかったようだ。

だがのみ込むと同時に、腹立ちのあまり立ち上がった。

「――何を馬鹿げたことを！　そんな面倒くさい関係に誰がわざわざなるか！」

「ですよね」

怒りに満ちたフェリクスの言葉に、リュシアンが同意して頷《うなず》いた。

ロバートは俯《うつむ》き、小さくなっている。

噂についてはもちろん知っていたが、自分が伝えるまでもないと思っていたのだ。

フェリクスは少し熱くなりすぎたと感じたのか、一度大きく息を吐いて腰を下ろした。

「アリシアの名誉に関わる噂を、なぜ誰も否定しなかったんだ？　今後の縁談にだって影響するだろうに」

「まあ、おっしゃる通りですが……」

アリシア本人に否定する気がないどころか、他《ほか》の女性をわざと寄せ付けず、助長していたのだから
どうしようもない。

その上、周囲もそのうちフェリクスが絆《ほだ》されるだろうと思っていたのだ。

冷静になってようやく頭が回り出したフェリクスは、そこで一番肝心なことに気付いた。

「まさか……王妃もその噂を知っているのか？」

「そりゃ、当然ご存じでしょう。女性というのは噂話が好きですからね。若い侍女辺りから、お耳に
入っているのではないでしょうか」

「それでは……」

フェリクスはあることに思い当たり、言葉を詰まらせた。

どうにか時間の都合をつけ、初めて晩餐《ばんさん》を共にできたあの夜のレイチェルの突然の怒り。

思わずロバートを見ると、そのことを察してか酷く申し訳なさそうな顔をしていた。

「ずいぶん残酷なことをおっしゃるなとは思ったのですが、あの頃はまだ王妃様について私も良くは
思っておりませんでしたから……陛下もわざとなのかと……」

わざと怒らせるつもりも、傷つけるつもりもなかった。

たとえそれがどんなに信用できない相手でも。

言い訳にもならない自分の愚かな言動に、フェリクスは頭を抱えた。

「兄上は剣の腕も確かで、知略に長《た》け、指導力もあり、人望もあります。ですが、女性に関しては残
念ですよね。女心がわからないというか、鈍いというか」

「……女心などがわかる男がいるのか？」

「少なくとも、療養中の妻を一カ月もほったらかしにはしない程度には。せめて見舞いの花くらいは贈りますかね？」

指摘されて、フェリクスは気まずそうに目を逸《そ》らした。

実は何度も見舞いの手紙を書こうとはした。だが、元々筆不精《ふでぶしょう》のフェリクスには何を書けばいいのかわからず、忙しさを理由に後回しにしていたのだ。

「あの……王妃様は今回のことでかなりお心を痛めていらっしゃるのではないでしょうか。その……もし、王妃様が今までのことを何もご存じなかったのでしたら、ご自分の国の者が陛下に弓を引いた姿を目にしてお倒れになったのも頷けます。それで、この城にもお戻りになることができないのでは……？」

「ああ、そうですね。あの時の驚きは本物ですし、もしこれを機に今までのことも知ってしまったとしたら、どれほど苦しまれるか……。密命を受けていた侍女の仕業《しわざ》とはいえ、毒の入ったお茶や酒を、兄上に勧めていらしたのですから」

ロバートに続いたリュシアンの言葉を最後に、室内には重たい沈黙が落ちる。

フェリクスは今までのことを思い返し、自分への怒りでめまいがしていた。

以前、王妃の部屋まで押しかけた時、微量の毒がお茶に含まれていることに気付いて、フェリクスは腹を立てたのだ。

飲んでもかすかにめまいがする程度の大したものではなかったが、王妃からの決別の証《あかし》なのだと思い、全《すべ》てを飲み干した。

あの程度では、幼い頃より毒に耐性をつけているフェリクスには効かない。

だがあの夜、初めてフェリクスに微笑《ほほえ》んでみせたレイチェルが勧めてくれた酒には、強い毒が入っていた。

無味無臭の遅効性のもので、一定量を飲めばゆっくりと毒が体を蝕《むしば》み、やがて死に至る。

口に含んでから気付いたフェリクスはすぐに吐き出し、グラスの中身も近くにあった鉢に捨てた。

そして、そのままの怒りを全てレイチェルにぶつけてしまったのだ。

もちろんそれも長くは続かず、いつの間にかレイチェルの魅力に抗《あらが》えなくなってしまったのだが、
翌朝になって彼女が熱を出したと聞いた時には動揺し、激しい後悔に襲われた。

バイレモへの出発を一日遅らせたもののレイチェルは回復せず、謝罪することもできずに城を発《た》ったのだ。

それなのに、彼女は見事な鷹を刺繍《ししゅう》した香袋を御守として贈ってくれた。無事を祈る手紙と共に。

フェリクスはようやく顔を上げ、二人へ目を向けた。

「私はいったい、どうすればいい？」

「額を床にこすりつけて謝罪するべきですかね」

「愛の詩《うた》を贈られてはどうでしょう？」

二人の返答を聞いてフェリクスが顔をしかめた時、アンセルムが部屋へと戻り、意味ありげに三人を見回した。

「今しがた、父のシャルロより使いが参りました。サクリネ国との交渉にて、この先の未来に向けてより良い関係を築くためにも、婚姻による同盟を望むと、先方が提案してきたそうです」

2

「思ったより、元気そうだね？」

レイチェルが新鮮な空気を吸いに中庭に出て、東屋《あずまや》で小鳥達のおしゃべりを聞いていた時、背後から懐かしい声がかかった。

『エリオット！』

驚き振り向いたレイチェルは、唇だけで名を呼んで立ち上がった。が、急な動きにめまいを起こしてふらつく。

慌てて駆け寄ったエリオットが抱きとめ、支えられてレイチェルは再びベンチに腰を下ろした。

「前言撤回《ぜんげんてっかい》だね。大丈夫かい？」

『ええ、大丈夫。ありがとう。でも驚かせるエリオットが悪いのよ』

「あれ？　僕のせいなの？」

『そうよ。いつもエリオットは私を驚かせるんだから』

心外だという顔をするエリオットに、レイチェルは笑った。

しかし、すぐに笑みを消し、真剣な表情でエリオットを探るように見る。

『私よりも、エリオットは大丈夫なの？』

「うん？　何が？」

『その……エスクーム侵攻で……』

「ああ、僕の失態を聞いたの？　それはかっこ悪いな。でも、大丈夫だよ。心配してくれてありがとう。当分の間、登城を禁止されただけだから。それでこうして会いに来たんだ。体調を崩して療養しているって聞いたから、お見舞いにね」

『それなのに驚かすなんて、やっぱり酷いわ』

レイチェルは無理に笑って、膝《ひざ》をつくエリオットの両肩を勢いよく押した。すると、エリオットが尻《しり》もちをつく。

「酷いのはどっちだよ」

わざと怒ってエリオットが立ち上がる。そこへドナがやって来た。

「レイチェル様、そろそろお部屋にお戻りに――」

言いかけたドナはエリオットの姿を認め、盛大に顔をしかめた。

「まあ、エリオット様。まさか突然現れて、レイチェル様を驚かせたりなどなさっていらっしゃいませんよね？」

「ドナまでなんて酷いんだ」

白々しく嘆くエリオットに、レイチェルはまた笑った。

こんなに笑ったのは久しぶりで、心が軽く、気持ちが明るくなっていく。

たとえ、エリオットとクライブにたくさんの隠し事があったとしても、二人は信頼できる。

それは何があっても変わらないことなのだ。

一瞬でも二人を疑ったことを申し訳なく思いながら、レイチェルは昔のままの笑顔をエリオットに向けた。

『部屋でお茶にしましょう。ここの料理人の作る焼き菓子はとっても美味《おい》しいのよ』

「……ああ、それは楽しみだな」

眩《まぶ》しそうに目を細めたエリオットは、かすれた声で答えた。

小鳥達はエリオットの登場に、先ほどから嬉《うれ》しそうに鳴いている。

二人は賑《にぎ》やかに飛び回る小鳥達に見送られて、館《やかた》の中へと入っていった。


「本当にもう大丈夫なのかい？　横になって休んだ方がいいのなら、僕のことは気にしないでいいよ。クライブをからかってくるから」

部屋に戻ってからのエリオットらしい心配の仕方に、レイチェルはまた笑って首を振った。

側《そば》では侍女のベティが二人のためにお茶を淹《い》れてくれている。

それからレイチェルは叔母やマリベルの近況を楽しく聞いた。

しかし、ベティが部屋を出ていってからしばらくして、ふと沈黙が落ちる。

どうしたのかと首を傾《かし》げたレイチェルに、エリオットは穏やかに問いかけた。

「それで、何を苦しんでいるの？」

突然の問いにレイチェルははっとして、思わず目を逸らした。

だが、エリオットは急《せ》かすことなく、黙ってお茶を飲んでいる。

レイチェルはカップの中のお茶をじっと見つめていたが、やがて意を決したように顔を上げた。

『エリオットは、ハンナのことを知っていたの？　ハンナがお父様の命令で動いていたことを？』

「――いや、彼女のことは知らなかった」

今度はエリオットがはっとしたが、目を逸らすことなく答えた。

ほっとしたレイチェルの肩から力が抜ける。

『じゃあ、お父様が何を考えて、私をこの国に嫁がせたのかは知っていたのね』

「……はっきりと知らされていたわけじゃないけど、薄々は気付いていたよ」

『そう……』

レイチェルが悲しげに微笑んで応《こた》え、また沈黙が落ちる。

やはり父の思惑はレイチェルの想像通りだったと思うと悲しくて、言葉が出てこなかった。

エリオットは、まるでレイチェルの心の整理がつくまで待っているかのように、窓辺で戯《たわむ》れる小鳥達を眺めている。

今日は暑いくらいの陽気だったが、開け放たれた窓から入る風はとても気持ちが良い。

静かに流れる時間の中で、全てを先延ばしにしているのはわかっていた。

本当は決断しなければならない。だけど怖くて決められない。

思わず俯いたレイチェルの視界に、赤い髪が映る。

いつの間にか側に来ていたエリオットは、膝をついてレイチェルの青ざめた顔を覗《のぞ》き込んだ。

「レイ、僕は本気だと言ったよね？　もし、レイがつらい思いをしているなら、僕は攫《さら》って帰るつもりだって」

エリオットの優しい言葉を聞いて、途端に空色の瞳《ひとみ》が涙で曇《くも》る。

だが、レイチェルは首を横に振った。

「どうして？　戦争はもう終わったんだ。レイはこの国のために十分なほど力を尽くしたよ。みんなそれをわかってる。だけど、これ以上この国にいても、利用されてつらい思いをするだけかもしれない。それに、こうして療養中だっていうのに、フェリクス国王からは何も――」

『違うの！　そうじゃなくて！　私は……』

勢いよく遮ったものの、どう伝えればいいのかわからず、レイチェルは言葉を詰まらせた。

それでもエリオットは黙って待っていてくれる。

レイチェルは一度大きく深呼吸をして、ゆっくりと手を動かし始めた。

『私、自分の立場を何も知ろうともしないで、お父様のおっしゃる通りの行動を続けていたわ。そのくせ、ちょっとばかり反抗してリュシアン殿下と噂が流れるままにしてみたりしたの。馬鹿よね？　だけど、陛下はとても辛抱強く、誠実に接してくださったわ。だから本当はこれ以上迷惑をかけないためにも、離れるべきだってわかってるの。でも、離れたくない。私……それがつらくて、苦しくて、どうしたらいいかわからないの』

「その……つらい気持ちはわかるよ」

呟いて、エリオットはわずかに視線を逸らした。

だがすぐに、青ざめ顔を伏せるレイチェルに強い眼差《まなざ》しを向ける。

「レイ、僕は――」

『私、妊娠しているの』

「……え？」

エリオットが何か言いかけていることにも気付かず、レイチェルは顔を上げ、震える両手を動かした。

一度打ち明けてしまうと、一気に感情が溢《あふ》れ出して止まらない。

『でも、きっとこのままじゃお父様に利用されてしまう。この子の存在は、今以上に陛下のお命を脅かしてしまうことになるわ。だから私、嬉しいのに喜べなくて、どうしたらいいかわからなくて……怖いの』

「それは……」

『……もちろん、陛下の子よ？』

「わかってるよ！　馬鹿だな！　本当に、……馬鹿だよ」

呆然《ぼうぜん》とした状態から立ち直ったエリオットは、どうにか笑みを浮かべた。

つられて、涙で頬《ほお》を濡《ぬ》らしたレイチェルもかすかに笑う。

「とにかく……おめでとう、レイ」

穏やかな笑みに変えて、エリオットは優しく言った。

そして、今度こそレイチェルの視線を捉《とら》え、華奢《きゃしゃ》な両手を握りしめた。

まるで反論を許さないように。

「その子は祝福されて生まれてくるべきだよ。もちろん、誰にも利用なんてさせない。だから……レイ、一緒にこの国を出よう」

驚きのあまりレイチェルは立ち上がりかけた。

しかし、さらに両手を強く握り、エリオットは続ける。

「もうこれ以上、レイが苦しむ必要はないんだ。クライブやドナも連れて、僕の領地で暮らせばいい。幸い領地はあちこちにあるから、住みやすい地を見つけよう」

レイチェルは再び涙を流しながら何度も首を振った。

このままお腹《なか》の子を産めば、父王が今まで以上に強く介入してくるのは避けられない。

だからといって、フェリクスの子を連れて逃げ出すわけにもいかない。

何より、エリオットに全てを負わせるわけにはいかないのだ。

そんなレイチェルの思いに気付いていながら、エリオットはにっこり笑った。

「レイ、僕は良い父親になれると思うよ。それとも、僕には無理だと思う？」

驚いて呆然とするレイチェルに、エリオットが少しかすれた声で問いを重ねた。

もちろん良い父親になれるに決まっている。

だが、どう返していいのかわからず戸惑うレイチェルを見て、エリオットは噴き出した。

「冗談だよ。だから、そんなに困った顔をしないで」

目尻《めじり》にうっすら涙を浮かべて笑い続けるエリオットに、レイチェルは腹を立てて握られていた手を振りほどいた。

『酷い！　エリオットはやっぱり酷い！』

こんな時にからかうなんてと、レイチェルは怒りをぶつけた。

すると、エリオットは悲しげに笑う。

「うん、そうだよ。僕は酷い奴《やつ》なんだ。臆病《おくびょう》で、卑怯《ひきょう》で、大切なものを守ることもできないのに、手放すこともできない」

『……エリオット？』

いつもと様子の違うエリオットに、レイチェルの怒りは急速にしぼんでいった。

考えてみれば、いくら従妹のお見舞いだからといって、国境を越えて突然現れるなんて不自然な気がする。鳥達の噂では、エリオットは今、ブライトン王国中をのんびりと回っているらしいが……。

自分のことばかりだったと後悔して、レイチェルは何があったのか問いかけようとした。

しかし、エリオットはまたにっこり笑って、心配そうに見下ろすレイチェルにそっと手を伸ばした。

「この傷……たくさん血が出て、僕はレイが死んでしまうと思ったよ」

人には滅多に気付かれないが、レイチェルの顎《あご》の下には深い傷跡がある。

そこにエリオットが長い指先でいたわるように触れた。

レイチェルには前髪に隠れている額にも、うっすらと傷跡が残っている。

それらは昔、大怪我《おおけが》をした時のものだった。

幼い頃、おてんばだったレイチェルはいつもエリオット達の後をついて回っていた。

しかし年の差があり、思うように遊べなかったエリオットとクライブはある日、レイチェルについてこないようにと言ったのだ。

それでもついてくるレイチェルを振り切ろうとして、二人は危険な場所を通り抜けた。

そして、ちょっとした勝利を味わっていたところに聞こえた小さな悲鳴。

慌てて戻るとレイチェルが血を流して倒れていたのだ。

あの時の恐怖を、エリオットは今も忘れられないでいた。

急いで助けを呼びに行き、レイチェルの命に別条はないとわかった時にはどれほどほっとしたことか。

だが、大人達《おとな》に説明を求められた時には、新たな恐怖が湧《わ》いてきた。

まともに話すこともできないエリオット達に代わって説明したのは当のレイチェルだ。

――エリオット達にはダメだと言われたのに、我慢できずに一人で危険な場所に行ってしまった、と。

その後、レイチェルからは、我が儘《まま》を言ったこと、心配をかけたことを謝罪する手紙が届いた。

たどたどしい文字で書かれたその手紙を見た時には情けなくて恥ずかしくて、エリオットは涙を抑えられなかった。

「――だから僕は誓ったんだ。レイがもう二度とつらい思いをしないように、何があっても守るって。それなのに、結局何もできない。ずっとレイは苦しんでばかりだ」

『どうして？　エリオットはいつも私を守ってくれているわ。ブライトン王宮で私が自由に厩舎《きゅうしゃ》に出入りできるようになったのは、エリオットがうまく口添えしてくれたからでしょう？　公式行事に出席しないといけない時だって、何度も何度も助けてくれたもの』

懐かしげに微笑むレイチェルを見て、エリオットも微笑んだ。

「あれは僕だけの力じゃないよ」

小さく呟いて、エリオットはレイチェルの柔らかな頬に残る涙をぬぐい、立ち上がった。

「心配ばかりしていては体に良くないからね。レイはこれから先、自分とお腹の子のことだけを考えてゆっくり過ごすべきだよ。お願いだから、ヤギに乗ったり、馬で悪路を駆けたりしないでくれ。いいね？」

『……わかったわ』

落馬したり、飛び乗ったりしたことは言わないほうがいいなと、レイチェルはしおらしく頷いた。

しかし、エリオットは怪しむように目を細め、深くため息を吐く。

「間違いなく、その子は強いよ。何せ、長年の沈黙を破って復活したおてんばな女神様が母親なんだからね。さて、それでは気の毒なお守《も》り役のクライブを労《ねぎら》ってくるよ。じゃあ、元気でね」

ひらひらと手だけを振るエリオットに向けて、レイチェルは手近にある何かを投げようとした。

だが、残念ながら何もない。

悔しくて地団駄を踏んだレイチェルを残し、エリオットは楽しげに笑って去っていった。

3

エスクーム、サクリネ、そしてブライトン。

三国との間の様々な処理に忙殺されているうちに、アリシアとのあり得ない噂をフェリクスが知った日から、また十日が過ぎていた。

それなのに、フェリクスはまだレイチェルへの手紙を書けないでいた。

サクリネ国の提案にかなり悩んだものの、アンセルム達の説得で受け入れることにしてひと段落ついたところに届いたのは、エリオットからのレイチェルを見舞う許可を求めた書状。

許可しないわけにもいかず、フェリクスは苛立った。

そして、その頃から新たに囁《ささや》かれ始めたレイチェルに関する噂が、フェリクスに行動することをためらわせていた。

「陛下、このまま放置しておいて良いわけがありません」

大臣達との会議を終わらせ、執務室に戻ってきた途端、アンセルムがいきなり切り出した。

「……何のことだ？」

「王妃様のことです」

アンセルムの言い様が気に障り、フェリクスは表情を険しくした。

だが、怯《ひる》むこともなくアンセルムは続ける。

「陛下のお耳にも入っていらっしゃるでしょう？　王妃様がご懐妊なされたらしい、と」

「……」

「で、ですが、噂ですし……もし事実なら、王妃様が直接陛下にお伝えになるはずです。何もおっしゃらないのは……」

不穏な気配を察して、ロバートが口を挟む。だが、上手《うま》い言葉が見つからないようだ。

その様子にアンセルムが鼻で笑う。

「王妃様のお心に、やましさがあるからではないでしょうか」

「言いすぎだ、アンセルム」

いつもはのんびりと構えているリュシアンが鋭い声を出した。

笑いごとではすまされない問題だが、今はまだ噂に過ぎない。

「おめでたいことなのに、なぜ正式に発表されないんだ？」

「王妃様は陛下よりも、リュシアン殿下と過ごされる時間の方が多かったそうだが、まさか……？」

「いや、それを言うなら、ご自分の騎士とはかなり親しくなされているそうだぞ」

王妃懐妊の噂が広まり始めるとすぐに、後を追うように流れ始めた悪意ある憶測。

このまま放置すれば、好意的な噂をあっという間に塗り替えてしまうだろう。

「聞いたところによると、先日はアクロスの領館にある中庭で、王妃様はサイクス候と抱き合っていたそうですすよ」

「私としては、それを誰から聞いたのかを知りたいな。ご懐妊の噂といい、王妃様の領館には口の軽い信用ならない者がいるようだね？」

青色の瞳を真っ直《す》ぐにアンセルムに向け、リュシアンが問いかける。

アンセルムはそれでもなお、薄い笑みを浮かべていた。

「それを殿下がお知りになって、どうなるのです？　何も状況は変わりませんよ。ただ、その者が嘘《うそ》を申すことはありません。それだけはお伝えしておきます。ですから、私は――」

「いい加減にしろ、アンセルム。王妃は潔白だ」

席に着いたフェリクスが力強い声ではっきり言い切ると、アンセルムはようやく口を閉ざした。

ロバートはほっと息を吐いたが、平和な沈黙も一瞬。

感情のまったく見えない冷たい表情で、アンセルムは座ったばかりの椅子《いす》から立ち上がり訴えた。

「だとしても、どうか王妃様を追放なさってください」

「何を馬鹿なことを……」

「そうすれば、この国にとっての懸案事項はかなり減りますし、アクロスの地は王領に戻ります。ブライトン側が何も言えないよう、不義密通の罪をあげればいいのです」

あまりの訴えにリュシアンとロバートは言葉を失った。

しかし、フェリクスは凄《すさ》まじい怒りを漲《みなぎ》らせて執務机を飛び越え、アンセルムに殴りかかった。

構える間もなく、アンセルムは多くの書類や筆記具と共に床に転がる。

それでも我慢ならず、フェリクスはアンセルムを掴《つか》み上げ、壁に押し付けた。

そこでようやくリュシアンが止めに入ったが、アンセルムは解放されない。

「兄上！　お怒りはわかりますが、どうか――」

「リュシアン、放せ！　こいつは今、何と言った!?」

「何度でも申します！　でなければ、陛下はこの先もずっとお命を狙われ続けてしまいます！」

「それがどうした！　そんなものは王妃がいようが、いまいが変わらないだろうが！」

今までにない激しいフェリクスの怒りに、ロバートはおろおろするしかなかった。

そこへ騒ぎを聞きつけて衛兵達が駆けつける。

扉が叩《たた》かれ、安否を問う声がかけられた。

「陛下！　どうなされました!?」

「ご無事なのですか!?　陛下、お返事を！」

「陛下！」

「――大事ない！　下がれ！」

答えたフェリクスはどうにか落ち着こうと深く息を吐き出し、それでも怒りを湛《たた》えた青灰色の瞳でアンセルムを睨みつけた。

「もし王妃が懐妊しているならば、それは私の子だ。私は王妃も子も、見捨てるつもりは一切ない。この先、何があっても守り抜いてみせる。たとえ、自分の命に代えても」

「陛下――」

「もう、何も言うな」

フェリクスの言葉にはっと息をのんだリュシアンとロバートと違い、アンセルムは鼻から血を流しながらなおも異を唱えようとした。

だが、いきなり解放されて、激しく咳《せ》き込む。

フェリクスはリュシアンの腕を振り払い、扉へと向かった。

「……兄上、どちらへ?」

リュシアンの問いに答えることなく、フェリクスは執務室から出ていった。

第十章

1

昼下がりの日射《ひざ》しが射《さ》し込む部屋の中で、レイチェルは書物机に向かい、手紙を書いていた。

しかし、どうしても筆が進まない。

王城に戻って、今度こそ何があっても手紙を渡そうと筆をとったものの、何と書けば良いのかわからないのだ。

このひと月余りずっと悩み続け、やはりフェリクスに全《すべ》てを打ち明けるべきだとようやく決意できたのは昨日。

明日には王城に向けて出発するつもりだったが、やはり怖かった。

喜び迎えてくれることを夢見ても、すぐに現実に戻ってしまう。

どんなに優しい人物でも、自分の命を脅《おびや》かす存在をそうそう受け入れられるものではないだろう。

ブライトン兵達も国へと帰還した今となっては、レイチェルはこの国にとってはお荷物なのだ。

それでもお腹《なか》にはフェリクスの子がいる。レイチェルは庇《かば》うようにお腹に両手を当てた。

もし、フェリクスが噂《うわさ》を信じてしまっていたら。

それが一番怖かった。

これまでの自分の馬鹿《ばか》な行動も、思えば意趣返しだったのかもしれない。

そのことについて今さら後悔していても始まらないが、とにかくお腹の子だけは何があっても守ろうと誓い、レイチェルは立ち上がった。

少し休めば頭も回るかもしれないと、窓際の小鳥達に声をかける。

『今日はみんなとても楽しそうね？　何かいいことでもあったの？』

応《こた》えて、小鳥達は楽しそうに鳴く。

『だって、いよいよなんだもの』

『そうそう、一昨日に噂で聞いてからずっと待ってたんだよね』

『楽しみだよねー』

朝から入れ替わり立ち替わりやって来る鳥達は、みんなこの調子だ。

ひょっとして外で何か楽しいことでもあるのだろうかと、レイチェルは窓から外を眺めた。

だが何もない。

小鳥達はぴいぴいと笑うだけで、レイチェルは小さなため息を吐《つ》いた。

そこで、ふと領館内の騒がしさに気付く。

(どうしたのかしら……？)

気になったレイチェルは廊下へ繋《つな》がる扉へ足を向け、突然開いた扉にびくりと肩を揺らした。

そして、はっと息をのむ。

扉を開けたのは、ここにいるはずのない人物——フェリクスだった。

「レイチェル様……」

「下がっていてくれ」

心配したドナが廊下側から恐る恐る声をかけたが、フェリクスは低い声で命じて扉を閉めた。

途端に喧騒《けんそう》が遠のき、室内には小鳥達の浮かれた歌声が大きく聞こえ始める。

幻ではないのかとまだ信じられないでいるレイチェルに、フェリクスはゆっくりと近づき、あと一歩で触れられる距離で立ち止まった。

「その……体調はどうだろうか？　もうずいぶん良くなったとは聞いたが……」

レイチェルが頷《うなず》くと、フェリクスはほっとし、それから自分を見下ろして顔をしかめた。

「すまない、こんな格好で。ずいぶん埃《ほこり》っぽいが、もしよければこのままでもいいだろうか？　もう何者にも邪魔されずに、話をしたいんだ」

どこか切迫した様子のフェリクスに戸惑い、レイチェルはかすかにためらった。

それでもまた大きく頷き、何か飲み物を頼もうと、控えの間に向かいかける。

その細い腕をフェリクスが掴んで止めた。

「いや、何もかまわないでいい。それよりも……」

言いかけてレイチェルの青ざめた顔を見たフェリクスは、急ぎ付け加える。

「その、あとで……できれば、あなたがお茶でも淹《い》れてくれると嬉《うれ》しい。だが今は、大切な話があるから座ってくれないか？　立ったままでは体に良くない」

以前のことを――毒の入ったお茶を勧めてしまっていたことを思い出したレイチェルは、知らず顔に出ていたらしい。

フェリクスに気を使わせてしまったことを申し訳なく思いながら、ソファへと座った。

向かいに腰を下ろしたフェリクスは、探るように改めてレイチェルを見る。

「以前、手紙にも書いたが、私達は話し合わなければならないことが多い。しかし、その前にはっきりさせておきたいことがある」

厳しい表情で、フェリクスはきっぱりと告げた。

何を言われるのだろうか、離縁についてだろうかと不安になりながら、レイチェルは膝《ひざ》の上で両手を握りしめ、覚悟を決めた。

肝心なことをまだ書けていない手紙は頼りにならないが、すぐそばには石板がある。

だが、フェリクスの言葉はレイチェルが予想していたものとは違った。

「レイチェル、あなたは……声を持たないのだろう？」

虚をつかれたように驚きの表情を浮かべるレイチェルを目にして、フェリクスは苦笑を洩《も》らした。

それから優しげに目を細めて続ける。

「いくら私が鈍くても、それくらいはさすがに気付く。……とは言っても、確信したのは一緒に遠乗りに行こうとした時だから、やはり鈍いのだろうな」

最後は呟《つぶや》くように言ってフェリクスは立ち上がると、常に用意されているピッチャーに手を伸ばし、グラスに水を注《つ》いだ。

それを一気に飲み干してから、心配に顔を曇《くも》らせているレイチェルに向けて、安心させるように微《ほほ》笑《え》んだ。

途端にレイチェルの頬《ほお》が赤く染まる。

「知りたいことが多すぎて気にはなるが、それもあとでいい。もう一つ、大切なことがあるんだ」

フェリクスはグラスを置くと、レイチェルの座るソファまで歩み寄り、膝をついた。

慌ててレイチェルもソファから下りようとしたが、座面についた右手に大きな手が重ねられて動きを止める。

「レイチェル、私はあなたが好きだ」

――一瞬、何を言われたのかわからなかった。

だが、じわりと沁《し》みてくるにつれて体が震え、心が震える。

レイチェルは何か言おうと口を開き、今さら何も言えないことを思い出して、左手で口を覆った。

「初めから素直に認めれば良かったんだ。一目見た瞬間から、あなたに心を奪われていたことを。それなのに、噂に惑わされ疑心を抱き、自分の直感を信じられず、むしろ意固地になって、あなたに冷たく当たってしまった」

そこまで言って、フェリクスは一度大きく息を吐き出し、涙に滲《にじ》む空色の瞳《ひとみ》を真っ直《す》ぐに見つめた。

「あの夜のことも、本当にすまなかった。怒りに我を忘れて……だが正直に言えば、怒りはすぐに消えていたんだ。ただ、どうしても抑えられなくて、離れがたくて……言い訳にもならない。あなたは私のせいで――」

レイチェルはもうそれ以上聞いていられなくて、ソファからすべり下りるようにしてフェリクスに抱きついた。

あの夜のことは、レイチェルにとっては幸せな時間だったのだ。

初めは確かにわけがわからず怖かった。

だけど、荒々しかった手はすぐに優しくなり、まるで夢を見ているように心地良く、レイチェルの心まで包んでくれた。

結婚式の夜に失敗してから、ずっとずっと願っていたこと。すごくすごく嬉しかったこと。

フェリクスはレイチェルの震える体にそっと手を伸ばして抱き寄せた。

埃と汗のにおいが少しする腕の中は、やっぱり温かくて心地良い。

意固地になっていたというならレイチェルもだ。

初めは嫌われてもいいと言いながら、本当は好きになってほしかった。

どんどん惹《ひ》かれていきながら何も伝えず、ただ気付いてくれることを待っていた。

今もこうしてフェリクスからの気持ちを受け入れただけで、自分からは何もしていない。

レイチェルは勇気を出して顔を上げた。声を持たなくても、気持ちを伝えることはできるのだから。

じっとフェリクスを見つめながら、ゆっくりと唇を動かす。

『好き、です』

ありったけの想いを込めたつもりだったが、フェリクスからの反応はない。

伝わらなかっただろうかと不安になって、レイチェルが小さく首を傾《かし》げると、フェリクスははっとして微笑んだ。

「その……ありがとう、レイチェル。少し、信じられなくて。私はあなたの気持ちに値するようなことを何もしていないのに」

その言葉に驚き、慌てて否定しようとするレイチェルの淡く色づく頬に触れ、フェリクスは自嘲《じちょう》するように笑った。

「ブライトンの舞踏会で広間に入ってきたあなたを目にした時は、噂通りの冷たい王女なのだと思った。だが、私を見て今のように小さく首を傾げた姿はとても頼りなく、それからも時々不安そうな表情を浮かべていたのに、なぜ誰《だれ》も気付かないのだろうと不思議だった。そのくせ、援助の条件にあなたの輿《こし》入れが追加された時には騙《だま》されたような気分になって、このアクロスの地を奪われるのだと、勝手に腹を立てたんだ」

フェリクスは謝罪するようにレイチェルの頬をそっと撫《な》でた。

それからほんのわずかの時間、二人は黙ったまま見つめ合い、やがてフェリクスがぽつりと呟いた。

「……視線を感じる」

体を起こしたフェリクスの視線を追って、レイチェルも窓辺へと目を向ける。

すると、窓際にはあの鷹《たか》がとまっていた。

『やあ、王妃。息災なようで何より。今まで何度か王との間を往復したが、もうその必要もないようだな』

鷹はくくっと笑って首をくいくいと左右に動かした。

そして、真っ赤になったレイチェルと眉間《みけん》を寄せたフェリクスを楽しそうに見る。

『我は巣に帰るゆえ、あとは何も遠慮はいらんぞ。ただ王妃よ、場所は移したほうが良いのではないか？　いつまでも床に座っていては、ややこに良くないであろう。それでは、また都で会おうぞ』

高らかに告げた鷹は、レイチェルがお礼を言う間もなく、ひゅっと窓から飛び出した。

すぐにふわりと風に乗り、まるで太陽に向かうように羽ばたいていく。

レイチェルはフェリクスの手を借りて立ち上がると、姿が見えなくなるまで窓から見送った。

「あの鷹は、まるであなたに話しかけているようだったな」

しばらくして呟いたフェリクスは、うろたえるレイチェルを見下ろした。

その眼差《まなざ》しはとても優しい。

「それに、シンディもそうだ。あなたとは目線だけで会話しているようで不思議だった。それでも、イエールの街での動物達の行動を目にしていなければ、手紙に書かれていたことはなかなか信じられなかったと思う。そして今は正直……動物達が羨《うらや》ましいな」

冗談とも思えない口調でフェリクスは言うと、急に真剣な表情になってレイチェルの両手を握った。

「レイチェル、もし噂の通り、あなたが子を宿しているのなら、私はとても嬉しい」

本当に今、フェリクスは嬉しいと言ってくれたのだろうか。

鷹が飛び去った後の窓際で小鳥達が賑《にぎ》やかにおしゃべりをする中、レイチェルは呆然《ぼうぜん》としてフェリクスを見上げた。

自分の願いが幻聴を引き起こしたのではないかと思っていると、フェリクスが気まずそうに再び口を開く。

「ずいぶん身勝手だと自分でも思う。だが、私はあなたとの子が欲しい」

レイチェルは何と返せばいいかわからず、ただ涙を溢《あふ》れさせた。

たとえ声が出せていても、きっと何も言えなかっただろう。

夢に見た通りのフェリクスの言葉はとても嬉しい。だけど、心配でたまらない。

そんなレイチェルの気持ちを察したのか、フェリクスは安心させるように微笑んだ。

「もし、あなたが私の身を案じているのなら、心配はいらない。王というのは何かしらの災難に遭うものだ。しかし、私は今までも無事に乗り切ってきたし、これからも乗り越えてみせる。それよりも、私はあなたが心配だ」

次々と流れるレイチェルの涙を、フェリクスは親指で何度も優しくぬぐう。

そして、小さく首を傾げたレイチェルからふと目を逸《そ》らし、また青灰色の瞳を真っ直ぐに向けた。

「その……それで、子ができたというのは本当だろうか？」

改めて問われ、レイチェルははっきりと頷いた。

するとフェリクスはほっとしたような、困ったような複雑な表情を浮かべる。

「それでも……あなたはかまわないだろうか？　つらい思いをしているのなら――」

言いかけたフェリクスを遮り、レイチェルは頬に触れる大きな手を握りしめると、しっかり目を合わせて微笑んだ。

言葉はなくても、自分がお腹の子の存在をどれほど喜んでいるかを伝えたかったのだ。

その笑みをじっと見つめ、フェリクスもまた微笑んだ。

「ありがとう、レイチェル」

少しかすれた、低い声で囁《ささや》いたフェリクスは、そっとレイチェルを抱き寄せた。

しかし、そこで二人は窓へと視線を移した。

窓際には先ほどよりもさらにたくさんの鳥達がとまっている。

その全てが二人の行く末を心配して見守っているようだった。

『仲直りできたみたい』

『うんうん。よかったね！』

『じゃあ、二人はこれからキスするのかな？』

『キスって何？』

『くちとくちをひっつけるのよ』

『え？　何か美味《おい》しいものを分けっこするの？』

『そうよ。〝アイ〟を分けっこするのよ』

『へ〜。ボクも食べてみたいな〜』

レイチェルは鳥達の会話を聞いて、真っ赤になった。

その様子を見て、フェリクスが笑う。

「あなたの力は便利なようで、色々と大変そうだな」

フェリクスの朗らかな笑い声を聞いているうちに、レイチェルも楽しくなって笑った。

これからたくさんの苦労が待っていることはわかっている。

それでも、レイチェルの心は幸せな気持ちでいっぱいだった。

2

——人が恋に落ちる瞬間というものを初めて目にしました。——

フェリクスの供でブライトン王国に赴いたシャルロから届いた手紙の一文を読んだ時には、リュシアンも何かの冗談かと思った。

だが後に続く文章を読み進めるうちに本気だということがわかり、深刻な内容にも関わらず、リュシアンは声に出して笑っていた。

——残念なことに、目撃者は私だけではなかったようです。

ブライトン側が新たに追加してきた条件の裏には必ず何かあるのでしょう。

しかしながら、双方の立場については陛下も十分に理解していらっしゃいますので、心配はしておりません。むしろそれが枷《かせ》となり、お二人の歩み寄りが難しくなるのではと危惧《きぐ》しております。何しろ、陛下は義務に縛られるあまり、ご自身のお心については無頓着《むとんちゃく》になっておられるようですから。

彼《か》の姫君が噂通りの冷たい方なら、陛下には苦しみをもたらすだけになるかもしれません。ですが、油断はできずとも、私は今後を見守りたいと思います。——

この手紙を受け取っていたからこそ、リュシアンはアンセルムの要請に応えて王城に戻ったのだ。

予定ではサクリネ国との交渉にシャルロが加わり次第、リュシアンは軍を密《ひそ》かに率いてバイレモ地方の後方にある高原へ向かうはずだった。

エスクーム軍の裏をかくために、サクリネ国との交渉は難航し、再び争いに発展するかもしれないとの噂を国内外に流していたからだ。

軍の指揮を副官に任せ、城に戻ったせいでフェリクスに無責任だと叱責《しっせき》はされたが、代わりに面白いものを見ることができた。

リュシアンが王妃の部屋に通うごとに、フェリクスの機嫌が悪くなっていったのだ。

初めは王妃の悪評を広めるためのつもりだったが、本人にはしっかり気付かれていたらしい。

その上で、黙ってリュシアンのくだらないおしゃべりに付き合っていたのだから、確かに油断ならない相手だと思った。ただの甘やかされた王女様ではないようだと。

さらにはリュシアンもレイチェルの秘密にうすうすは気付いていた。

「にしても、参ったよな〜」

主《あるじ》が留守の執務室でソファに寝そべったまま、リュシアンがぼやいた。

それを聞いたロバートが仕事をしながらため息を吐く。

「殿下、お暇ならご自分のお部屋に帰られてはどうですか？」

「いやだよ。帰ったら仕事しなけりゃならないじゃないか」

「仕事してください」

きっぱり言い切ったロバートに背中を向け、リュシアンは子供のようにクッションを抱きしめた。

そして、またぼやく。

「なんだよ、ちょっと兄上に置いていかれたからって、俺《おれ》に当たるなよな。乗馬が下手《へた》くそな自分が悪いんじゃないか」

「下手くそなのではありません。並みの腕ですよ。ただ、お急ぎになる陛下には足手まといとなってしまいますから。この仕事を終えたら後を追います。それよりも、むしろ殿下が置いていかれたと、拗《す》ねているんじゃないですか」

ロバートはリュシアンの乳兄弟のため、二人きりの時には遠慮がない。

リュシアンはわざとらしくため息をついて起き上がった。

「俺が一緒に行ったら、噂が収まらないだろ。あぁ、こんなことになるなら、調子に乗って兄上をからかうんじゃなかった」

「自業自得《じごうじとく》どころか、陛下と王妃様にまでご迷惑をおかけしているのですから、最低ですね。ですが、私は噂よりもアンセルムさんのことが心配です」

冷やかにリュシアンを非難したロバートは、数日前の出来事を思い出して顔を曇らせた。

アンセルムがフェリクスに異を唱えるなど今までになかったことだ。

「あいつは馬鹿がつくほど真面目《まじめ》な上に、思い込みが激しいからな。王としての兄上を信奉するあまり、人間臭い兄上を見たくないんだよ。まあ、兄上があそこまではっきりおっしゃったんだ。牽制《けんせい》にはなっただろ」

言いながら、リュシアンはカップに残っていたお茶を一口飲み、顔をしかめた。

すっかり冷めていて美味しくない。

いつもはよく気がつき、文句を言いながらも世話を焼いてくれるロバートは、リュシアンの言葉に驚き青ざめている。

今のリュシアンの言い様では、アンセルムがレイチェルを亡き者にするつもりがあると言っているようなものだった。

「まさか、アンセルムさんもさすがにそこまでは……」

「さあ、どうだかな。ただ当分はあいつも、アリシアにかかりっきりになるだろうし、それまでにお二人の仲がしっかり固まれば大丈夫だろ。アンセルム達の父親のシャルロも戻ってくるだろうし。それよりもロバート、お前早く兄上の後を追ったほうがいいんじゃないか？」

諦《あきら》めてカップを置いたリュシアンは立ち上がり、眉間にしわを寄せているロバートの額を小突いた。

「聞いているのか？　このままいけば、恐らく王妃様はパトリスと対面されることになるぞ」

「……何か問題でもあるのですか？」

「少し考えればわかるだろ？　パトリスだぞ？」

一瞬の間をおいて、ロバートがはっと気付くと、リュシアンは呆《あき》れたように小さく首を振った。

そして、扉へと向かう。

「まあ、せいぜい頑張ってくれ。じゃあ、俺はご婦人方とお茶でも飲んでくるよ」

「ええ？　仕事してくださいよ！」

「ばーか。俺の失策で招いた事態に始末をつけてくるんだよ」

にやりと笑って、リュシアンは出ていく。

その後ろ姿を見送ったロバートは、こうしてはいられないとばかりに猛烈な勢いで仕事にとりかかった。


「ようやく戻ったか、エリオット」

ノックの後に執務室に入ってきたエリオットへ投げかけたルバートの言葉に、エリオットはわざとらしく驚いてみせた。

「先の戦《いくさ》での私の失態に、登城を禁じられたのは王太子殿下ですが？」

「わたしが命じたのはひと月だ。ふた月ではない」

ルバートはため息交じりに答えて筆を置くと、エリオットを真っ直ぐ見つめた。

「それで……地方はどうだった？」

「正直に申しますと、思わしくないですね」

「そうか……」

エリオットの返答を聞いて、ルバートは考えるように黙り込んでしまった。

四年前の世界的凶作から続く慢性的な食糧不足は各国に打撃を与え、世界的調和は崩れ、各地で争いが勃発《ぼっぱつ》している。

またブライトン国内でも問題は発生しているのだ。

地方の領主たちに課せられる税は凶作前から変わることなく、逼迫《ひっぱく》する地方貴族達をよそに、中央の王侯貴族達は享楽的な生活を送っていた。

そのため、地方の不満は溜《た》まる一方であるにもかかわらず、圧倒的な軍事力を持つ国王に逆らえることなどできず、不満は年々くすぶり続けている。

もちろん宰相のベーメル達もそれに気付かないわけはなく、エスクーム侵攻で数十年前に奪われた土地を取り返すことによって、国民の不満を逸らそうとしたのだ。

だがそれで、民の暮らしが楽になるわけではない。

エリオットは今回の登城禁止令を機に、己の領地を回るふりをして、各地方貴族達を訪ねていた。

「もう限界だな」

ぽつりと呟いたルバートは大きく息を吐き出すと、話題を変えた。

「レイチェルに会ったそうだな？」

「ええ、お元気そうでしたよ」

あっさり答えたエリオットだったが、ルバートはその声に含む感情に気付いた。

そして訝《いぶか》しげに眉《まゆ》を寄せる。

「何かあったのか？」

「……いいえ。ただ、レイチェル様は……ご懐妊されているそうです。おそらく、陛下のお耳にも近いうちに入ることでしょう」

「それはまずいな」

ルバートは顔をしかめ、次いで探るようにエリオットを見た。

「エリオット、お前はどうしたい？」

「私の考えは関係ありません。ただレイチェル様は……フェリクス国王を慕っておられるようです。そして酷《ひど》く心配されていらっしゃいます」

「……そうか」

小さく頷いて、ルバートは立ち上がると窓辺へ近づき、王族専用の中庭を見下ろした。

この庭はルバートの母である王妃のために、国王が特別に造らせたものだ。

「レイチェルの体調はどうだ？　医師はどう言っていた？」

「妊娠初期特有の吐き気などが多少はあるそうですが、それ以外は今のところ問題はないそうです」

「それはよかった」

淡々と答えながらも、ルバートが安堵《あんど》していることはエリオットにもわかった。

エリオットは様々な感情をのみ込み、いつもの穏やかな笑みを浮かべる。

「レイチェル様はずっと、殿下に嫌われているのだと感じていらっしゃるようですよ。本当は違うのだと、レイチェル様を心配なさっているのだと、お伝えしてはどうですか？」

「……必要ない。迂闊《うかつ》な動きは、レイチェルに宰相達の注意を向けることになるだけだ」

「ですが、レイチェル様も今は宰相達の力の及ばぬ場所にいらっしゃるのです。このまま――」

「エリオット」

厳しい声で名を呼ばれ、エリオットは口をつぐんだ。

十二年前、宰相達は自分達の推し進める政策に対して邪魔になる王妃を亡き者にするために、レイチェルの病を利用したのだ。

医師と料理人を買収し、食欲のないレイチェルのために滋養のある薬草を混ぜているのだと偽って、毒を食事に盛っていた。

看病に当たる王妃が、まず自分が食べてからレイチェルに食べるように促していたのを知っていたからだ。

そのために王妃は亡くなり、レイチェルは声を失った。

そして最愛の妻を亡くした王は無気力になり、驚くほど簡単に宰相達の傀儡と化してしまったのだが、実のところはルバートもエリオットも、王は何か薬を飲まされて操られているのではないかと疑っている。

残念ながらその証拠はまだ掴めていないが。

それからしばらく続いた沈黙を破ったのは、エリオットの深いため息だった。

「では、私はこれで失礼いたします」

「ああ、エリオット。そこの似絵を持っていけ。お前に似合いの令嬢のものだ。身上書も一緒についている」

「――ありがとうございます」

部屋から出ていきかけたエリオットに、ルバートは意地悪く笑って執務机の上の似絵と書類の束を顎《あご》で指した。

エリオットはこれ見よがしに満面の笑みを浮かべると、恭《うやうや》しく頭を下げてそれらを受け取った。

そして、わざとらしくため息を吐きながら、執務室から出ていく。

そんな彼の姿を、王太子の護衛騎士はもちろん、多くの者達が見かけることになった。

こうして、王太子殿下は未《いま》だに嫌がるサイクス侯爵へ縁談を持ちかけているらしいと噂されるのだった。

3

「レイチェル……」

耳元で囁かれる低くかすれた声に、レイチェルの口から甘い吐息が洩れる。

もし自分が声を出せていたならどうなっていただろうと、不安になるほど息苦しく切ない時間。

温かく心地よいフェリクスの腕の中で、レイチェルは幸せに微睡《まどろ》んだ。

フェリクスが領館に現れてから四日、二人は毎晩朝まで一緒に眠っていた。

「――あの夜、本当はずっとあなたを抱きしめていたかった。だが、怖かったんだ。目覚めたあなたが、もし私を見て恐れたらと。私は強引にあなたを奪ったのだから……」

最初の夜にその告白を聞いたレイチェルは、何度も首を振って応えた。

フェリクスはどうしてもあの夜のことで罪悪感を捨てられないらしい。

だがレイチェルはぼんやりとしていながらも、しっかりと覚えていた。

フェリクスはちっとも強引ではなかったし、それどころか優しく、幸せな気持ちにしてくれたのだ。

やはり二人には話し合いがたくさん必要だと、少しずつでも自分の気持ちを伝えようと、レイチェルはフェリクスを見上げ微笑んだ。

『私は、嬉しかったです』

ゆっくり唇を動かすと、読み取ったフェリクスはぎゅっとレイチェルを抱きしめた。

そして、後悔の滲む声で告げたのだ。

「レイチェル、私は朝まであなたと一緒に過ごしたい。もうあの朝のような思いはしたくない。あなたが熱を出したと聞いた時にはどれほど後悔したか。さらに、その症状を聞いて肝を冷やした。確かにあれは強い毒だったが、私が移してしまったことで影響が出るとは思いもよらなかったんだ。しかし、疑問も湧《わ》いた。普通、王家の人間は毒に耐性をつけているものではないかと……」

フェリクスはかすかに眉を寄せ、すぐに自分を落ちつけるように深く息を吐き出した。

「そこでようやく気付いた。毒に耐性を持たない者が、毒を扱うわけがないと。それでは、今までのことも誤解だったのではないか、あなたはただ利用されていただけではないかと思うようになった。だが、謝罪したくても話し合いたくても、あなたは回復せず、私はそのままバイレモへ発《た》つしかなかった。本当に……つらい思いをさせて、すまなかった」

その謝罪に、レイチェルは驚いた。

ひょっとして、自分がまだ知らない何かがあったのではないかと不安にもなった。

レイチェルが毒のことを知ったのは偶然だったのだから。

妊娠がわかった時に、ドナとクライブの話を立ち聞いてしまったのだ。

お腹の子に毒の影響はないはずだと、医師に聞いて安堵したとドナは涙ぐんでいた。

そこで知った事実にようやくレイチェルは気付いた。

突然のフェリクスの怒り、侍女のハンナが姿を消した本当の理由に。

「レイチェル、私達にはまだたくさんの問題が残っている。だが、二人でなら必ず乗り越えられる。だからもう、一人で抱え込まないでくれ」

レイチェルの不安を感じ取ったフェリクスからの力強い言葉。

大きく頷いて、レイチェルが約束したこの夜から、二人はできるだけ一緒に過ごした。

ゆっくりと丁寧に言葉を紡いで、お互いに誤解していたことをほどいていく。

しかし、ロバートが到着してからは、フェリクスも忙しくなってしまった。

フェリクスはロバートの早い到着にぶつぶつと文句を言い、レイチェルはその意外な姿に笑った。

明日には弟王子のパトリスが賊に荒らされた山々の復旧などについて報告がてら、レイチェルに会いに来る。

少し緊張はするが、フェリクスがいるから大丈夫と信じて、レイチェルは深い眠りについた。


「レイチェル、これが下の弟のパトリスだ。パトリス、こちらが妃《きさき》のレイチェルだ」

「……どうも」

「……」

「……」

フェリクスに紹介されたレイチェルは、微笑みながら軽く膝を折って挨拶《あいさつ》をした。

だが、パトリスはそっけなく返事をしただけ。

フェリクス、リュシアン、パトリスの三兄弟は背が高くがっしりとした体つきで背格好はよく似ているが、黒髪の二人とは違い、パトリスは少し癖のある薄茶色の髪を短く切りそろえている。

そして灰色の瞳に感情を見せず、立ったままのパトリスとの間に続く沈黙に、ロバートが耐えられなくなったのか明るい声を上げた。

「あ、あの！　今日はお天気が良いですよね！　殿下、ここまでの行程は順調でしたか？」

「……それなりに」

「……」

「……」

「で、殿下はお疲れですよね？　このまま立っていらっしゃるのも何ですから、あちらでお茶でも……」

「……必要ない」

「……」

「……」

ロバートの努力むなしく、冷え冷えとした空気が流れる中、フェリクスは大きくため息を吐いた。

しばらく様子を見ていたのだが、レイチェルをこれ以上不安にさせるわけにはいかないと微笑みかける。

それから無愛想極まりない弟に提案した。

「パトリス、厩舎《きゅうしゃ》に行かないか？　美人がいるから、王妃に紹介してもらうといい」

「行きます」

「レイチェルも乗馬するわけではないから、着替えなくてもいいだろう？」

問われて、レイチェルはかすかにためらったが、頷いて了承した。

フェリクスの端正な顔が悪戯《いたずら》っぽく輝いているのに断れるわけがない。

パトリスとの対面に備えて侍女のベティ達が張り切って着飾ってくれた自分の姿を見下ろし、ちょっとだけ苦笑して、フェリクスの腕をとる。

みんなには後で謝罪しようと決め、ゆっくりと無言で厩舎まで歩いて向かった。

「――本当だ。すごい美人だ」

『あら、美人だなんて、そんな……それほどでもあるわよ』

シンディを目にしたパトリスの第一声にレイチェルは驚いたが、シンディはご機嫌で応えている。

その様子に、フェリクスが小さく笑った。

「あいつがどういう奴《やつ》か、ここに連れてきたほうが手っ取り早くわかると思ったんだ」

楽しそうに言うフェリクスに、レイチェルも微笑んだ。

優しくシンディに話しかける姿も、厩舎の他《ほか》の馬達の反応からも、パトリスのことがわかる。

「それに、シンディを見れば、あいつもあなたのことをわかるはずだ。会話はできなくても、あいつは馬のことはよくわかっているから」

レイチェルの背中にそっと手を添えて、フェリクスは厩舎の外へと連れ出した。

そして、木陰にあるベンチまで導き、一緒に腰かける。

「あいつは馬と話し始めると長い」

呟いて、ロバートからグラスを受け取り、レイチェルに差し出す。

いつの間に用意していたのか、グラスの中は冷たいミントティーで満たされていた。

今日は少し汗ばむほどの陽気だったので、爽《さわ》やかな味が口の中に広がると、とても気持ち良い。

喉《のど》を潤してほっとしたレイチェルは、しばらく心地良い沈黙を楽しみながら、考えに耽《ふけ》った。

パトリスに会って納得したことがある。

どうしてリュシアンもアリシアも、ほとんど反応のない相手——レイチェルに対してあれほど喋り続けられるのだろうと不思議だったのだ。

その謎《なぞ》が解けたようで、おかしさに頬が緩む。

そこに、何か考え込んでいたフェリクスが、唐突に口を開いた。

「私達兄弟三人の母親が、それぞれ違うことは知っているだろうか？」

ぼんやりしていたレイチェルは何度か瞬いた。

どうにか頭をはっきりさせ、フェリクスを見上げて頷く。

「母達は表面上は親しくしていたが、内実は酷いものだった。私の母はそれでも正妃という自負があったので、他の二人よりはまだ良かったのだろうが……」

今まで耳にしていた話と違うことに戸惑いながらも、レイチェルは静かに聞いていた。

フェリクスには嫌な思い出なのか、顔をしかめている。

「まあ、それでも私達三人は、祖母の計らいで幸い仲良く過ごすことができた。たとえ……いや、とにかくパトリスはそのせいか、女性に対して否定的なところがあるんだ。元々人間に対しては無口なんだが、どうか気を悪くしないでほしい」

気遣うように微笑むフェリクスの眼差しは温かい。

応えて、レイチェルも微笑み返すと、フェリクスがぼそりと呟く。

「……ずっと以前、私は妃一人を大切にしようと誓った。だが、そんな誓いも必要なかったようだ」

フェリクスは穏やかな笑みから真剣な表情に変えて、レイチェルの手を握りしめ、まっすぐに空色の瞳を見つめた。

「レイチェル、どうか私の妃として、私と一緒に城に帰ってほしい」

思いがけないフェリクスの言葉に、レイチェルは小さく息をのんだ。

もちろん王城には帰るつもりだった。

だが、こうして改めて求められると、体の奥から震えるような喜びが湧いてくる。

レイチェルもまたフェリクスの手を握り返すと、はい、とはっきり唇を動かした。

今はまだ、少し気後《きおく》れのする場所だけれど、フェリクスと一緒ならばきっと素晴らしい居場所になるだろう。

そのためにも待つだけではダメなのだ。

レイチェルは強い決意を胸に秘め、眩《まぶ》しいほどの笑みを浮かべた。

第十一章

1

数日後、二人を乗せた馬車は、ようやく王城へと帰り着いた。

そして、フェリクスの手を借りて馬車から降りたレイチェルは、出迎えの多さに小さく息をのんだ。

それは花嫁として、初めてこの城に訪れた時よりもはるかに多い。

やはりフェリクスは王として皆に尊敬され、慕われているのだと、レイチェルは嬉《うれ》しくなった。

「国王陛下、王妃陛下、お帰りなさいませ。ご無事でのお戻り、何よりでございます」

リュシアンが改まって挨拶《あいさつ》をすると、フェリクスがおかしそうに笑った。

「ずいぶん大そうな出迎えだな。いったいどうしたんだ？」

「陛下が王妃様をお連れになってお戻りくださったことが嬉しいのですよ。私も含めて皆、お二人がこの城でお揃《そろ》いになることを、待ち望んでいたのですから」

リュシアンの答えに驚いて、レイチェルが人々に目を向けると、満面の笑みが返ってきた。

数ケ月前の警戒心に満ちた表情とはまったく違う。

戸惑うレイチェルの気持ちを察したのか、フェリクスが優しく腰に手を添えて抱き寄せた。

「皆の出迎え、感謝する。王妃は体調を崩し、アクロスの地で静養中だったが、それも私の子を身《み》籠《ご》もったためだ。ようやく城に連れ帰れて私は嬉しい。皆もどうか、今まで以上に王妃によく仕えてほしい」

フェリクスの言葉と同時に、その場は沸いた。

噂《うわさ》でしかなかった王妃懐妊が王の口から正式に伝えられたのだ。

また改めて発表はあるだろうが、それよりも早く皆は祝いだ何だと盛り上がっている。

レイチェルが感謝と喜びの笑みを向けると、人々ははっとして顔を赤くした。

それでも口々に祝辞を述べ、国王夫妻の仲睦《なかむつ》まじい姿をとても喜んだ。

やはりあの悪意ある噂は嘘《うそ》だったのだ、最近よく聞く話が真実なのだ、と。


部屋まで送ってくれたフェリクスが執務に戻り、一人部屋に落ち着いたレイチェルは長椅子《いす》に腰をかけ、深く息を吐いた。

ひと月余り留守にしていた部屋は何も変わっていない。

だが、城の人達の態度は大きく違っていた。

(やっぱり、陛下が迎えに来てくださったことで、みんなも好意を持ってくれるようになったんだわ……)

しかも、噂を否定するような先ほどの宣言はとても嬉しかった。

フェリクスの気遣いには感謝してもしきれない。

一足先に城に戻っていた侍女のベティが淹《い》れてくれたお茶を飲んで、幸せに思わず微笑《ほほえ》んだレイチェルは、突然入ってきた客に目を丸くした。

た。

立ち上がったレイチェルは、ドナへ大丈夫だと頷《うなず》いてみせ、どうにか笑みを浮かべてソファを勧めた。

どうやらドナや護衛の制止を振り切ったらしいアリシアは少し息を切らしている。

「私、お別れの挨拶に参りましたの」

アリシアはふんと鼻を鳴らしながらもちゃっかり座る。

「せっかく王妃様がお戻りになりましたのに、お出迎えもできず申し訳ありませんでした。私、近々嫁ぐことが決まりまして、その準備に手を取られていたものですから」

カップに手を伸ばそうと俯《うつむ》いていたレイチェルは一瞬動きを止めた。

しかし、内心の動揺を微塵《みじん》も感じさせない笑みをまた浮かべて顔を上げる。

それが癇《かん》に障ったらしい。

今まで一応繕っていた礼儀を捨て、アリシアは捲《まく》し立て始めた。

「王妃様はこれでご満足かしら？　邪魔な私がいなくなるのですもの。でも、私だって満足しているわ。何といっても、私は王妃様と違って、望まれてサクリネ国王の許《もと》に嫁ぐのですから。私のためにわざわざ第三王妃の地位まで用意してくださったのよ？　私は絶対にサクリネ国王の子を——男児を産んでみせるわ！」

がちゃんと音を立ててカップを置くと、アリシアはいきなり立ち上がり、挨拶もなく出ていった。

レイチェルはその態度にも話の内容にも唖然《あぜん》として、ただ座っているしかなかった。

頭の中にはさまざまな思いが浮かんでくる。

『……ドナ、サクリネ国王は確か……お父様と同じくらいのお年じゃなかったかしら？』

さすがにドナも言葉を失っていたのだが、レイチェルの問いかけに我に返り、慌てて答える。

「は、はい。そのように記憶してございます。しかもあの国では、王はお妃様《きさき》をお二人娶《めと》られる決まりで、第一、第二と王妃様がいらっしゃったはずですが……」

ドナが言葉を詰まらせると、ベティが遠慮がちに口を挟んだ。

「あの、私も昨日聞いたばかりなのですが、サクリネ国は先のモンテルオ王国との戦《いくさ》で王太子殿下を亡くされたそうです。そのため、サクリネ国王の御子は第二王妃様がお産みになった王女様お二人のみとなってしまったと。第一王妃様はあまりお身体《からだ》が丈夫ではなく、第二王妃様も王太子殿下ご逝去《せいきょ》の知らせにお倒れになって以来、ずっと臥《ふ》されていらっしゃるとか……」

それを聞いてレイチェルは眉《まゆ》を寄せた。

先の戦で王太子が戦死したならば、サクリネ王家にとってこの国は仇《かたき》ではないのか。

それなのに本当にサクリネ国王はアリシアを望んだのだろうかと心配になった。

正直に言えば、好きな相手ではないし、先ほども意地を張って冷やかに微笑み通したが、不幸になってほしいとまでは思えない。

どことなく重たい雰囲気が漂う中で、レイチェルは気分を変えるために裁縫を始めようとした。

そこへ、また先触れもなく新たな来訪者がやって来た。

「レイチェル」

心配に顔を曇《くも》らせたフェリクスは、ドナ達を手振りで下がらせ、驚くレイチェルの隣に腰かけた。

「先ほど、アリシアが部屋に押し入ったと聞いたが、大丈夫か?」

いったい誰《だれ》がフェリクスに伝えたのか、少々誇張されている。

レイチェルはかすかに困惑しつつ、大丈夫だと応《こた》えた。

忙しいだろうに、心配してわざわざ来てくれたのが嬉しい。

「そうか……」

フェリクスはほっとすると、少し考え、窺《うかが》うようにレイチェルを見た。

「ひょっとしてアリシアは……サクリネに嫁ぐことを話したのだろうか？」

静かな問いかけにレイチェルが頷くと、フェリクスはどこかぎこちなく微笑んだ。

それから、ふっと目を逸《そ》らす。

「実は……サクリネ側は当初、王女をリュシアンかパトリスのどちらかに嫁がせることを提案してきたんだ。だが、二人が承知するわけがない。たとえ王女が十歳の子供でなく、成人した女性だったとしても」

苦笑まじりのフェリクスの説明を聞いて、レイチェルは思わず口を開け、慌てて閉じた。

フェリクスは一度大きく息を吐き、再び話し始める。

「当然、二人が承諾するわけがないと知っていたシャルロはその場で断った。すると、サクリネ側から新たな提案がなされたんだ。確かに、ベルトラン侯爵家は王家に連なる家系だし、適齢の女性としてもアリシアが一番ふさわしいと思う。だが……本音を言えば、私はアリシアをサクリネにやりたくはない。すでに妃が二人もいる相手に嫁いでも、苦労するのは目に見えている。有事になれば命の保証だってできないだろうに、なぜシャルロがそんな提案を受け入れたのか理解できない。それでもアリシアが拒むのならば、私は承知しなかったんだ」

淡々と話しながらも、フェリクスは膝《ひざ》の上で両手を固く握りしめている。

レイチェルは冷たくなったその拳《こぶし》に触れ、温めるように包み込んだ。

「すまない、レイチェル。あなたも自分の意思とは関係なく私の許に嫁いできたのに、こんな弱音を聞かせるべきではなかったな」

レイチェルは首を振って応えた。

フェリクスがアリシアを妹として大切に思っていることは聞いている。

その彼女が、今はまだ敵国も同然の国に嫁ぐのだから、心配するのは当然だろう。

だがどうしても嫉妬《しっと》してしまう心の狭い自分を嫌悪しながら、レイチェルは微笑んだ。

「政略結婚は我々の義務だ。それで民が安寧に暮らせるのなら、必要なのだろう。だが……」

フェリクスは拳を広げて力を抜くと、レイチェルをそっと抱き寄せ、わずかにふくらんできたお腹《なか》に片手を添えた。

「私は幸運だった。だから、この子にもできる限り望む相手と結ばれてほしいと思う。そのためにも、平和な世になるよう努めていかなければ」

レイチェルは笑みを深めて大きく頷いた。

フェリクスも微笑み返し、レイチェルに顔を寄せる。

最初は軽いキスだった。

それが次第に熱をおびていく。

何度も繰り返される甘いキスからようやく解放された時には、レイチェルはぼんやりとしていた。

「……仕事に戻らなければ」

フェリクスがため息混じりに呟《つぶや》いて立ち上がる。

レイチェルもどうにか立とうとしたが、押し留《とど》められてしまった。

「いや、そのままでいい。その……邪魔してすまなかった」

広げた裁縫道具を目にしてフェリクスは謝罪すると、最後に名残惜《なごりお》しそうにレイチェルの頬《ほお》に軽く触れ、去っていった。

レイチェルは熱を持ったような頬を両手で押さえ、その大きな背を見送った。

2

「仲睦まじいのは結構でございますが、政務が滞るようでは困ります」

執務室に戻ったフェリクスに、アンセルムが苦い顔で忠言した。

しかし、フェリクスは片眉を上げただけで、何も返さず席に着く。

代わりに、いつものようにソファに寝転がったリュシアンが笑いながら答える。

「そんなにカリカリするなよ。家庭円満は国家円満の基《もと》。王妃様にはたくさん御子をお産みになって頂かなければ。兄上、頑張ってくださいね」

「馬鹿《ばか》を言うな」

届いたばかりの書簡を読みながらフェリクスが叱責《しっせき》すると、そこに便乗したロバートが口を挟む。

「殿下も早くご結婚なさってください。私の母など、お次は殿下のはずだと待ち望んでいますよ」

「それこそ馬鹿を言うなよ。世に麗《うるわ》しき女性は多い。それなのに一人に決めるなど、私にはとてもできそうにないよ」

わざとらしく嘆くリュシアンの言葉を聞いて、アンセルムが唇を歪《ゆが》める。

「別に、お一人にお決めになる必要はないと思いますがね。後継者のことを考えてもやはり御子は多いほうが良いのですから。お妃様がお一人では効率が悪すぎます」

「おいおい、アンセルム。効率の問題じゃないだろう」

心ないアンセルムの言葉をリュシアンがたしなめた。

その口調は軽いが、青色の瞳《ひとみ》は鋭い。

だが、アンセルムは引く様子もなく続ける。

「もちろん、有力貴族や王族と縁故《えんこ》によって関係を強化する利点もございます。今回の縁談が良い例ではないでしょうか。アリシアが嫁ぐことによって我々は過去の遺恨を捨て、より良い未来へと歩み始めるのですから。もしアリシアが無事にサクリネ国王の子——男児を産めば、その関係は更に密なるものとなるでしょう。それもこれも、サクリネ国王がお妃様をお一人に限られないからではないですか」

窓の外では鳥達が陽気に歌っているというのに、部屋には凍りそうなほどの冷え冷えとした空気が漂っている。

はらはらしながら一連のやり取りを聞いていたロバートは、いきなり体を起こしたリュシアンにびくりとして腰を浮かした。

そのままソファから立ち上がったリュシアンは、まるでアンセルムから離れるように窓際まで歩む。

「それで、泥沼の後継者争いに発展するわけだ。いや、それより先に、王の寵愛《ちょうあい》を得ようとする、美しさを装った女性達の醜《みにく》い争いかな？」

風に揺れる艶《つや》やかな花を眺めながら、リュシアンが呟く。

その声はくぐもっていて聞き取りにくかったが、アンセルムは生真面目《きまじめ》に答えた。

「それは王の裁量次第ではないでしょうか？　実際、陛下や殿下のお母君はとても親しくしておられましたし、陛下がご即位なさる時にも混乱はなかったのですから」

「……アンセルム。お前は優秀な政務官だが、思い込みが激しすぎるのは大きな欠点だ。それでは目の前で何が起こっていても気付けない。もっと視野を広げろよ」

深いため息を吐《つ》いてリュシアンは振り向き、窓に背を預けた。

その表情は逆光になっていて見えない。

もうこれ以上耐えられなくなったのか、ロバートが上ずった声を上げた。

「あの！　……アンセルムさんは、アリシアさんが心配にならないのですか？」

「なぜ心配が必要なのです？　アリシアは確かに我が儘《まま》なところもありますが、自分の使命はちゃんと理解しております。それに、サクリネ国の王妃様お二人はとても仲がよろしいそうですから、きっとアリシアとも上手《うま》く付き合ってくださるでしょう」

「……二人は仲良し、三人は敵同士ってね」

リュシアンがぼそりと呟いたところに、フェリクスが書簡を置いて顔を上げた。

そして、重々しく告げる。

「アンセルム。お前は、この度のアリシアの輿《こし》入れに同行し、婚礼の後もサクリネ国に留まって両国のさらなる関係改善のために尽力してくれ」

フェリクスの命令を聞いて、アンセルムの顔から血の気が引いた。

その場に一瞬の沈黙が落ちる。

しかし、フェリクスはアンセルムを真っ直《す》ぐに見据えたまま続けた。

「幸い、先の戦では我が国は勝利を得たが、サクリネの国力を考えれば次はわからないだろう。だからこそ、お前の言う関係強化は必要だ。シャルロももうしばらくサクリネに留まることになった。ゆえに二人で力を合わせ、無事にアリシアがサクリネ王宮に馴染《なじ》み、居場所を得られるように努めてくれ。私は、お前が見聞を広め、再びこの城へ戻り、今以上にモンテルオ王国の発展に貢献してくれることを願っている」

力強いフェリクスの言葉は、確かな未来を感じさせた。

アンセルムは静かに立ち上がると、深く頭を下げる。

「……かしこまりました」

答えた声はかすかに震えていたように聞こえたが、顔を上げた表情には色が戻っている。

アンセルムが席に着くのを待って、リュシアンがフェリクスに声をかけた。

「さて。では兄上、そろそろ軍部との会議が始まります。参りましょう」

「ああ」

明るいリュシアンの声はその場の雰囲気を変える。

答えて、フェリクスは立ち上がった。

それから先ほどの書簡をロバートに預け、出口へと向かう。

リュシアンはちらりと書簡に目をやって後に続き、ロバートとアンセルムは頭を下げて二人を見送った。

「――サクリネ国との戦で、どれほどの兵が命を失ったか……。それを婚姻一つで遺恨を捨てられるなど、馬鹿げています」

「そうだな。だが、アンセルムの言うように、我々はより良い未来に向けて歩まなければならないのも確かだ」

足早に回廊を進みながら悔しげに吐き出したリュシアンに、フェリクスが穏やかな声で答えた。

まるで慰めるような口調に、リュシアンが苦笑する。

「やはり私はまだまだ未熟です。だからこそ、兄上も交渉はシャルロに任せたのでしょう？」

「いや、お前は十分に立派な人間だよ。本当に、お前が弟で私は嬉しい」

感謝の気持ちを込めて背中を叩《たた》くフェリクスを、リュシアンは訝《いぶか》しげに見た。

「いやに優しいですね。何か良いことでもあったのですか？　王妃様からまた何か贈られたとか？　あの鷹《たか》の刺繍《ししゅう》は見事でしたよね。いいな、私もお願いしようかな。あ、それとも新たなご下命でもあるのですか？　シャルロからの返答には何が書いてあったのです？　そもそもアンセルムのサクリネ行きは、兄上とシャルロ、どちらの提案なのですか？」

次々と質問を繰り出すリュシアンに、フェリクスは呆《あき》れと諦《あきら》めのため息を吐いた。

弟の性格は幼い頃《ころ》から変わらない。

すぐに冗談で誤魔化そうとするのだ。

「……私だ。アンセルムは幼い頃から私の母に気に入られ、可愛《かわい》がられていたせいか、女性に対しての考え方が偏っている。そのことに気付いてはいたが、放置していたのが悪かった。シャルロは私達が独占していたしな」

「そうですね。最近は特に酷《ひど》くなっているような気がしますが……。それで、シャルロは具体的に何と書いていたのですか？」

リュシアンの問いかける声が楽しげに弾んでいるのは見せかけではない。

本当に返書の内容を聞きたくて仕方ないのだ。

かすかに眉を寄せたフェリクスは低い声で答えた。

「簡単に言えば……〝子育ての難しさを痛感しております。ですが、この苦い思いを陛下もすぐに味わうでしょう。おめでとうございます〟といったところだ」

リュシアンは勢いよく噴き出し、そのまま声を出して笑い始めた。

その明るい声に、周囲が何事かと注目する。

結局、フェリクスは弟を無視することにして回廊を進んだ。


『――好きです』

レイチェルの早い手の動きを、じっと見ていたフェリクスの顔がかすかに赤らむ。

それからわずかに目を逸らし、すぐに思いきってレイチェルを見つめ、口を開いた。

「好きです」

今度はレイチェルの顔が真っ赤に染まった。

ちょっとした悪戯《いたずら》心から、素早く手を動かして伝えた言葉。

まさかフェリクスが読み取って答えるとは思わなかった。

レイチェルが手ぶりで伝える言葉を、フェリクスが教えてほしいと言って始まった眠る前のこの時間はもう幾晩も続いている。

レイチェルはのみ込みの早いフェリクスに驚くばかりだった。

「必死なんだ。もう誤解してしまうことのないよう、ちゃんと気持ちを知りたいから」

そう言って微笑むフェリクスに、レイチェルもどうにか微笑み返した。

いつも努力するのはフェリクスだ。

レイチェルも何かできないかと考え、まずは城の人達との交流から始めてみようと決意したのはアクロスでのことだった。

それがもう、城に戻って三日になる。

出迎えの人達を前にした時にはできると思ったのに、いざとなるとやはり怖かった。

声を持たない不足の王妃だと、皆から拒まれてしまったら。フェリクスに恥をかかせてしまったらとつい考えて、足がすくんでしまうのだ。

いつの間にか物思い耽《ふけ》り、緊張して力の入ったレイチェルの手に、フェリクスが優しく触れた。

「私は、この手から紡ぎだされる言葉をとても美しいと思う」

囁《ささや》いたフェリクスは、レイチェルの両手をそっと持ち上げて口づけた。

そして、小さく息をのんだ唇にキスをする。

「この唇も好きだ。私が読み取りやすいように、はっきり、ゆっくりと動いているのを見ると、ついキスをしたくなってしまう」

目を丸くしたレイチェルを見て、フェリクスがくすりと笑う。

その青灰色の瞳はとても温かい。

「私は、あなたが声を失《な》くしたことを惜しいと思う。一度でいいから、あなたの声を聞いてみたかった。だが、それだけだ。あなたは何一つ負い目に感じる必要はない。とても美しい言葉を持っているのだから」

思いやりに溢《あふ》れた真摯《しんし》な言葉に、レイチェルの空色の瞳から涙がこぼれた。

最近は嬉しくて泣いてばかりだ。

レイチェルは感謝の気持ちを込めて、フェリクスに口づけた。

すると、今度はフェリクスが目を丸くする。

だがすぐにキスを返して、レイチェルを抱き上げた。

柔らかなベッドに場所を移した二人の時間は甘く心地よく、レイチェルは幸せに包まれて眠りに落ちた。

3

「急に呼び出して悪かったな」

「いえ……」

否定しながらも、クライブは言葉を詰まらせ、勧められた席に着いた。

初めてのことに戸惑い、警戒している。

ロバートは席を外すように言われ、フェリクスの執務室には二人きりだった。

「遠慮せずに飲んでくれ。まあ、ただのお茶ではあるが」

フェリクスはロバートが退室前に淹れたお茶を示して小さく笑う。

そして、意味を計りかねているクライブの前でお茶を一口飲むと、カップを置いた。

「本来、こういう場では酒のほうがよいのだろうが、最近は控えるようにしているんだ。王妃のためにも」

呟いて、フェリクスはクライブを真っ直ぐに見据えた。

「それで、王妃が酒に弱いのは体質だと思うか？」

「……おそらく、その通りだと思います。王妃様のお母君もお酒に弱く、二、三口飲むとご気分を悪くされるので、お酒は一切口になさらなかったそうですから」

「そうか……」

唐突な質問に驚きながらも、クライブは素直に答えた。

フェリクスはそれきり何か考えるように黙り込む。

「酒は、色々なものを紛らわすのだがな。いやな気分を忘れさせ、毒の気配を隠す」

「陛下……」

「お茶や食事に混ぜれば知れてしまうような強い毒でも、酒ならば紛らわせてしまえるものもあるだろう？」

やがて口を開いたフェリクスの言葉に、クライブは緊張した。

レイチェルの侍女、ハンナがブライトン王の間諜《かんちょう》であり、フェリクスの命を狙《ねら》っていたことはすでに知られていることだ。

それならば、フェリクスの言わんとすることは、恐らく十二年前に起こった悲劇の真相であり、クライブが口にできるようなことではない。

「王妃は――レイチェルはなぜ毒に耐性を持たないんだ？　いくら強い毒だったとはいえ、舐《な》めた程度でブライトンほどの大国の王女が二日も寝込むものなのか？　しかもあれは遅効性のものだ。翌朝すぐに症状の出るようなものではない」

そこまで述べて、フェリクスはようやくクライブから視線を外し、深く息を吐いた。

答えは求めていないのか、そのまま続ける。

「レイチェルから、声を失った時の話を聞いた。確かに、あの病は子供の間でよく流行《はや》るものだし、高熱が続き稀《まれ》に命を落とす子もいる。しかし、大抵は乳飲み子だ。あの病が原因で声を失ったなどとは今まで聞いたことがない。ましてや大人《おとな》が罹患《りかん》し、命を落とすなどと」

核心を突いた言葉に、クライブは歯を食いしばり目を閉じた。

しかし、フェリクスの声は容赦なく耳に届く。

「それとも、モンテルオとブライトンでは病の種類が違うのか？　ブライトン王宮では特異な病となっているのだろうか？　レイチェルは――」

「お願いです、陛下。もうそれ以上は……」

心の痛みに耐えられず、クライブは遮った。

あの時から全《すべ》てが変わったのだ。

クライブもエリオットも無邪気な子供から大人へと成長しなければならず、おてんばな王女だったレイチェルは沈黙の檻《おり》に囚《とら》われてしまった。

「クライブ、話せ。レイチェルは何の毒を飲まされたんだ？　その毒の影響で声を失い、先日は過剰に反応して寝込んでしまったのだろう？　レイチェルは本当にもう大丈夫なのか？　子に影響はないのか？」

鋭い問いかけに、クライブは恐る恐る目を開け、大きく見開いた。

いつもは厳しいフェリクスの顔が心配に満ちている。

これは好奇心でも戦略のためでもない。ただ大切な人を守るための質問なのだ。

想い合っている二人の姿を見ていながら、当然のことに思い至らなかった自分に内心で舌打ちしながら、クライブはようやく重い口を開いた。

「……正直に申しますが、私にはお答えすることができません。ただ、レイチェル様専属の医師は大丈夫だと申しております。その医師ですが……」

クライブはかすかにためらい、それから意を決したように続けた。

「レイチェル様にはお伝えしておりませんが、その医師はルバート殿下があの病の後に遣わしてくださった者なのです」

「王太子殿下が？」

「はい。あの病と一連の出来事では、私どもは何が起こったのかわかりませんでした。ただ、レイチェル様が声を失くされて初めて、母はおかしいと気付き、侯爵夫人に——サイクス侯のお母君に相談したそうです。ですが、結局何もわかりませんでした。ただそれ以来、レイチェル様はどんなに軽い毒にも過剰に反応してしまわれるようになったのです。そして数年後、それまでの医師に代わって今の医師がやって来た時には、私どもはかなり警戒しました。すぐにサイクス侯が医師の素性を調べ、結果、問題ないと。……申し訳ありません。王太子殿下が関わっていたと私が知ったのは最近なのです」

「……そうか。ありがとう、クライブ。レイチェルが大丈夫だとわかれば、それで良い」

ほっとした様子のフェリクスは、クライブの心を軽くさせるように明るく言い、立ち上がった。

そのまま窓へと足を向け、しばらく外を眺める。

星が瞬く空の下では、当然鳥達の姿は見えないが、昼間はいつも以上に賑《にぎ》やかだったことを思い出し、フェリクスは小さな笑いを洩《も》らした。

「二日後には、いよいよ婚約者殿が到着されるそうだな」

にこやかなフェリクスの言葉に、一瞬クライブは驚きを見せたが、すぐに嬉しそうに頷いた。

「はい。旅も順調で少し予定が早まっているそうです。明日には正式に前触れの使者がやって来ると思いますが、ひょっとしてレイチェル様からお聞きになったのですか？」

「ああ、鳥達が教えてくれたと、喜んでいた。レイチェルも久しぶりの従妹殿との対面にかなり浮かれている」

昼食を共にした時のレイチェルの様子を思い出して、フェリクスはさらに笑みを深めた。

初対面時の冷たい王女という印象が信じられないほど、レイチェルは明るく笑う。

よく今まで隠していたものだと、ブライトン王宮の者達は本当に何を見ていたのかと思うと、フェリクスはおかしくて仕方なかった。

「叔母上も出産まで滞在してくださるらしく、とても心強いと言っていた。婚礼を早めるよう助言をくれたサイクス候に感謝しないとな」

「……そうですね。その上、陛下が城の礼拝堂で式を挙げることを許可くださったことに、私は感謝しております」

立ち上がり、改まって深く頭を下げるクライブに、フェリクスはぞんざいに手を振る。

「何を言っているんだ。お前はもう、私の臣下だ。この国に土地を持ち、この国で結婚し、この国で暮らすのだから。近々、お前には伯爵の位を授けることになっている。ブライトンの侯爵令嬢を妻に迎えるにも、男爵位だけでは頼りないだろう」

「――ありがとうございます。もちろんマリベルは、――私の婚約者は爵位を気にはしておりませんが、それでも私のために喜んでくれるでしょう。私も大変光栄に思います。本当に、ありがとうございます」

また深く頭を下げるクライブに、フェリクスは苦笑した。

クライブは真面目すぎると、レイチェルがこぼしていた通りだ。

「いや、当然のことなのだから、感謝はいい。それより、これからもレイチェルのことを頼む」

「はい、もちろんです。これからはマリベルと共に、レイチェル様を支え、お守りしていく覚悟でおります」

今度はフェリクスから顔を逸らすことなく、クライブは答えた。

その力強さに、フェリクスは満足して微笑んだ。

第十二章

1

よく晴れた日の昼下がり、サイクス侯爵家の紋章の入った馬車が王城の正面広場に到着した。

出迎えの人達の前で、緊張した面持ちでサイクス侯爵家の従僕が踏み台を下ろす。

そして、恭《うやうや》しく馬車の扉を開けた瞬間、車内から矢の如《ごと》く赤い影が飛び出した。

「レイチェル！」

歓喜に満ちた声を上げた赤い影は勢いよくレイチェルに突進した。

素早くフェリクスがレイチェルを支えたが、もしフェリクスが間に合わなくても後ろに控えていたクライブが支えただろう。

婚約者を出迎えるのに、なぜクライブはわざわざレイチェルの真後ろに立つのだろうかと思い、遠慮しているのなら前に出るようにと言おうとしていたフェリクスは納得した。

こうなることを予測していたのだ。

その赤い影――クライブの婚約者であるマリベルはレイチェルに抱きついたまま離れようとしない。

「レイチェル！　すごく会いたかった！　すごくすごく会いたかったの！　手紙も全然くれないし、お兄様も忙しいのか詳しく教えてくれないし、クライブまで全然手紙をくれないし、すごくすごく心配してたの！　でも元気そうで良かった！　幸せそうで良かった！」

あまりの出来事に、出迎えの者達は呆気《あっけ》に取られていた。

といっても、それはモンテルオの者達だけで、元ブライトンの騎士達は動じていない。

サイクス侯爵令嬢の熱烈な愛情表現は見慣れている。

だが、モンテルオの者達が驚いているのは、その行動だけではなかった。

目を見張るほどに美しいレイチェルと、女性の心をあっという間に虜《とりこ》にしてしまうほどの甘い顔立ちのサイクス候から過剰な期待をしていたらしい。

緩やかに波打つ燃えるような赤い髪に、空色の瞳《ひとみ》、そして少々ぽっちゃりしたマリベルの容姿は予想外だった。

はっきり言って、凡庸《ぼんよう》だ。

もちろん、フェリクスと数名の者達はブライトン王宮の舞踏会で目にしていたので、驚きはその行動に限定されている。

レイチェルはといえば、涙を流しながらしがみつくマリベルの背中をなだめるように叩《たた》いていた。

「マリベル、いい加減になさい。あなたは今、大変な無礼を働いているのですよ。それに、王妃陛下の体のことも考えなさい」

厳しい声音でマリベルを叱《しか》りつけたのは、次に馬車からゆっくり降りてきた貴婦人。

皆はその美しい姿にほうっと息を洩《も》らした。

淡い金色の髪を結い上げた立ち姿はレイチェルにどことなく似ているが、柔らかな雰囲気は親しみを感じさせる。

サイクス侯爵夫人――正確に言うと、サイクス侯爵未亡人は、きまりが悪そうにようやくレイチェルを解放したマリベルの隣に立ち、膝《ひざ》を折って頭を下げた。

「国王陛下、王妃陛下、御自らお出迎え頂き、誠にありがとうございます。ですが、娘のあまりの無礼には、非常に恐縮しております。申し訳ありませんでした」

「申し訳ありませんでした」

侯爵夫人の慇懃《いんぎん》な挨拶《あいさつ》に続いて、マリベルも慌てて謝罪した。

親しい二人の頭を下げる姿にうろたえるレイチェルの代わりに、フェリクスが笑い混じりに答える。

「いや、どうか顔を上げてください。王妃はお二人の到着をずっと心待ちにしていたのです。ですから、堅苦しいことはなしにしましょう」

温かな笑みを浮かべたフェリクスを見て、マリベルの頰《ほお》が今まで以上に赤く染まる。

マリベルの気持ちもよくわかるわと思うレイチェルの背後で、クライブが何度か咳払《せきばら》いをした。

クライブはマリベルに対して人前ではよそよそしいが、こういう無自覚なところがおもしろい。

「ありがとうございます、陛下。では、さっそくお言葉に甘えさせて頂いて……」

途端に茶目っけたっぷりの笑みを浮かべた夫人は、レイチェルをぎゅっと抱きしめた。

懐かしい香りに包まれて、レイチェルは込み上げてくる涙を必死に抑えて抱き返す。

「レイチェル、よく頑張ったわね。それに幸せそうで安心したわ。でも、もちろんお説教はさせてもらうわよ。色々とあなたの無茶は聞きましたからね」

侯爵夫人は昔から優しいが厳しい。

あっという間に涙も引っ込み、レイチェルはあからさまにしゅんとした。

思わず笑いだしそうになったフェリクスは、急ぎ表情を取り繕う。

が、隣ではリュシアンが遠慮なく噴き出した。

フェリクスは弟の足をこっそり蹴飛《けと》ばしてから簡単な紹介を始め、ロバートの案内で一行は城内へと足を向けた。

「うわぁ。やっぱり王妃様のお部屋は素敵ねえ」

案内された客間での荷ほどきなどは侍女達に任せ、さっそくレイチェルの部屋にやって来たマリベルが感嘆の声を上げた。

レイチェルは微笑《ほほえ》みながらソファを勧め、自分も座る。

そこへ侯爵夫人が現れ、マリベルを睨《にら》みつけた。

「マリベル、あなたはいい加減に落ち着きなさい。今のままでは、とても花嫁として送り出せないわ。ねえ、ドナ？」

侯爵夫人に同意を求められて、お茶を淹《い》れていたドナは顔を上げ、嬉《うれ》しそうに微笑んだ。

「私は大歓迎ですよ。うちの愚息にマリベル様が嫁いでくださるなんて、未《いま》だに信じられないほどですもの。本当に、エリオット様もよくお許しくださいましたよ」

朗らかに答えるドナに、侯爵夫人はやれやれとため息を吐《つ》く。

「もう、みんなが甘やかすから、マリベルはちっとも成長しなくて。子育てって難しいものね」

ぶつぶつ言いながら夫人はレイチェルの向かいに座る。

レイチェルはそんなやり取りをにこにこしながら見ていた。

まるで昔に戻ったようだ。

ずっと、こんな時間が続くのだと信じて疑わなかった頃《ころ》。

ほんの数か月前までは、まさか自分が結婚して、こうして子供を授かるとは思ってもいなかった。

こんなに幸せになれるとも。

だから、父王に対して思うところは色々あっても、やはりフェリクスとの縁談を結んでくれたことには感謝していた。

先日、レイチェルの懐妊の知らせを聞いて、よくやったと書かれた手紙が届いた時に、その旨を伝える返書は送った。

しかし、この先は父王に逆らうことになっても、フェリクスとお腹《なか》の子は絶対に守る覚悟でいる。

その思いからか、レイチェルが無意識にお腹を撫《な》でていると、マリベルが隣に席を移した。

「ねえ、さわってもいい？」

『もちろん』

ドレスの上からではあまりわからないが、かすかにふくらんできたお腹に、マリベルが恐る恐る手を触れた。

それから、あっと小さく声を上げる。

「すごい！　本当にふくらんでる！　もう赤ちゃんは動く？」

『まだ、よくわからないわ。でももう少ししたら、感じられるようになるって』

ゆっくり手ぶりで応《こた》えると、マリベルは感心したように改めてお腹を見下ろした。

侯爵夫人は二人を見守るように穏やかな笑みを浮かべてお茶を飲んでいる。

「お腹に赤ちゃんがいるって、どんな感じなの？　楽しい？　痛くはないの？」

『痛くはないわよ。すごく、不思議な感じで……すごく、幸せなの』

満面の笑みを浮かべたレイチェルを見て、マリベルも嬉しそうに微笑んだ。

しかし、すぐに表情を変え、ちらりと夫人の方へと視線をやり、またレイチェルへと戻す。

それは何かを――悪戯《いたずら》を考えている時のマリベルの表情だった。

夫人はドナと会話を始め、二人から意識が逸《そ》れている。

「それで……その、レイチェルは陛下とベッドでどんなことをしているの？」

お茶を飲んでいなくて幸いだった。今のは間違いなく噴き出した自信がある。

声をひそめたマリベルの質問に、レイチェルは真っ赤になりながらも何度か深呼吸をして、どうにか手ぶりで答えようとした。

『それは……叔母様に聞いた方が……』

「だめよ。お母様は答えてくれないの。侍女達の噂《うわさ》話をこっそり聞いても、何となくしかわからないし。婚礼の夜に失敗しないように、ちゃんと知っておきたいの」

『……きっと、婚礼の前には……教えてもらえるわよ。私もそうだったし……何となくだけど』

「えー。そりゃ、レイチェルは何でも器用にできるからいいけど、私は不器用だもの。前もって練習しておいたほうがいいんじゃないかしら？　クライブをがっかりさせたくないの」

『いえ……あれは、そういうのじゃなくて……その……』

誰《だれ》か助けてとばかりに、レイチェルは視線をさまよわせた。

だが、実際には助けを求められるわけもない。

そこに、ベティが前室から戻り、フェリクスの訪れを告げた。

「せっかくの水入らずの時間を邪魔して申し訳ない」

言いながら、居間へと入ってきたフェリクスは、真っ赤な顔のレイチェルに気付いて眉《まゆ》を寄せた。

「レイチェル、顔が赤いが熱でもあるのではないか？」

心配に顔を曇《くも》らせて、フェリクスがレイチェルの額に手を触れる。

すると、レイチェルの顔はますます赤くなり、慌てて一歩後退した。

『だい、大丈夫、です！』

唇の動きで伝えているのか、手ぶりで伝えたのか、自分でもわからないくらい狼狽《ろうばい》している。

先ほどまでの会話のせいでフェリクスを直視できない。

そんなレイチェルを、マリベルはじっと見ていた。

いっそのこと寝室に駆け込んで隠れてしまいたいぐらいに恥ずかしい。

そこを救ってくれたのは、侯爵夫人だった。

「まあ、レイチェルは本当に幸せね。そのように陛下に心配して頂けるなんて。では、私どもはこれで退室させて頂きますわ」

その言葉に、フェリクスは夫人へと注意を向け、レイチェルはほっとした。

「いえ、どうかこのままで。クライブの手が空くまで、もう少しだけお時間を頂くと伝えに来たのです。そして、逆に私は少しだけ時間ができたので、ずうずうしくも一緒にお茶でも頂けたらと。この後は私も当分忙しくなりますので、次にいつゆっくりお会いできるのかわからないのです」

「そのようにお忙しいのに、お時間を頂けるなんて光栄ですわ。ねえ、マリベル？」

「はい！」

夫人が応えると、マリベルも人懐っこい笑みを浮かべて頷《うなず》いた。

それから皆が腰を下ろし、落ち着いたところでフェリクスが口を開く。

「ところで、サイクス侯はいつ頃こちらにいらっしゃるのですか？」

「それが……」

「まだ決まっていないんです。お兄様はこの機会に領地を見て回ると、ブライトン国内をあちこち移動されて、ようやく王都に戻ったところなんです。鳥達にも――あっ」

フェリクスの問いかけに、夫人は曖昧《あいまい》に返そうとしたのだが、マリベルがしっかりと答えた。

だが、秘密を洩らしてしまったかと焦って言葉を詰まらせる。

フェリクスはすぐに察して、安心させるように微笑んだ。

「動物達のことは、レイチェルから聞いています。お二人も、意思の疎通ができるのですか？」

「いいえ。私どもは、手紙を届けてほしいなどと、一方的に頼み事をするくらいです。いつも動物達に甘えてばかりで……。本当に有り難く思っておりますの」

今度は夫人が苦笑しながら答えた。

マリベルはもう何も言わないほうがいいと判断したらしく、きゅっと口を閉じている。

レイチェルはフェリクスの隣に座って、にこにこしていた。

マリベルも夫人も、まったく変わっていなくてすごく嬉しい。

と、急にマリベルの顔が輝いた。

「クライブ！」

クライブの登場にマリベルは腰を浮かし、そこで礼儀を思い出して留《とど》まり、座り直した。

その様子に、フェリクスは笑いを洩らして立ち上がる。

「それでは、私はそろそろ失礼します」

簡単な挨拶をしてフェリクスはレイチェルへと微笑みかけ、クライブと入れ違いに出ていく。

その後ろ姿を見送るや否や、マリベルは勢いよくクライブに突進した。

やはり対面の場ではさすがに遠慮していたらしい。

久しぶりに再会した恋人達を残して、レイチェルは叔母とドナを誘って中庭へと散歩に出かけた。


その夜、フェリクスはリュシアンと、近隣諸国の今後の見通しについて話し合っていた。

そこで聞いたフェリクスの考えに、リュシアンが驚く。

「――まさか、兄上は本当に……？」

「ああ。ようやくお前も落ち着いたばかりで申し訳ないが、頼まれてくれるか？」

「それはもちろんです」

力強く答えたリュシアンに、フェリクスも感謝して頷いた。

「では、準備が整い次第、軍を率いて北上してくれ。目指すはブライトンとの北の国境――サイクス候の領地とを隔てる川を臨む北の森だ。決して気取られぬよう、慎重に進めてくれ」

「承知いたしました」

フェリクスの命令を受け、リュシアンはかしこまって頭を下げた。

ロバートは黙ったまま、そんな二人のやり取りを不安げに見ていた。

2

マリベル達が王城に到着してから十日が過ぎた頃。

レイチェル達は王妃の間で、花嫁衣装の最後の仕上げをしていた。

クリーム色のサテンのドレスの裾《すそ》に、レイチェルが編んだレースを縫い付けていく。

自分の衣装は急ごしらえだったため手をつけることができなかったレイチェルは、その分マリベルのドレスに力を入れていた。

最近は本当に幸せな日々が続いている。

しかし、一つだけ気になることがあった。ここ二、三日、鳥達に元気がない気がするのだ。

「ねえ。最近、鳥達の元気がないように思うのだけど、気のせいかしら？」

まるでレイチェルの心を言葉にしたようなマリベルの呟《つぶや》き。

侯爵夫人もそういえば、といった様子で窓の外を眺めた。

「レイチェルは何か鳥達から聞いていないの？」

その問いかけに首を振って応えた時、フェリクスがクライブを従えて部屋に入ってきた。

前触れもなく訪れた二人の顔はどこか暗い。

いやな予感に胸を締め付けられながら、レイチェルは針を針山に戻し、立ち上がろうとした。

「いや、皆どうかそのままで」

マリベルと夫人も同様に立ち上がろうとしたが、フェリクスが片手を上げて制した。

かすかに聞こえていた鳥達の鳴き声も消えてしまったような、静まり返った部屋にフェリクスの重々しい声が響く。

「先ほど、ブライトンより早馬が着いた。ブライトン国王が――レイチェルのお父君が亡くなられた、と」

鋭く息をのんだのは侯爵夫人だ。

レイチェルは理解するよりも先に、ブライトンを発《た》つ前に見た父王の姿を思い浮かべていた。厳《いか》めしい顔にはしわが寄り、濃い茶色の髪には白いものが混じり始めていたが、特に体を悪くしていたようには思えない。

フェリクスはそんなレイチェルの表情をじっと窺《うかが》いながら続けた。

「――謀反《むほん》だ。ブライトン国王は弑逆《しいぎゃく》され、宰相他《ほか》、十数名の政務官も殺された」

今度はマリベルが、ひっと小さく悲鳴を洩らす。

いったい誰が、と問いたいのに、レイチェルは手も唇も動かせなかった。

「首謀者は……ルバート王太子殿下。従犯者は、サイクス侯爵。以下、地方貴族と軍上層部から多数」

首謀者達の名前を聞いて、レイチェルは色を失った。

今なら、フェリクスが座っているようにと告げた真意がわかる。

耳の奥ではドクドクとうるさく脈が打っているのに、体中が冷たくなっていく。

「そんな、お兄様が……」

ぽつりと呟いて、マリベルがわっと泣き出した。

侯爵夫人は娘を慰めるように抱きながらも、レイチェルに心配げな視線を向けている。

呆然《ぼうぜん》としたまま、レイチェルはフェリクスを見て、クライブを見た。

二人とも痛ましげな表情をしているが、それは起きたことに対してではなく、レイチェル達が受けたショックに対してだ。

『……クライブは、知っていたの？』

「私は……」

震える指をどうにか動かして出てきたのは、責めるような問いかけ。

クライブは答えようとして、声を詰まらせた。

「レイチェル、私達は部屋へ戻ります。あなたは陛下とお二人でお話をなさい」

夫人はしゃくりあげるマリベルを促して立ち上がった。

レイチェルがすがるように見上げると、夫人は眼差《まなざ》しを厳しくする。

「あなたはもう、ブライトンの王女ではないのよ」

はっとしたレイチェルは、固く手を握りしめて頷き、立ち上がった。

フェリクスが支えるように側《そば》へと歩み寄る。

だが何も言わず、二人は夫人とマリベルを見送った。

ドナとクライブも出ていき、二人きりになると、フェリクスはレイチェルをソファへ座らせた。

「大丈夫か？」

温かく気遣いに満ちた問いかけに、レイチェルはどうにか微笑んで応えた。

そのぎこちない笑みを見て、フェリクスがそっとレイチェルを抱き寄せる。

「レイチェル。確かに、あなたはこの国の王妃だ。だが今はただ、私の妻だ。悲しければ、悲しめばいい。泣きたければ、好きなだけ泣けばいい」

低く穏やかな声音は、レイチェルの心に優しく沁《し》みる。

溢《あふ》れる涙を堪《こら》えることなく、レイチェルはフェリクスの腕の中で静かに泣いた。

目を閉じれば自然と幼い頃のことを思い出す。

母に抱かれ、その心地よさにうとうとしていたところに、突然大きな手で頭を掴《つか》まれて驚いたことがある。

撫でようとしただけの父は、激しく泣きだしたレイチェルに慌てふためいていた。

その姿を見て、兄はくすくす笑っていた。

父がいて、兄がいて、姉達もいて、そして母がいた、幸せだった日々。

母が亡くなり、父は変わり、兄とは会えなくなった。

声を失《な》くして不幸に浸り、外の世界に憧《あこが》れるだけで、何が起こっているのか知ろうともしていなかった日々。

父に命じられた結婚で、大切な人と出会えた。その大切な人を守るために、父に逆らい戦う覚悟でもいた。

それなのに、父の死が悲しい。兄の凶行が苦しい。

泣くだけ泣いて、心の中の想いを見つめている間、フェリクスはずっと背中を撫でていてくれた。

やがて落ち着きを取り戻したレイチェルは、顔を上げてもう大丈夫だと微笑んで伝えた。

フェリクスがいれば、これから先も頑張れる。

お腹の子のためにも強くならなければと、レイチェルは真剣な眼差しをフェリクスに向けた。

『これから、どうなるのですか?』

レイチェルの簡潔な問いに、フェリクスは少し考えてから口を開いた。

「……当然のことながら、近々ルバート殿下が王位に就くそうだ。殿下は騎士団をはじめとした軍部を掌握していたために、王宮内での騒動はあっという間に片付いたらしい。また、地方貴族に多くの賛同者を得ていたサイクス侯の功労もあって、争いが地方へと広がることもない。まだ多少の混乱は残っているらしいが、それもすぐに治まるだろう」

フェリクスの説明を聞いて、レイチェルはふと思い出した。

先日会いに来てくれたエリオットの様子がどこかおかしかったことを。

ずっと悩んでいたのかもしれない。

それなのに、自分のことばかりでちっとも気付けなかったことに後悔が募る。

エリオットはいつもレイチェルを助けてくれたのに。

「私は、ルバート殿下の即位に際し、祝辞と共に祝賀の品を贈ろうと思う」

再び沈みそうになるレイチェルの心を引き上げるかのように、フェリクスが力強く告げた。

それは、モンテルオ国王がルバートを支持するということだ。

今、一番勢いのあるモンテルオに他国もきっと倣《なら》うだろう。

フェリクスの心遣いに、レイチェルは感謝の笑みを浮かべた。

父王と兄の間に何があったのかはわからない。それでも、もうこれ以上の争いを避けるためにも、禍根《かこん》は捨てなければならないのだ。

「レイチェル……」

名を呼ばれ、レイチェルは返事の代わりに微笑んだ。

しかし、後が続かない。

どうしたのかと首を傾《かし》げると、フェリクスはふっと笑った。

「いや、何でもない」

そう言われると気になる。

レイチェルは答えを求めるようにじっとフェリクスを見つめた。

すると、フェリクスはレイチェルの柔らかな頬を両手で包み、キスをした。

誤魔化されないわ、という決意はすぐに消えていく。

結局、答えを得ることはできず、フェリクスが去った後に、レイチェルはまた首を傾げることになった。


「失礼いたします」

取り次いだロバートの後から執務室に入ってきたクライブは、深く頭を下げて前へと進み出た。

ロバートは別の扉からそっと出ていく。

「どうした、何があった？」

クライブの来訪を訝《いぶか》しんで、フェリクスが質問を投げかけた。

わずかに鋭さを含んだその声に怯《ひる》むことなく、クライブは答える。

「陛下に、私個人からお礼を申し上げたくて」

「……お礼？　何のことだ？」

「リュシアン殿下のことです」

「……」

眉を寄せたまま黙り込んだフェリクスを真っ直《す》ぐに見つめ、クライブは続けた。

「リュシアン殿下が極秘にブライトンとの国境へ向かわれたのは、今回の騒動でサイクス候を支援してくださるおつもりだったのでしょう？　万が一にも、劣勢に立たされるようなことがあれば、殿下は――」

「さあ、どうだかな」

クライブにそれ以上言わせず、フェリクスは答えた。

それから小さく苦笑する。

「そもそも、お前に知られている時点で、極秘でも何でもないではないか」

「それをおっしゃるなら、ルバート殿下もサイクス候も極秘に動いていたはずなのですが？」

わざとらしくクライブが顔をしかめると、フェリクスはため息を吐いた。

「確かにな。だが、予兆はあった。しばらくブライトン王宮に滞在していて気付いたことだ。それが宰相ら当人達は気付かないのだから、愚かだとしか言いようがない。まあ、確信を得たのは、お前の婚礼をサイクス侯が早めたことだが……。サイクス侯は最悪の事態に備えて、お二人を避難させたかったのだろう？」

「――おっしゃる通りです。そこまで察していらしてなお、二人を受け入れてくださったことにもお礼を述べさせてください。私はすでにこの国の人間ですが、マリベルの婚約者として、サイクス侯の――エリオットの友人として深く感謝しております。誠にありがとうございました」

改めて頭を下げるクライブに、フェリクスは再びため息を吐いた。

クライブは相変わらず真面目《まじめ》すぎる。

「もういい。気にするな。結局、私達は動く必要もなかったのだから。それに、モンテルオ側にとっても打算がなかったわけではない。それを今ここで論じても仕方ないが、とにかくリュシアンはこのまま私の名代としてルバート殿下の即位の祝賀に向かってもらうつもりでいる。これでこの話は終わりだ。よいな？」

「……かしこまりました」

クライブが返事をすると同時に、ロバートがお茶を淹れて執務室に戻ってきた。

時間がかかりすぎていたのは、気を利かせていたのだろう。

男が三人集まって夜にお茶というのもおかしなものだが、その後は飲み物にふさわしい、和やかな会話が交わされることになった。

3

「――では、体に気をつけて、無理をするなよ」

気安いフェリクスの言葉に、アリシアは目を潤ませた。

そして、そのたくましい腕に縋《すが》る。

「陛下！　私、頑張りますわ！　陛下とこの国のために！」

間に割り込まれた形になったレイチェルは、数歩後退した。その背をクライブが支える。

「何あれ、感じ悪い」

「マリベル、やめなさい」

少し離れた場所からマリベルと夫人の声が聞こえたが、アリシアに関してはこれが最後だと思うと、レイチェルは腹も立たなかった。

いよいよ今日、アリシア達はサクリネ国へと旅立つのだ。

フェリクスはぐっとアリシアを引き離し、押しやるようにアンセルムに託した。

「アンセルム、頼んだぞ」

「承知いたしました」

王としてのフェリクスの言葉に、アンセルムはかしこまって頭を下げた。

そこからは友人としての会話が始まる。

そんな二人をちらりと横目で見て、アリシアはレイチェルへと温かな笑みを向けた。

「私、王妃様に謝罪させて頂きたくて……。この国へお輿《こし》入れになった時には、きっと心細い思いをなされていたでしょうに、私の態度は酷《ひど》いものでしたわ」

意外な言葉をかけられて、レイチェルは驚いた。

だが別れを前に、少しでも歩み寄れるのなら嬉しい。

そんなレイチェルをじっと見つめ、アリシアは笑みを浮かべたまま続けた。

「だって、王妃様は私と違ってご家族に見捨てられてしまったも同然でしたものね。やはり王妃様がお声にご不自由をなされているからかしら？　家族って、支え合い助け合うものだとばかり思っていましたけど、まさか争い合うことがあるなんて信じられませんでしたわ」

声をひそめたアリシアの言葉は、レイチェル以外には届いていない。

しかし、顔色を悪くしたレイチェルに気付き、フェリクスが数歩の距離を縮めてそっと抱き寄せた。

「レイチェル……？」

心配に曇る低い声で名を呼ばれ、レイチェルは何でもないというふうに顔を上げて微笑んだ。

その時、アリシアの悲鳴が上がる。

はっとした二人が目を向けると、鳥達がアリシアの金色の巻き毛を引っ張っていた。

『いじわるな子はきらい！』

『早くどこかへ行っちゃえ！』

『あなた達、ダメよ！』

レイチェルが慌てて鳥達を止めようとしたが、それより先にアンセルムが乱暴に追い払う。

「しっ、しっ！　あっちへ行け！」

すると、鳥達は置き土産《みやげ》をドレスの裾に残し、飛び去っていった。

皆が呆気に取られる中、アリシアは怒りのあまり叫んだ。

「やだっ！　もう、信じられない！」

侍女達が駆け寄り、一人が鳥の巣のようになった髪の毛を整えようとし、一人が足元に跪《ひざまず》いてどうにか汚れを取ろうとハンカチでぬぐう。

フェリクスは俯《うつむ》いて何度か咳払いをし、顔を上げた。

おろおろするレイチェルを再び引き寄せたフェリクスの青灰色の瞳には、笑いが滲《にじ》んでいる。

それから、ちょっとした騒動になっているアリシア達からアンセルムへ視線を移した。

「アリシアには災難だったが、まあ、あれだ。花を飾った姿が美しくて、鳥達も引き寄せられたのだろう。さて、あまり出発が遅くなっては後の予定に響く。それではアリシア、元気でな」

少々強引に出発を促すフェリクスの言葉を合図に、皆が動き始める。

アリシアは侍女達に押し込められるように馬車に乗り、憮然《ぶぜん》とした様子のアンセルムが続いた。

そして、皆に見送られて一行は城門を抜けていく。

アリシアには傷つけられることも多かったが、フェリクスへの気持ちを知っていただけに、本気で嫌いになることはできなかった。

やるせない思いにレイチェルがため息を吐くと、フェリクスが優しく背中を撫でる。

「我々は、理不尽を押しつけることもあれば、押し付けられることもある。自分の望む通りに生きることはできなくても、諦《あきら》めなければ幸せを掴むことはできるんだ」

まるで自分に言い聞かせるように呟いて、フェリクスはレイチェルに微笑みかけた。

だが、その表情は少し寂しげに見える。

何も気の利いたことも言えず、レイチェルは笑みを返すことしかできなかった。

「疲れただろう？　部屋へ戻ろう」

穏やかな声で告げたフェリクスはレイチェルの腕を取ると、ロバートに軽く頷いてから、まるで散歩をするかのようにのんびりと回廊を進んだ。

しかし、ふと足を止めて中庭に視線を向けた。

「――あなたがこの国に嫁いできたばかりの頃、私はここから窓辺で鳥達と戯《たわむ》れているあなたの姿を見かけたことがある。その時のあなたは笑みを浮かべ、とても楽しそうだった。それ以来、もう一度その笑顔を見たくて、私は何度もここへ足を運んだ」

突然の告白に、レイチェルは目を丸くした。

フェリクスがその大きな空色の瞳を見てくすりと笑う。

「今、あなたは私に微笑みかけてくれる。その笑顔を見るだけで私は幸せになれる。そしてもっと、あなたが笑顔になれるよう幸せにしたいと思う。だがそれも、私達がお互いに努力したからだろう？」

今度はレイチェルも心からの笑みを浮かべて頷いた。

たくさんの誤解を乗り越えて、二人はわかり合えたのだ。

もしこの先、何かあっても諦めずに頑張れる自信はある。

フェリクスとレイチェルは今まで以上に寄り添い合い、再び歩き始めた。

終章

温かな陽気に誘われて、たくさんの動物達が巣穴から顔を出し始めた、ある春の日。

木漏れ日にきらきらと輝く森の中を一台の馬車がゆっくりと進み、少し開けた場所で止まった。

そこから、矢の如《ごと》く黒い影が走り出る。

「たかさん、たかさーん！　あっ、こんにちは！　お久しぶりね！」

賑《にぎ》やかな声に呼び出され、ひゅうっと風を切り現れた鷹《たか》は、程良い高さの木の枝にふわりと舞い降りた。

『やあ、姫よ。息災なようで何より。と言うよりも、姫は少々元気が過ぎるな』

「そうよ。私は元気がとりえなんだって、お父さまはいつも言うの」

胸を張って黒髪の少女が応《こた》えると、鷹はくくっと笑い、首を左右にくいくいと動かした。

少女の空色の瞳《ひとみ》は興奮に輝いている。

「今日は、私のじまんの弟を紹介しに来たの！」

『ほう。それは是非お願いしたいな』

「ジュリエッタ、馬車から飛び降りては危ないと、何度言えばわかるんだ？　いい加減にしなさい」

後を追ってきたフェリクスが、黒髪の少女――ジュリエッタを叱《しか》りつけた。

しかし、その声も表情も優しい。

鷹はまたくくっと笑う。

『無茶なところは、母親に似たのだろうな』

「お母さまが無茶をするの？　でもお母さまは、おしとやかにしなさいって、いつも私に言うのよ？」

『ふむ。それは興味深いな。我の知る王妃は――』

『お願い、あのことは言わないで』

楽しげな鷹の言葉を遮ったのはレイチェルだ。

その背後では、馬車に繋がれて一緒に来ていたシンディが笑っている。

フェリクスも笑いながらジュリエッタを抱き上げ、レイチェルの傍らに立った。

「シルヴァンったら、まだ寝てるー」

父に抱かれ、母の腕の中を覗《のぞ》き込んだジュリエッタが不満げな声を上げた。

鷹はどれどれとレイチェルに抱かれた赤子をじっくりと眺める。

『ほう。息子は母親似なのか。銀色の美しい髪をしておるな』

「でも、おめめの色はリュシアンおじさまなのよ。それで、お鼻の形はお父さまなの」

「そうだな。鼻の形は私だな。それに、瞳の色はこれから変わる可能性が大きいぞ」

二人と一羽のやり取りが微笑《ほほえ》ましくて、レイチェルはにこにこしながら聞いていた。

そこにシンディも加わる。

『でも、全体的には、シルヴァンはルバート殿下に似ていると思うわ～』

「ルバート殿下ってだれ？」

「……母様の兄君で、お隣のブライトン王国の王様だよ」

「お母さまのお兄さま⁉　会ってみたいな！」

「そうだな。また会えたらいいな」

無邪気なジュリエッタの問いに、フェリクスが丁寧に答えた。

ルバートが王位に就いてから、ブライトンはずいぶんと改革が進み、貧富の差が少しずつ緩和されているらしい。

また、あの騒動の時に宰相の娘だった自分の妃《きさき》を追放したルバートには、最近になってエスクーム王女との縁談が持ち上がっている。

正式に決まるのかどうかはわからないが、レイチェルは兄が幸せになってくれればと願うばかりだった。

『ホントに親子って不思議よね～。あたしの息子なんて栗《くり》色なんだもの。黒毛か葦《あし》毛の子が生まれると思ったのにね～』

『あら、でも大きくなると葦毛になるかもよ？』

『黒毛にはならないのかしら？』

『さあ、それはどうかしら……』

『まあ、いいわ。どんな毛色でも、うちの子は可愛《かわい》いもの』

『そうね、うちの子は可愛いわ』

少ししんみりとしてしまった雰囲気を変えようとしたシンディの陽気な話題から、結局は親馬鹿な会話に落ち着いたところで、シルヴァンがぱちりと目を開けた。

「あっ、シルヴァンが起きたわ！」

喜ぶジュリエッタへ、大きな青色の瞳を向けたシルヴァンはにっこりと笑った。

それから母と父の顔を見つけ、きゃっきゃとご機嫌な声を上げる。

「シルヴァンはとってもかしこい良い子ね～」

うっとりと呟《つぶや》く姉馬鹿な発言に、その場の皆が笑う。

子供達を中心とした明るく楽しげな笑い声は、いつまでも続いた。

そしてこの時から十数年後。

レイチェルとフェリクスの子供達は、心から望んだ相手と幸せな結婚をすることになる。

それもモンテルオ国王とブライトン国王が中心となって、近隣国との調和を保つための努力を重ねた結果だった。

そうして、子供達の手が離れたあとも、レイチェルとフェリクスは仲睦《なかむつ》まじく、末長く幸せに暮らしたのだった。

番外編　フェリクス

1

モンテルオの若き国王フェリクスは、宰相補佐であるアンセルムからの書簡を前にして、深く悩んでいた。

以前から懸念されていたことが、どうやら現実味を帯びてきている。

フェリクスはここ数年負ったままの重荷を少しでも軽くしようとするかのように、大きく息を吐きながら肩を回した。


発端は四年前の大規模自然災害による世界的凶作。

これがかろうじて保たれていた各国の調和を崩したのだ。

そして一番に狙《ねら》われたのは、災害の規模が比較的小さく穀物の収穫にもそれほど影響のなかったモンテルオ王国だった。

それも、相次ぐ自然災害に世界中が右往左往《うおうさおう》している最中、突如としてフェリクスの父である先代国王が逝去《せいきょ》してしまったためであった。

突然の国王逝去に混乱していたところへ、西の隣国――サクリネ国が前触れもなくいきなり攻め入ってきたのだ。

それでもどうにか新国王となったフェリクスが中心となり、弟王子達にも助けられて退けることができ、皆がほっと息を吐《つ》いたのもつかの間。

次にフェリクスにもたらされたのは、ずっと病床にあった婚約者のクロディーヌ嬢の訃報《ふほう》であった。

しかし、婚約者とはいっても、幼い頃《ころ》に両親に決められたものであり、今までに数度会った程度のクロディーヌの死を、フェリクスは冷静に受け止めた。

ただ、忙しさを理由に見舞いに行くこともなく、婚約者らしいことを一度もしなかったことに、後悔と罪悪感とでフェリクスは落ち込んだ。

そんな彼を励まそうと、幼馴染《おさななじみ》のアリシアが何かと心を砕いてくれ、どうにか笑みを取り戻した頃、再び不穏な噂《うわさ》が流れ始めていた。

疲弊《ひへい》したモンテルオを狙って、今度は東の隣国——エスクーム国が鉱石を豊富に産出するバイレモ地方への侵攻を企《くわだ》てているらしいと。

そのため、サクリネ国との国境は弟のリュシアンに任せ、急きょ下の弟パトリスが率いる軍を東の防衛に向かわせはしたが、それだけでは十分でないことはわかっていた。

サクリネ国との交渉もまだ始まっていない今、自国だけでは防衛もままならないのだ。

そしてフェリクスは、中立の立場で静観していた北の隣国——ブライトン王国に援助を求めることを決断した。

「シャルロ、すまないが一役買ってくれるか？」

「もちろんでございます」

フェリクスの決断を励ますように、相談役のシャルロは微笑《ほほえ》んで答えた。

シャルロは先代国王逝去の少し前に宰相の座を降りてはいたが、政務官としての能力は未《いま》だに長《た》けており、皆の――フェリクスの良き相談役となっている。

また交渉事にもシャルロの右に出る者はおらず、今回のブライトン王国への支援要請をシャルロに任せることにしたのだった。

2

フェリクスはブライトン国王とその重鎮達へ挨拶《あいさつ》をしながらも、不快感をぬぐえないでいた。

ブライトン王国は近隣諸国の中では一番の強国である。

しかし、その内実は酷《ひど》いものだと、ブライトン国内の旅の道中で感じていたものが、王宮に到着してからさらに強まっていた。

地方ではあきらかに貧しい暮らしを民が強いられているというのに、この王宮の人々は贅《ぜい》を尽くしている。

先代国王である父が十年ほど前からブライトンと距離を置いていたのも、これが理由だろう。

それでも、フェリクスはそんなブライトン国王におもねるしかない自分に嫌悪を覚えた。

そして、次の日の夜に催された歓迎晩餐《ばんさん》会と続く舞踏会に、フェリクスはうんざりしていた。

もちろん道中の民を見ていなければ、自分達のためのこの夜会も素直に喜べたかもしれない。

だが、ただ豪華な食事を楽しみ、無意味な会話しかなされない状況に、主賓《しゅひん》であるがゆえに抜け出せないことが耐えがたかった。

そこにもったいぶって登場したブライトン国王に、気の乗らない視線を向けた瞬間、フェリクスは動きを止めた。

ブライトン国王の隣にいる女性のあまりの美しさに、フェリクスの視線は釘付《くぎづ》けにされたのだ。

その姿を幾人かに見られていたことには気付かなかったフェリクスだが、〝沈黙の女神〟との囁《ささや》きが耳に入ると、ようやく我に返った。

では、あの女性が甘やかされて育ち、国王でさえ手に負えないほど我が儘《まま》になってしまった末の王女なのかと。

そう思い至ると、今の自分が酷く間抜けに感じられ、フェリクスは王女を睨《にら》むようにじっと見つめた。

その鋭い視線は王女も気付いたらしい。

挨拶する周囲を無視して、つんと前だけを向いていた王女がふとフェリクスの方へ顔を向けた。

そしてほんの一瞬、不安そうな表情で小さく首を傾《かし》げたのだ。

たったそれだけの仕草でフェリクスは胸を鷲掴《わしづか》みにされた気分になってしまった。

――守ってやりたい。

わけもなく、そんな思いが湧《わ》き起こり、すぐに冷ややかな表情に戻った彼女を見つめ続けた。

それから続いた舞踏会の間も、王女は――レイチェルは何度も不安そうな表情を浮かべていた。

フェリクスからのダンスの誘いをぞんざいに断った時でさえも、レイチェルの顔に一瞬悲しみが浮かんで見えたのだ。

そのため、ブライトンの王太子であるルバートと話をしている時も、フェリクスは何度かレイチェルへと視線を向けていた。

「――レイチェルは、本当は優しい子なのですよ」

突然聞こえた声にはっと意識を戻せば、側《そば》に立っていたルバートがかすかに微笑んでいた。

そのどこか悲しそうな顔はレイチェルによく似ている。

「……そうですか」

何か返そうとして、結局フェリクスはそう答えただけだった。

今、集中しなければならないのは王女のことではなく、この話し合いだ。

ずっと宰相の陰に隠れて自分の意見を持っていないように見えた王太子は、直接話をしてみれば違う印象を受ける。

それは幾人かの若き政務官達も同様で、フェリクスはこの夜、ほとんど踊ることなく、ブライトン王国の若者達との何気ない会話に注力した。

その翌日――。

ブライトン国王から援助の条件として提示された内容に、フェリクスをはじめとしたモンテルオ王国の者達は衝撃を受けた。

そして、条件を受け入れるか、それとも同盟を反故《ほご》にするかで、話し合いは紛糾《ふんきゅう》した。

だが結局、モンテルオ王国を取り巻く現状を考えれば受け入れざるを得ず、次の日には正式にフェリクスとレイチェルの婚約が発表されたのだった。

「ルバート殿下、頼みがあるのですが」

「何でしょう？」

「帰国前に一度、レイチェル王女殿下と話がしたいのです」

「……残念ながら、レイチェルが部屋から出ることはめったにありません。ですが、もし今お時間があるのなら中庭の散策をお勧めしますよ。中庭は王族しか入れないことになっていますが、どうぞ。なかなか自慢の庭なのですよ」

ルバートはフェリクスの頼みに申し訳なさそうに答えながらも、半ば強引に中庭へと案内した。

しかし、すぐに宰相の使いの者が呼びに来たために、フェリクスだけを中庭に残して去っていく。

花になどまったく興味のないフェリクスは、どうすればいいのかわからず引き返しかけ、ふと庭に面した王宮の建物を見上げた。

そして窓辺に佇《たたず》むレイチェルの姿を見つけ、思わず足を止めた。

遠くはあったが、間違いなく視線は合っている。

だがやはり、レイチェルが微笑むことはなく、フェリクスは踵《きびす》を返し中庭を後にした。

たとえどんなに美しくとも、甘やかされた我が儘な王女などごめんだ。

フェリクスは苛立《いらだ》ちを募らせて割り当てられた客間へと足早に戻った。

一昨日、一瞬でも自分が心惹《ひ》かれてしまったことが腹立たしく、援助の代償として突きつけられた条件を断ることのできない無力さが悔しくて仕方なかったのだ。

その怒りはレイチェルをモンテルオの城に迎えた時も、結婚式も披露宴でも続いていた。

せめてレイチェルが少しでも笑顔を見せれば……。

フェリクスは何度もそう願ったが叶《かな》うことはなく、思うように心を通わせることもなく、ついに初めての夜が訪れてしまった。

もう少し時間を置いてお互いわかり合えるように話し合うべきだ。

心の片隅でそう囁く声に耳を塞《ふさ》いだのは、早く名実ともに夫婦となってブライトン王国との同盟を確固たるものにするための打算からだった。

そしてレイチェルに拒まれた時、彼女の気持ちを理解するべきなのに腹を立ててしまったのは失敗だった。

いくら我が儘な王女とはいえ、初めての夜はもっと優しく接するべきだったのだ。

己の失態が恥ずかしく、レイチェルに顔を合わせることもできず、忙しさにかまけて気がつけばどんどん溝は深まっていた。

それならいっそ、このまま名目だけの妃《きさき》として放置してしまえばいい。

今度はそんな考えに囚《とら》われるようになっていたある日。

フェリクスは気分転換に鍛錬場で汗を流そうと近道である中庭を通り抜ける途中で、窓辺にいたレイチェルを見かけ、驚いた。

レイチェルは鳥達と戯《たわむ》れて楽しんでいるかのような、満面の笑みを浮かべていたのだ。

そして自分がずっと彼女の笑顔を見たかったのだと、そう望んでいたのだと気付いた。

やはりこのままではいけない。何かしなければと気持ちは焦ったが、再び拒絶されることが怖くて、二人の部屋を繋《つな》ぐ扉を開けることはできなかった。

それでも、もう一度あの笑顔を見たいとの思いから、フェリクスは時間があれば中庭へ通った。


しかし、再びレイチェルが笑顔を見せたのは、ブライトン王国からの使者であるサイクス侯爵――エリオットに向けられたものだった。

彼は従兄なのだから、レイチェルが心を許すのも当然だろう。

そう言い聞かせながらも、フェリクスは苛立ちが収まらなかった。

そして、習慣で向かった中庭から見たのは、二人が抱き合う姿。

その後のやり取りから会話は聞こえなくても、他愛ない抱擁であることはわかったが、フェリクスは重い石をのみ込んだような気分だった。

そんなフェリクスの存在にエリオットは気付いていたらしい。

フェリクスが再び視線を向けた時には、控えの間らしき部屋から挑発的な笑みを向けてきたのだ。

すぐさまその場から立ち去りはしたが、フェリクスは怒りと落胆とで複雑な気持ちを持て余していた。

やはりレイチェルはブライトン国王から密命を受けているのだろう。

いくら我が儘で手に負えないとはいえ、王女として他国へ嫁ぐ意味を理解していないわけがない。

彼女の真意を探る必要があると、フェリクスはエリオット達ブライトンの使者が帰国してからしばらくして、一番レイチェルと接する機会が多いロバートに声をかけた。

「ロバート……」

「はい、陛下」

「王妃は……城の者達は王妃のことをどう言っている？」

「王妃様ですか？」

フェリクスの執務室で実務をこなしていたロバートは、突然の質問に驚いたようだったが、それでも少し考えてから答えた。

「初めは皆も、我が儘な王女様との噂を聞いていたので身構えていたのですが、今は拍子抜けしているようです」

「拍子抜け？」

「はい。城に仕える者達に無理な要求をされることもなく、いるのかいないのかわからないくらいだと……いえ、失礼しました」

「いや、かまわない。それで？」

「あ、はい。それに最近の王妃様は乗馬を楽しんでおられるようですが、案内の騎士達が申しますには、無茶をすることもなく、前もっての注意事項は必ず守ってくださり、道中でも素直に従ってくださると……。それどころか、厩舎《きゅうしゃ》の者達は王妃様が馬の世話もご自分でされるとかで、驚き恐縮しているようです。ですので、最近は王妃様のことを悪《あ》し様に言う者もほとんどなく、むしろ好意的な意見が上がるほどです」

「……そうか。それでお前はどう思う？」

「私は……正直よくわかりません。皆と同じように初めは警戒しておりましたが、我が儘だとも傲慢《ごうまん》だとも思えません。ですが、未だに直接お言葉をくださらないので何とも……」

「よくわかった。ありがとう、ロバート」

我が儘で皆に嫌厭《けんえん》されているのは、むしろアリシアだったが、ロバートはそれを伝えることはなかった。

正直に言えば、ロバートもアリシアは苦手である。

そしてロバートは当初悪印象だった王妃に対して、理解できないながらも、徐々に好意を抱き始めていた。

そんな彼の回答を聞いて、フェリクスは考え込むように黙っていたが、やがて口を開いた。

「ロバート、王妃への伝言を頼む」

「はい」

「明日の午後、時間が許すのなら一緒に遠乗りをしたいと伝えてくれ」

「かしこまりました」

これはいよいよ二人が進展する機会かもしれない。

ロバートはそう思いながら、王妃の部屋へ向かったのだった。

3

なぜこうなってしまったのか。

レイチェルと二人で遠乗りに行く予定が、どこから聞きつけたのか、アリシアまで一緒に行くと我が儘を言いだした。

そして何度断っても、アリシアは冗談にして答え、結局はついてくることになってしまったのだ。

それでもアリシアの乗馬の腕ではついてくることも難しいだろうと、途中でアンセルムなどに任せてレイチェルと先へ進むつもりでいた。

しかし――。


執務室から見るともなしに窓の外を眺めながら、フェリクスは大きくため息を吐いた。

レイチェルの馬の扱いの上手《うま》さは馬丁《ばてい》から聞いてよく知っている。

だからアリシアの言うようにレイチェルが馬を驚かせたなどあり得ないのだ。

だが、フェリクスがそのことを指摘するまでもなく、怪我《けが》をしたレイチェルはいつも側に控えている護衛騎士に連れられて部屋へと戻ってしまった。

あれから会えないかとレイチェルに何度申し込んでも、何かと理由をつけて断られている。

フェリクスは再び大きく息を吐き出した。

「ロバート、王妃の怪我の具合はどうだ？」

「はい、侍女から聞きましたところ、ずいぶん良くなっていらっしゃるそうで、今は趣味の刺繍《ししゅう》も再開されたそうです」

「刺繍……」

ぼんやり呟《つぶや》いたフェリクスは、レイチェルの趣味を初めて知ったことにちょっとした衝撃を受けていた。

結婚して数か月経《た》つというのに、本当に自分の妃のことを何も知らないのだ。

しかし、フェリクスにとっては、レイチェルの趣味よりも大切なことを確かめたかった。

以前からどことなく違和感を覚えていたことが、今回の騒ぎではっきりとした形になっている。

何度も目にしたレイチェルの泣きそうな顔。

厩舎で顔を合わせた時に一瞬見せたその表情も、すぐにいつもの冷たいものに変わってしまったが、今ではフェリクスにもあれが演技だとしか思えなかった。

では、なぜわざわざそんな演技をしているのか。

考えれば、自《おの》ずと答えは出た。

レイチェルはおそらく——声を持たないのだ。

何が理由で隠しているのかはわからないが、それならばルバート王太子のあの言葉も真実なのだろう。

やはり強引に——二人の部屋を隔てるあの扉を開けてでも、確かめるべきだ。

フェリクスがそう強く決意した時、執務室の外が騒がしくなり、ロバートが原因を確かめようと立ち上がった瞬間、勢いよく扉が開かれた。

「やあ、兄上。お久しぶりです。新婚生活はいかがですか？　鈍感で無精《ぶしょう》な兄上が花嫁を悲しませていないか気になって気になって、ついお邪魔しに戻ってきてしまいました！」

「……リュシアン」

どうやら、また全《すべ》てが台無しになりそうだ。

屈託のない笑みを浮かべる弟を見て、フェリクスは三度目の大きなため息を吐いたのだった。


フェリクスの予想通り、リュシアンは散々かき回して赴任地《ふにん》に戻っていった。

ただフェリクスにとってリュシアンの目的は理解できたが、レイチェルの目的がわからなかった。

なぜリュシアンに付き合うのか、王宮内でどんな噂が流れているのか知らないはずはないのだ。

そのため、ブライトン国王の目的は何なのか、疑問ばかりがふくらんでくる。

しかし、しばらくしてレイチェルからアクロス領へ行きたいとの申し出があった時には、フェリクスはがっかりした。

今、この時期にアクロス領を視察したいなど、すぐにでも故郷のブライトンへ戻るつもりなのだろう。

もしくは王妃の私軍を使ってバイレモ地方をかすめ取るつもりか。

それでも、レイチェルの真意を確かめたくて、得意満面《とくいまんめん》のアンセルムを残し、強引にレイチェルの部屋へと押し入った。

そこで、あくまでも冷静なレイチェルから出されたお茶には、微量だが毒が含まれていたのだ。

幼い頃から毒に体を慣らしている者なら、この程度のものは察知できるうえに、致死量でもない。

だとすれば、これはレイチェルからの決別の証《あかし》なのだろうと、フェリクスは問い詰めもせずに全てを飲み干した。

何度も何度も期待しては裏切られる。

その怒りのまま、フェリクスは別れ際に投げかけた言葉通りに、次の日のレイチェルの出立《しゅったつ》に姿を見せることはなかった。

そして、レイチェルがアクロスに発《た》ってから数日後、フェリクスの許《もと》に手紙が届いた。

フェリクスはその手紙を前にして、しばらく封も切らず、ただ見つめ続けた。

やらなければならないことは山のようにあるのに。実際、執務机の上には書類が山積みであるのに、次へと行動を移すことができない。

それでもフェリクスは覚悟を決めて一度大きく息を吐き出すと、手紙の封を切った。

内容はおそらく離縁状のようなものだろう。

フェリクスがそう考えながら目を通した文面は、予想外のものだった。

アクロス領民や商人達から聞いたらしい、アクロスの現状が書かれていたのだ。

そして地元の猟師《りょうし》から聞いたとの、カントス山脈内の獣道についての記述はフェリクスを驚かせた。

これではまるで、レイチェルが言葉通りアクロス領へ視察に出かけ、この国のために少しでも情報を得ようとしてくれているようではないか。

そう思い至ると、フェリクスは酷い罪悪感を覚えた。

やはりレイチェルを誤解していたのかもしれない。

あのお茶も、レイチェルが直接淹《い》れたわけではないのだ。

（だとすれば……）

しかし、その追及は残念ながら後回しにしなければならず、フェリクスは急ぎ政務官達を呼び出すようロバートに命じた。

その後、フェリクスはうんざりすることになった。

確かにレイチェルの手紙の真偽は定かではない。

だからこそ、然《しか》るべき者を遣わし、確かめるべきなのだ。

嘘《うそ》ならその真意を探らなければならず、真実ならば早急に対処しなければならないのだから。

それを政務官達はああだこうだとくだらない意見を言い合い、話がまとまらない。

しかも、いつもは冷静なはずのアンセルムは情報をはなから嘘だと決めつけている。

ブライトン王国の罠《わな》だと。

結局、一番無難な対応をすることになり、フェリクスはレイチェルへと返事を書いた。

だが元来、筆不精《ふでぶしょう》なフェリクスは、自分の文面が堅苦しく冷たかったかもしれないと、使いの者に託したあとに悶々《もんもん》と悩むことになったのだった。

4

数日後、ついにエスクーム軍が動いた。

情報は錯綜《さくそう》し、王城内でも皆が落ち着かずに右往左往するなかで、レイチェルの帰城が伝えられた時には、フェリクスも信じられなかった。

てっきりそのまま国へと――北の国境に接しているサイクス侯エリオットの領地へ向かうのだろうと思っていたのだ。

あまりに忙しく、すぐに会うことはできなかったが、レイチェルがこの城にいると思えば、ずっと重く沈んでいたフェリクスの心がどこか軽くなる。

だが、約束した夜にも会えず、朝まで待てなくなってしまったフェリクスは、ついに二人の部屋を繋ぐ扉を開けたのだった。

旅の疲れからもう寝ているかもしれない。

ひょっとしてまた拒絶されるかもしれない。

そんな迷いと恐れを抱きながら、部屋へと踏み込んだフェリクスは、驚いたレイチェルの顔を見て、自分でも言い訳がましいことを口にしていた。

「思いのほか、早く会議が終わったので、ひょっとしてと……」

しかし、レイチェルは恥ずかしそうにしながらも、初めてフェリクスに笑顔を向けてくれたのだ。

それだけで、フェリクスの心は舞い上がった。

落ち着いたふりをしながらも、勧められた酒を受け取る手が震える。

そしてフェリクスは酒に口をつけた途端、思わずグラスへ吐き戻した。

そのまま中身を近くにあった鉢植えに捨てる。

レイチェルは何かを探すように背を向けていたため、その異様な様子に気付かなかったようだが、フェリクスは浮かれていた反動からか、怒りのために冷静さを失ってしまった。

毒入りのお茶のことを思い出せば、レイチェルではなく誰《だれ》かが仕組んだのではないかと疑っただろうに。

再び酒を勧めようとしたレイチェルの腕を掴《つか》み、引き寄せる。

そしてわけもわからず戸惑う彼女へ強引にキスをした。

妻として側にいるにもかかわらず、ずっと叶わなかった想いを遂げるために。

それでもすぐに最初の夜の失敗を思い出し、なだめるような優しいキスへと変えていく。

すると、レイチェルがぎこちなく応《こた》え、正気に戻りかけたフェリクスは、結局全てを忘れて夢中になってしまったのだった。


「王妃が熱を出した？」

「はい。ですので、今朝はお会いすることができないと、お付きの侍女が……」

翌朝、侍従のロバートから伝えられた内容にフェリクスは愕然《がくぜん》とした。

まさか昨夜のショックでレイチェルは熱を出してしまったのだろうかと後悔が押し寄せる。

その思いのままレイチェルの部屋へ向かおうと立ち上がったフェリクスを、アンセルムが止めた。

「陛下、王妃様の発熱の原因がわからない以上、お近づきになるべきではありません。それよりも午後からバイレモの地に向けてご出立なさるのですから、ご準備を進められるべきです」

「熱の原因など、どうでも——」

反論しかけて、フェリクスはふと疑問を感じて口を閉ざし、腰を下ろした。

昨夜、酒に入れられていたのは、無味無臭ながら遅効性の致死率の高い毒だった。

軽いめまいから始まり、発熱、嘔吐《おうと》、そして赤い発疹《ほっしん》と幻覚症状、そして死に至るのだ。

もしフェリクスが飲んでいたなら、今頃はめまいを感じながらも大したことはないと午後にはバイレモへ向けて出発していただろう。

もしかして、レイチェルの発熱は毒のせいではと考え、フェリクスはすぐに打ち消した。

発熱に至るまでが早すぎるうえに、レイチェルは普段から酒を口にしないのだから。

(だが、まさか……)

怒りに任せてレイチェルに口づけた時、フェリクスの口の中にはかすかに酒が残っていた。

確かにあの毒はかなり強いが、それでもそれぐらいで症状が出るものなのだろうか。

そもそも結婚式当日の夜を除いて、フェリクスは一度もレイチェルの寝室に訪れたことがない。それなのに、昨夜はなぜ酒が用意してあったのだろう。

今までずっと毒入りの酒を用意していたとも思えない。

しかも、昨夜はレイチェルに告げた通り、予定より早く会議が終わったために寝室に訪れただけなのだ。

(本来なら、明朝に約束していたのだから、私が訪れるなどと思いもしないはずだが……)

そこまで考えて、フェリクスはロバートに視線を向けた。

フェリクスの動向をよく知る人物の中でレイチェル側の人間と一番に接しているのはロバートだ。

「……ロバート」

「はい、陛下」

「昨夜、会議が終わってから、誰かと話をしたか？」

「話……ですか？」

突然の質問に、ロバートはかなり戸惑ったようだったが、それでも思い出すように考えている。

アンセルムもこの質問の意図が気になるのか、書類から顔を上げてロバートを見た。

「何人かとすれ違いざまに挨拶は交わしましたが、特に話をしたというのは……ああ、そういえば王妃様の侍女とは少しだけ話をいたしました」

「王妃の侍女？　どんな内容を話したんだ？」

「はい、ハンナが……あ、侍女の名前なのですが、彼女が『今日は会議で遅くなられるのではなかったのですか？』と訊《き》いてきたので、予定より早く終わったのだと答えました。それぐらいですが……いけなかったでしょうか？」

「いや、それは別にかまわない」

申し訳なさそうに言うロバートに、フェリクスは手を振って否定した。

それからフェリクスは〝ハンナ〟という名前に聞き覚えがあることに気付き、再びロバートに質問をした。

「それで、そのハンナとはどこで会ったんだ？　王妃の侍女が夜に城内をうろうろするのもおかしな話だが……」

「彼女は王妃様が眠れないようなので、ハーブティーを用意するために厨房《ちゅうぼう》へ行くのだと申しておりました。ちょうど私が陛下のお部屋を下がりまして、王妃様のお部屋の前を通りすぎてすぐに、ハンナが控えの間から出てきて声をかけてきたんです」

「そうか……」

フェリクスはそう答えただけで、また深く考え込んだ。

以前、毒入りのお茶を用意した若い侍女が〝ハンナ〟なのかはわからないが、今思えばあの侍女の行動は不自然だった。

一介の侍女が国王夫妻の会話に割り込むなど、普通ならばあり得ない。

(あの時はてっきり、レイチェルを庇《かば》おうとしているのかと思ったのだが……)

ひょっとして、あのお茶はフェリクスが毒に気付くかどうか試すためだったのだろうか。

しかし、レイチェルが毒のことを知っていながら、あのように微笑んで酒を勧めることができるとは思えなかった。

(それとも、騙《だま》されているのか?)

そんな疑惑が浮かび、フェリクスは顔をしかめた。

今までずっと疑心暗鬼《ぎしんあんき》に陥って距離を置き、レイチェル自身とちゃんと向き合うことをしなかった結果が今の状態なのだ。

だが、レイチェルの病を治すことはできなくても、やるべきことはある。

急に立ち上がってドアに向かうフェリクスを、今度はアンセルムも止めなかった。

「――陛下、このまま向かわれても、王妃様にお会いできるかどうかは……」

あとを急いで追ってくるロバートが息を切らしながら訴えた。

しかし、フェリクスは歩みを緩めることなく、そのままわかっているとでも言うように頷《うなず》く。

フェリクスの目的はレイチェルを見舞うことではなく、周囲の人間に会うことだった。

もちろんレイチェルのことは心配だが、余計な気遣いをさせてしまうことはわかっていたからだ。

そして角を曲がった途端、レイチェルの護衛騎士と鉢合わせた。

騎士は驚いたように軽く目を見開いたが、すぐに廊下の脇《わき》へと下がり、頭を下げながら嘆願した。

「陛下、私は王妃陛下の護衛騎士を務めております、クライブ・ベッカーと申します。畏《おそ》れながら、お伺いしたいことがございます」

「何だ？」

「その、王妃様からアクロス領でのことは、お聞きになられたでしょうか？」

「――いや、まだだ」

「……では、今から私がお伝えしてもよろしいでしょうか？」

「もちろんだ」

できれば出発前に一度でもレイチェルに会いたいが、騎士の様子からしてそれは難しいのかもしれない。

それでもフェリクスは平静を装って、ロバートに目配せで部屋を用意するように指示した。

ロバートは素早く近くの扉を開けて室内を確認すると、フェリクスに静かに頷いてみせる。

フェリクスの近衛《このえ》騎士は他者が立ち入らないように扉の前に立ち、ロバートは二人が部屋へ入ると軽く頭を下げて出ていった。

「それで、レイチェルに何かあったのか？　熱が出たと聞いたが、深刻な状態なのか？」

勧められた椅子《いす》に着いてすぐにレイチェルの病状を尋ねられて、クライブは少々驚いたようだった。

フェリクスは冷静なつもりだったが、やはり気は急《せ》いてしまっているらしい。

そんな王を目にして、クライブは肩から力を抜いたように見えた。

「……残念ながら、朝より熱は上がっております。医師の診断では、おそらく旅の疲れが出たのだろうと……。ですので、しばらくは高熱が続くかもしれません」

「しばらく？　前にもこういうことがあったのか？」

「それは……今回は発疹も出てきていらっしゃるので、体力の落ちているところへ、体に合わないものを口にされたのではないかと、医師は申しております」

「発疹？」

「はい。ですが一時的なものなので痕《あと》が残るようなものではないそうです」

フェリクスが顔をこわばらせたためにクライブは誤解したのか、医師の説明を付け足した。

だが、そんなことが耳に入らないほど、フェリクスは動揺していた。

先ほど、あり得ないと打ち消したばかりの考えが頭をよぎる。

もし本当に毒の影響だとしても、極々微量のはずで、命に別状はないはずだ。

毒とはわからなくとも、医師がそう判断しているのなら間違いないだろう。

徐々に冷静さを取り戻したフェリクスが視線を向けると、クライブはしばらく続いた沈黙を破って最初の話題に戻した。

「陛下は、午後にはバイレモに向けてご出立されると伺いました。ですので、もしまだ王妃様が得られた情報をご存じないのならお伝えしたほうがよろしいかと思いまして、このように無理を申しました」

「……そうか。もちろん、それは有り難い。だが、急ぎ解決せねばならぬことがあるため出発は明日に伸ばそうと思っている」

たった今決断したことだったが、フェリクスがそう告げると、クライブは静かに受け止めただけだった。

もし毒のことをクライブが知っているのなら、この言葉でフェリクスの体調不良を疑っただろう。

昨夜、フェリクスがレイチェルの部屋に訪れたことは知っているようだが、やはり毒については関知していないのだ。

そう判断したフェリクスは、それでもクライブの反応を窺《うかが》いながら続けた。

「昨夜……、私は王妃の部屋を訪ねた。そして、王妃から勧められた酒には、毒が入っていた」

「まさか！」

クライブは激しく驚いて勢いよく立ち上がった。

その態度は演技でも何でもなく、顔は酷く青ざめている。

それでもどうにか自分を落ち着かせようとするかのように大きく息を吸って吐いて、それから再び腰を下ろした。

「――申し訳ございません。あまりのことに驚いてしまって……。しかし、レイチェル様がお酒に毒を入れられたなどということは決してございません！　そもそも、レイチェル様はお酒を召されないのです。ですから用意すらされていることがおかしいのです！」

クライブの動揺は収まらなかったらしく、普段の〝王妃様〟という呼び方さえ忘れているようだ。

必死にレイチェルの無実を訴えるクライブをじっと見つめ、フェリクスは静かに頷いた。

「私も彼女のことを疑ってはいない。ただ、彼女の側に仕える者に、私の命を脅《おびや》かす者がいるのだろう」

フェリクスがそう告げると、クライブははっと息をのんだ。

その表情はどうやら思い当たることがあるようだった。

「お酒は……今朝、母が——いえ、王妃様の侍女頭がお部屋に入った折に、かなり匂《にお》ったので、てっきり陛下がお持ちになったのかと……。特にお部屋にグラスなども残されていなかったそうなので……」

そこまで言うと、クライブは渋面になり黙り込んだ。

あきらかにレイチェルに仕える者の誰かが毒の痕跡《こんせき》を隠すために、グラスなどを片づけたのだ。

「以前……王妃がアクロス領へ発つ前に、私が部屋を訪れた時に出されたお茶にも、微量の毒が含まれていた」

「それは——」

レイチェルではないと否定しようとしたであろうクライブを、フェリクスは片手を上げて制した。

そして続ける。

「当時の私は、それが王妃からの決別の証だと思った。だが、私の考えは間違っていたようだ。だから、できれば王妃が——レイチェルが回復するのを待ちたい。お互い、もう誤解のないようにしたいんだ」

「陛下……」

フェリクスの心からの言葉に、クライブは感銘を受けたようだった。

クライブは何か言いかけて口を開き、思い留《とど》まったのか一度閉じると、今度はしっかりと職務を果たすために話し始めた。

「酒に毒を盛ったであろう犯人はすぐにでも見つけ出します。そして、その者が誰からの指示であろうと、我々はこの国の法に則《のっと》って裁かれることを望みます。レイチェル様はアクロスからこの王城にお戻りになる際に、ご自分は何があろうともこのモンテルオの王妃なのだと、そうおっしゃいました。そして我々もこの国の民として、国王陛下並びに王妃陛下にお仕えする覚悟でございます」

「……そうか」

クライブから教えられたレイチェルの言葉は、フェリクスの心に強く響いた。

もう疑うことなどしない。何があっても信じるべきなのだ。

レイチェルは危険を冒してまでこの国に留まることを選んでくれたのだから。

そう強くフェリクスが決意したところで、タイミングを計ったようにロバートがお茶の用意をして戻ってきた。

そして、そこからはアクロス領とその近辺での話をクライブから詳しく聞き、フェリクスはエスクーム軍との戦《いくさ》に備え、考えを改めたのだった。

5

ずいぶん懐かしい夢を見ていたらしい。

目覚めたフェリクスは、一瞬全てが夢ではないかと疑い、レイチェルの存在を確かめてほっと安堵《あんど》した。

五年前、フェリクスの下に鷹《たか》が舞い降りたことを、人々は奇跡だと噂した。

そこから続く一連の出来事によってモンテルオ王国が勝利を得たことも、今ではおとぎ話のように語られている。

だがフェリクスは、ブライトン王宮で初めてレイチェルを目にした瞬間から、奇跡は始まっていたのだと思っていた。

確かに、レイチェルの力の秘密を知らされた時には混乱し、実際に目《ま》の当たりにした時には驚いたが、今のフェリクスにとっては大した問題ではなかった。

レイチェルの存在そのものが、特別なのだから。

『……フェリクス？』

フェリクスの動いた気配を感じてか、レイチェルは目を開けると口の動きだけで名前を呼んだ。

その表情はぼうっとしていて、まだ完全には目覚めてないらしい。

そんなレイチェルを抱きしめ、フェリクスは今だけ許される二人きりの時間を大切に慈《いつく》しんだ。

あとしばらくすれば、城の者達は働き始め、子供達も朝早くから元気に動き回るだろう。

レイチェルを独《ひと》り占めできる時間はほんのわずかなのだ。

フェリクスがレイチェルの額から頬《ほお》、唇へと軽くキスを繰り返すと、レイチェルの笑う気配が伝わった。

今の二人には、声も、言葉さえなくても、気持ちをわかり合えることができる。

誤解から始まったこの五年の歳月は、二人の仲を確かなものに変えていた。

愛と信頼と笑いに満ちた幸せな日々。

フェリクスはレイチェルと見つめ合い、再びキスをしてから起き上がった。

今日もきっと、元気なおしゃべりを聞くことから始まるはずだ。

しかし、その予想は少々違った。


「――ねえ、お父様。私ね、お誕生日のプレゼントを変えてほしいの」

「ポニーじゃなかったのか？」

「それは……本当は欲しいけど……もっとお願いしたいことができたから……」

もうすぐ四歳になる娘のジュリエッタは、いつも朝から元気いっぱいなのだが、今朝は遠慮がちに喋《しゃべ》りだした。

その内容も突然のプレゼント変更で、フェリクスは困惑した。

向かいに座るレイチェルも同様らしい。

ジュリエッタはずっと自分のポニーを欲しがっていたのだ。

そのため、ジュリエッタに合うポニーはもうすでに選んでおり、あとは王城の厩舎に連れてくるだけだった。

「それで、何が欲しいんだ？」

「……欲しい物じゃないの。行きたい場所があるの」

「行きたい場所？」

フェリクスの問いかけにもジュリエッタははっきりしない。

何か知っているのかと、フェリクスは思わずレイチェルを見たが、さっぱりわからないらしく首を振っている。

　仕方なくフェリクスはジュリエッタに向き直り、もう一度問いかけた。

「ジュリエッタ、はっきり言いなさい。どこへ行きたいんだ？」

「行きたいというか……シンディやみんなにいろいろ聞いて、すごく会いたいと思ったの。お母様のお兄様に！」

　最後に勢いよく言い切ったジュリエッタの願いに、レイチェルは息をのんだ。

　このモンテルオ王国に嫁いでからは、兄のルバートと連絡さえとっていないのだ。

　小鳥達が時々届けてくれるエリオットからの手紙や、叔母の侯爵夫人から聞いた話で、近況を知る程度。

　フェリクスは当然、王としてルバートとは外交上何度も親書のやり取りはしている。

　だが、国王一家の訪問となると簡単ではなく、フェリクスは言葉を選びながらジュリエッタに答えた。

「ジュリエッタ……確かに、お前の願いはわかる。母様の兄様ということは、お前の伯父さんだからな。ただルバート伯父さんは前にも言った通り、お隣の国のブライトン王国の王様なんだ。だから簡単に会いに行くことはできないんだよ」

「……遠いから？」

「それもある。だが、もう一つには、私がこの国の王で、母様が王妃だということだ。そうなると、たとえ兄妹でも気軽には会えないんだ。たくさんの複雑な手続きがいるからな。きっと、お前の誕生日には間に合わないだろう。だから、誕生日プレゼントはポニーでいいか？」

「……わかりました、お父様」

がっくりとうなだれて、それでも聞き分けよく頷いたジュリエッタを、フェリクスは立ち上がっていきなり抱き上げた。

そんな二人をレイチェルは心配そうに見守っている。

「だが、ルバート国王陛下に向けて、手紙を送ろう。私達家族四人で会いに行ってもいいですか？と書いたものを」

「お父様!?」

「もちろん、シルヴァンがもう少し大きくならないとダメだぞ。長い旅になるからな」

「わかりました！　ありがとう、お父様！」

ジュリエッタは相当嬉《うれ》しかったのか、フェリクスの頬に熱烈なキスをすると、床に下ろされた途端に礼儀も忘れて家族用の食事室から飛び出していった。

きっと誰かに報告に行くのだろう。

そんなお行儀の悪いジュリエッタを、いつもはたしなめるフェリクスも笑いながら見送る。

そして驚いて呆然《ぼうぜん》としているレイチェルの側に椅子を引き寄せて座った。

給仕の者達は気を利かせており、いつの間にか部屋には二人きりだ。

「この国も、ブライトンも、数多《あまた》の騒乱を収め、ようやく平和を取り戻せた。だから一度、ブライトンを訪れてみるのもいいのではないかと思っていたところだったんだ」

そう言って、フェリクスは不安そうなレイチェルの華奢《きゃしゃ》な手を握る。

「ゆっくり行こう、レイチェル。そして旅の途中でこのモンテルオの地をしっかり見て欲しい。レイチェルがこの国に嫁いできた時には、何もかもがあまりにも急だっただろう？　それから今まで前だけを向いて進んできたが、そろそろのんびり余所見《よそみ》をしたり、振り返ったりしてもいいんじゃないか？　ジュリエッタにも、まだわからないだろうがシルヴァンにも、平和になったこの豊かな地を見せよう」

『でも……』

レイチェルはフェリクスの提案にとても心惹かれたようだった。

しかし、今までずっと冷たい我が儘な王女を演じていたブライトン王宮に戻ることを考えると、どうしてもためらってしまう。

声を持たない自分が、どんなふうに思われるのか。フェリクス達に恥をかかせてしまうのではないかと思うと怖い。

そんなレイチェルの気持ちを汲《く》み取って、フェリクスは安心させるように微笑んだ。

「心配しなくても大丈夫だ。今のレイチェルには私がついている。ジュリエッタもシルヴァンもいる。何より、このモンテルオの民がいる。皆、我が国の王妃をとても誇りに思っている。胸を張って堂々とブライトンに行けばいい。そして思いっきり笑おう」

大きく温かな手に包まれていると、とても安心できる。

不安な気持ちでいっぱいだったレイチェルは、フェリクスの優しい言葉を聞いて、自然と微笑んでいた。

部屋に閉じこもってばかりいた五年前とはもう違うのだ。

レイチェルはフェリクスの青灰色の瞳《ひとみ》を真っ直《す》ぐに見つめて大きく頷いた。

『ありがとう、フェリクス』

「――礼を言う必要はない。これは私のためでもあるのだから」

満面の笑みでお礼を言ったレイチェルは、返ってきた言葉に首を傾げた。

すると、フェリクスが苦笑する。

「そうやって不思議そうに首を傾げるレイチェルに、私は弱い」

フェリクスの突然の言葉に驚いて目を丸くしたレイチェルの表情さえ愛《いと》しいと思う。

冷たい表情の下に隠されたレイチェルの本当の感情に気付いた、あのブライトン王宮での舞踏会から、フェリクスの気持ちは今も変わらない。

「私は、レイチェルの笑顔を見るだけで、幸せになれると言っただろう?」

囁いて、フェリクスはレイチェルにキスをした。

結婚して五年の月日が流れ、二人の子の母親となった今でも、レイチェルは変わらずキス一つで真っ赤になる。

そんなレイチェルを満足そうに見つめ、そしてフェリクスは立ち上がった。

「さて、そろそろ仕事に取りかからないとな。ロバートがうるさい」

面倒そうに呟いて、フェリクスは大きくため息を吐いた。

だがすぐに笑みを浮かべる。

「シルヴァンもそろそろ起き出す頃だろう？　もしタイミングが合えば、昼からでも遊べるといいな」

『最近は、起きている時間も長くなってきたから、きっと大丈夫だと思うわ』

「そうか……」

寝る子は育つとよく言うが、シルヴァンは本当によく寝る子なので、フェリクスはあまり起きている息子に会えないのだ。

少し寂しそうなフェリクスを励ましながら、レイチェルは立ち上がった。

一旦《いったん》自室に戻って支度をするフェリクスを見送るためだ。

するとフェリクスは自室に戻りかけ、ふと足を止めた。

「ところで、サイクス侯はまだ結婚の予定はないのか？」

『エリオット？　ええ、残念ながらまだみたい。叔母様が言うには、国王陛下がご結婚されないのに、臣下の僕が先にするわけには参りません。なんて言っているそうよ』

「……ずいぶん幼稚な言い訳だな」

『本当にね。エリオットは昔からすごくもてるのに、浮いた噂も全然なかったのよ。でも国勢も落ち着いたようだし、お兄様にも縁談が持ち上がっているから、もう言い逃《のが》れはできないと思うわ』

同意して呆《あき》れのため息を吐くレイチェルを、フェリクスはじっと見つめていたが、レイチェルがその視線に気付くと、いきなり抱きしめた。

驚くレイチェルの唇に、フェリクスの唇が重なる。

しかし、今度のキスはあまりにも深く激しく、レイチェルはぼうっとしてしまった。

「私は本当に幸運だな」

ようやく解放されたレイチェルの耳に、自嘲《じちょう》気味なフェリクスの声が聞こえる。

だが、未だに混乱していて上手く考えられない。

その間にフェリクスは自室に戻ってしまい、何が何だかわからないままのレイチェルは残されてしまった。

（今日はいつもと何だか違ったけれど……心配事でもあるのかしら……？）

やがて落ち着いてきたレイチェルは、フェリクスの態度に戸惑っていた。

何か悩みがあるのなら打ち明けてほしい。

レイチェルはそう願いながら、今晩にでもきちんと話をしようと決意した。


「陛下、サクリネ国王への王女殿下ご誕生のお祝いのお品は、そちらの目録通りでよろしいでしょうか？」

先ほど、つい嫉妬《しっと》にかられて余裕のない行動をとってしまったことを反省していたフェリクスは、ロバートの声で我に返った。

急ぎ、頭を切り替えて質問に答える。

「――ああ、かまわない。それと、アリシア個人への祝いの品と一緒に、この手紙も届けてくれるよう頼む」

「かしこまりました」

先日、サクリネ国へ平和の架《か》け橋となるべく嫁いだアリシアがついに第一子を出産したのだ。

とてもめでたいことではあるが、アリシアにとっては男児でなかったことが悔しいらしく、つらつらとそのことを嘆いた手紙をフェリクス個人に宛《あ》てて送ってきていた。

しかし、その内容の中で、まだ生まれたばかりの娘とシルヴァンを婚約させてほしいと書かれていたことには、いかにもアリシアらしくてフェリクスも笑った。

とはいえ、当然ながらきっぱりと断る内容の返事を書いたところだった。


それからしばらくは執務に集中し、昼食を簡単に済ませてようやくひと段落ついた頃。

そろそろお昼寝から起きるはずのジュリエッタとシルヴァンに会うために、フェリクスは休憩を取ることにした。

だが、ふと思い立って久しぶりに中庭へと足を向ける。

庭師のお陰で、季節を問わずいつも色とりどりの花を咲かせたその場所で、フェリクスはよく知った窓を見上げた。

五年前、少しでもレイチェルの姿を目にしたくて、その笑顔を見ることができたらと、願いながら足しげく通った場所は何も変わっていない。

変わったのはフェリクスだ。

今はもう、こうして遠くから眺めることなく、直接レイチェルに会いに行ける。

その幸せを噛《か》みしめていた時、あの窓が開いてレイチェルが顔を覗《のぞ》かせた。

おそらくフェリクスの存在を鳥達が教えたのだろう。

『早く来て。シルヴァンがちょうど目を覚ましたところよ』

満面の笑みをフェリクスに向けて、手振りで伝えるレイチェルの言葉に、フェリクスは苦しくなるほど胸が熱くなった。

変わったのはレイチェルも同じだ。

これほどにはっきりと自分の気持ちを表して伝えてくれる。

フェリクスは大きく頷いてレイチェルの許へと足早に向かった。

そしてあっという間にレイチェルの部屋へとたどり着いたフェリクスは、ドアを開けた途端に喜び駆け寄ってくるジュリエッタと、嬉しそうな声を上げるシルヴァン、そして幸せそうに微笑むレイチェルに迎えられた。

それはフェリクスの人生で一番の至福の時であり、何物にも代えることのできない宝物なのだ。


これから先、きっと楽しいことばかりではないだろう。

だが、それを乗り越えていけるだけの絆《きずな》が今のフェリクスとレイチェルにはある。

ジュリエッタを抱き上げたフェリクスは、シルヴァンを抱くレイチェルと視線を交わし、愛と信頼、たくさんの感情を込めて微笑み合ったのだった。

あとがき

皆様、はじめまして。または、こんにちは。もりです。ここまでお付き合いくださり、ありがとうございます。

この『沈黙の女神』は、第四回一迅社文庫アイリス恋愛ファンタジー大賞にて銀賞を頂いた作品です。受賞の連絡を頂いた時にはちょっと信じられず、何度もメールを確認したほどでした。また受賞報告の際には、ネットでの読者の皆様から温かい祝福のお言葉をたくさん頂き、嬉しさとともに感謝の気持ちでいっぱいでした。

とはいえ、喜んでいるだけにはいかず、書籍化に向けて担当様のご指導の下、改稿修正、エピソード追加などを経て、どうにか出版できることになりました。

表紙や挿絵を担当してくださった紫真依様の美麗なイラストだけでも価値ありの一冊となっております。紫真依様、素敵なイラストを本当にありがとうございました。

そして、編集部の皆様、適切なアドバイスをたくさんくださった担当様、この本の出版に携わってくださった多くの方々にお礼を申し上げます。

何より、この本をお手に取ってくださった皆様、本当にありがとうございました。

沈《ちん》黙《もく》の女神《めがみ》

2017年1月20日　初版発行

初出……「沈黙の女神」
小説投稿サイト「小説家になろう」で掲載

著者　もり

イラスト　紫 真依

発行者　杉野庸介

発行所　株式会社一迅社
〒160-0022 東京都新宿区新宿2-5-10 成信ビル8F
電話　03-5312-7432（編集）
電話　03-5312-6150（販売）

印刷所・製本　大日本印刷株式会社
ＤＴＰ　株式会社三協美術

装幀　AFTERGLOW

ISBN978-4-7580-4904-7

おたよりの宛て先
〒160-0022 東京都新宿区新宿2-5-10 成信ビル8F
株式会社一迅社　ノベル編集部
もり 先生・紫《むらさき》 真《ま》依《い》 先生